300 035
off. 08-84
D58
4.95

Super-Fiction

Collection
dirigée par
Georges H. Gallet

D1340812

Les Dieux de Xuma

Super-Fiction

Les Dieux de Xuma

de Xuma

David J. Lake

Albin Michel

Édition originale :

THE GODS OF XUMA

Copyright © 1978 par David J. Lake
Daw Books, Inc.
Donald A. Wollheim, New York

Traduit de l'américain par
IVAN KASSABOV

© *Éditions Albin Michel, 1980*
22, rue Huyghens, 75014 Paris
ISBN 2-226-00935-3

Hamlet : *Il est une divinité qui régit nos destinées...*

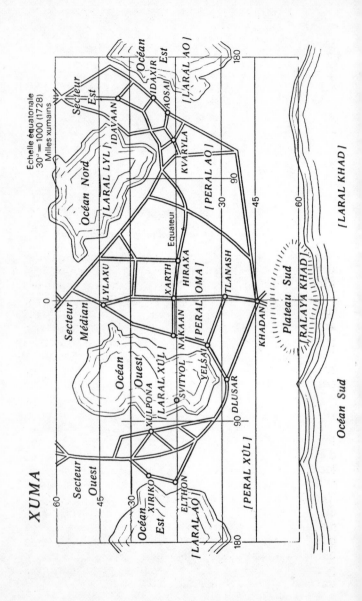

I

L'Astronomie

'0-8-4/0-9/0-3. Ce soir, depuis l'Observatoire du Palais de la Reine, à Yelsai, moi, Kanyo de Xulpona, ai observé quelque chose de si inhabituel dans la région des Etoiles Tournoyantes que j'ai jugé nécessaire de le noter dans ce journal intime. J'ai déjà envoyé mon rapport aux Juges Suprêmes de Khadan (y compris une copie pour la Reine Telesin), mais je n'ai pu transcrire l'étrangeté de l'événement à travers la sécheresse de la phraséologie officielle. Cela sortait des limites imposées par les angles, magnitudes et chronométrages. Peut-être arriverai-je à mieux maîtriser mes émotions en me confiant à ce journal plus personnel.

Ma compagne et moi étions sur le toit de l'Observatoire, peu après le coucher du soleil. En cette saison d'été méridional, le soleil se couche au sud-ouest, sa lueur rouge indiquant la direction du Désert de la Mort et le canal qui mène à Dlusar. Les éclairages urbains de Yelsai sont doux et agréablement tamisés, c'est pourquoi il ne peut être question d'effets optiques déformants. Je devinais plus que je ne voyais le visage de Psyl qui se reflétait sur le verre rouge dépoli de la lanterne de notre télescope. Peut-être même cela ne m'était-il possible que parce que je connaissais parfaitement les traits de Psyl.

Elle — laissez-moi dire « elle », comme je le fais toujours lorsque je pense à Psyl, quoique, bien sûr, mon amie soit devenue un Aîné, comme moi — elle déplaçait le télescope axé sur la Ceinture afin de suivre le Numéro Un-Cinq qui est une Tournoyante particulièrement pâle, lorsque je l'entendis soudain pousser une exclamation. Je relevai les yeux de la table des cartes quand elle dit :

« Kanyo, il y a une nouvelle Tournoyante qui brille dans la Ceinture! Elle doit être visible à l'œil nu — regarde! »

Elle observait toujours l'objet à l'aide du télescope, ayant peur de le perdre, mais je suivis la direction du tube — et je le vis! Il s'agissait certainement d'une Etoile Tournoyante car elle se déplaçait manifestement d'ouest en est. Elle devait être extrêmement lointaine en raison de sa lenteur relative, et son éclat était extraordinaire. Alors qu'elle atteignait son apogée, je la comparai aux Tournoyantes; elle était nettement plus lumineuse que le Numéro Un-Cinq qui est une Etoile de Seconde Grandeur.

« Il n'existe pas de Tournoyante semblable, dis-je d'une voix rauque. La plus brillante que nous puissions espérer en ce moment est Zéro-Huit, mais elle n'apparaîtra pas avant un moment. Cependant cet objet se déplace exactement comme une Tournoyante, d'ouest en est dans la Ceinture. Voilà, maintenant — oui, il devrait se diriger vers l'est. Ah! il s'affaiblit à présent, mais...

— Je le vois toujours, dit Psyl en déplaçant le télescope. Oui, Kanyo, maintenant... il forme une ellipse qui se dirige vers l'est. Il a disparu à présent. » Elle se redressa et me regarda.

« Il y a un changement dans les Cieux, dis-je, comme une nova ou une comète — mais dans la *Ceinture!* Rien de semblable n'a été observé depuis des myriades d'années. C'est peut-être une collision...

— Une collision de Tournoyantes aurait sûrement produit une orbite inclinée, mon chéri, dit Psyl. A part cela, je ne t'ai pas encore tout dit. J'ai vu naître cette nouvelle Tournoyante!

— Quoi? Comment...

— J'observais le Numéro Un-Cinq lorsque j'ai brusquement vu un éclat de lumière à l'une des extrémités du champ oculaire. C'était comme si quelqu'un avait allumé un feu de joie dans le ciel! Ou plutôt une torche. La flamme se déplaçait vers l'est, avec un point plus lumineux dans sa queue. La flamme et le point ont augmenté d'intensité et se sont soudainement séparés. Le point était la nouvelle Tournoyante, et à partir de cet instant son éclat s'est intensifié, mais plus lentement, comme le font les Tournoyantes normales lorsqu'elles approchent du zénith. Kanyo, si celle-ci était en orbite avant le flamboiement, j'aurais dû l'apercevoir plus tôt. Mais elle était tout simplement absente! Elle semble être surgie du fin fond de l'espace pour ensuite brûler et finalement adopter une orbite régulière.

— Psyl, es-tu sûre?

— J'en suis certaine, dit-elle. Kanyo, tu m'as suffisamment bien entraînée à effectuer une observation précise. Après le flamboiement, cette Tournoyante était sur une orbite équatoriale. Ce qui n'était pas le cas auparavant — c'était encore plus éloigné et je crois que cela se déplaçait du haut vers le bas.

— Mais les Tournoyantes n'ont pas un tel comportement, protestai-je.

— Alors, ce n'est peut-être pas vraiment une Tournoyante. » Elle hésita. « Kanyo, il y a encore une chose que je ne t'ai pas dit. Toutes les Tournoyantes ressemblent plus ou moins à des points, n'est-ce pas? Eh bien, ce n'était *pas* le cas pour celle-ci. Quand elle a atteint son apogée, j'ai pu distinguer une *forme*. Ce n'était pas un point — plutôt une petite barre. Plus grande dans le sens de son déplacement. »

Je hochai la tête mollement; puis je me remis du choc de ces impossibilités.

« Maintenant Psyl, tout ce que nous pouvons faire, c'est de la traiter comme une Tournoyante normale, de calculer approximativement sa période orbitale et d'en estimer sa taille. Je crois, pour cette première question, que la durée orbitale est de quatre heures. Lorsqu'elle repassera notre méridien — *si* elle le fait — elle sera en éclipse. Mais dans ce cas, nous pourrons l'observer à son apparition, de même que demain soir. Ainsi que le reste de l'univers. »

Nous effectuâmes nos calculs. La période orbitale semblait être à peu près de quatre heures et quart; et d'après la description de Psyl, la taille — la *longueur* — devait être supérieure à deux douzaines de brasses, c'est-à-dire le tiers d'un mille.

« Si nos calculs sont exacts, dis-je étonné, c'est la plus grande Tournoyante connue; plus importante même que le Numéro Zéro-Un.

— S'il *s'agit* d'une Tournoyante, répéta Psyl. Je pense que...

— Quoi? Continue, chérie.

— Un chariot des dieux, dit-elle.

— Ma chérie, dis-je en la prenant dans mes bras, s'il s'agissait de dieux, viendraient-ils dans un seul petit chariot? Sûrement pas... »

La lueur rougeoyante avait à présent disparu à l'ouest. Il ne subsistait autour de nous que les lumières tamisées de Yelsai, derrière elles, l'obscurité du désert, et au-dessus les étoiles énigmatiques.

II

Le Capitaine

82 Eridan 3 est une planète qui a procuré à quelques-uns d'entre nous un sentiment de *déjà vu* [1]. Non pas qu'il y ait une planète semblable dans notre Système Solaire natal, non plus (pour autant que nous le sachions) que dans n'importe quel autre système actuel. En fait, elle nous rappelle une certaine planète *fictive* — bien connue dans les romans fantastiques ou de fiction spéculative du lointain Vingtième Siècle.

1. En français dans le texte.

Je ferais mieux de reprendre l'ordre chronologique. Bon, journal personnel sur bandes magnétiques du Capitaine Mannheim, du vaisseau *Riverhorse I,* en date du 3/26/2143, temps terrestre. Tous les systèmes fonctionnent de même que le programme nominal. Par conséquent, nous sommes autour de 82 Eridan 3 à une distance planétaire par rapport à la surface — 10 000 kilomètres depuis le centre de la masse, en orbite équatoriale. Equatoriale car ce sont les régions les meilleures sur cette planète complètement froide. Il y a des calottes glaciaires aux deux pôles. Nous sommes en été austral. La région polaire nord s'étend jusqu'à 45° de latitude, le pôle Sud est délimité par 60° de latitude. La surface est constituée, pour la majeure partie, d'un désert rougeâtre avec de grandes dépressions formant trois zones sur et au nord de l'Equateur — nous pensons qu'il s'agit des lits d'océans asséchés car nos instruments ont détecté d'importants dépôts de sel. Ils sont nettement pâles, jaunâtres. Il y a quelques lacs aux endroits les plus profonds des lits — ce qui reste des océans, je suppose. Mais ces pseudo-océans ne constituent pas les régions intéressantes.

Ce qui nous intrigue vraiment, c'est la « terre sèche », libre de glace, qui est divisée par les océans en trois secteurs semi-continus. Comme je l'ai dit, ces zones sont principalement des déserts rouges, mais elles sont couvertes d'un réseau de canaux! Tout comme cette vieille Mars fictive de l'astronome Américain Lowell. Il n'y a pas de doute à ce sujet; nos écrans nous ont montré des lignes nettes qui suivaient les grands cercles — elles sont manifestement construites. Le système atteint la calotte polaire nord en trois endroits, le pôle sud en un seul. Il n'y a qu'un seul canal qui relie presque en droite ligne les deux pôles — nous l'avons choisi comme premier méridien afin de dresser une carte. A environ 120 degrés à l'est de ce canal Numéro Un, le système atteint son point culminant dans la région nord équatoriale, entre deux océans asséchés. Ici, le désert est traversé de canaux — bon sang, non, il n'y a pas de désert, c'est un terrain vert-bleuté et les instruments nous indiquent, sans aucun doute, de la

VÉGÉTATION. Il existe une autre zone étrangement luxuriante à environ 120° à l'ouest. Cette planète est non seulement propice à la vie, mais peut-être même à une vie *intelligente*. Le Plan Général d'Eventualité 2/3 est à présent opérationnel.

Oh! euh, un problème mineur — la nomenclature. Nous ne pouvons continuer d'appeler ce monde 82 Eridan 3. Un comité reçoit actuellement des suggestions. J'ai proposé « Arès » — j'épelle A, R, E, S — l'équivalent grec pour le nom romain MARS. Je n'aime pas parler de cela, mais un plaisantin dans notre équipe — Thomas Carson, notre linguiste — a suggéré BARSOOM [1]. Au cas où la référence serait obscure, j'ajouterais qu'il s'agissait du nom d'une planète encore plus fictive que celle de Lowell, dans quelques romans populaires du XXe siècle. Carson semble être un expert dans ce genre de — heu — « littérature ». J'ai toutefois l'assurance que l'on adoptera ARES.

Arès — je l'appellerai ainsi dorénavant — n'est pas tout à fait semblable à la planète Mars, réelle ou fictive. Elle est annelée, mais son anneau n'est pas aussi brillant ni aussi visible que ceux de Saturne. Il est, malgré tout, bien réel — nous avons vu ce beau disque sombre en approchant. Comme dans le cas de Saturne, la majeure partie à l'intérieur de la limite de Roche doit être les débris d'un petit satellite qui a dû être attiré et s'est désintégré. Nous avançons maintenant au milieu de l'anneau. Ce n'est pas dangereux, quoique cela puisse paraître, car nous avons réglé notre vitesse sur celle des petits fragments en orbite autour de nous. Nous avons de petites collisions occasionnelles, mais les rochers de l'anneau sont petits et heurtent notre coque à une vitesse de quelques mètres à la seconde seulement, ainsi il n'est généralement pas difficile de les éviter.

Arès possède une lune de la taille d'un astéroïde, à 50 000 kilomètres. S'il y en avait deux à l'origine, la ressemblance avec Mars aurait été plus frappante.

Mais Arès est plus grande que Mars, avec une masse

---

1. Nom de la planète Mars, dans les romans bien connus d'Edgar Rice Burroughs (N.d.T.).

0,40 de celle de la Terre, un rayon de 0,78 celui de la Terre, une gravité de 0,66 g, une pression atmosphérique estimée à 800 millibars avec 20 pour 100 d'oxygène. Le jour est de 24,5 heures et l'inclinaison axiale est de 20,2 degrés. L'un dans l'autre, cette planète serait pratiquement habitable pour des humains — à l'équateur, chaude le jour, froide la nuit, très sèche. Un climat semblable à celui de l'Egypte sur le Nil — en remplaçant l'ancien fleuve par les canaux. Bien sûr, ce n'est pas parfait; nous aurions préféré plus d'eau; mais cela rentre nettement dans notre définition « humainement habitable ».

Il est malheureusement certain qu'un problème se posera avec les autochtones. Nous sommes certains qu'ils ne connaissent pas les voyages spatiaux — si cela était le cas, ils auraient certainement exploré leur lune, ce qui représente un petit saut très facile — mais nous avons scruté cette lune minutieusement, en couvrant toute la surface avec un fort grossissement, sans rien y découvrir. Pas même une empreinte de pas. Pourtant, il doit y avoir une vieille civilisation — ces canaux ont dû demander au moins des centaines d'années de construction.

Il s'agit probablement d'une société traditionnelle, comme celle de la Chine médiévale. Tant que nous prendrons des précautions raisonnables, nous ne devrions pas avoir d'ennuis sérieux avec elle...

III

Le Chroniqueur

Récapitulatif de l'Année 9-9-2-0-8-4, par Aoak, scribe et Aîné de Khadan.

Rien de vraiment important à noter pour les deux premiers tiers de l'année, et quelques membres de l'Ordre commençaient à se demander si la prophétie d'Ayun serait vérifiée. Cet Aîné, en transe officielle, durant le dernier jour de l'année, a prononcé avec une émotion extrême : « 8-4, 8-4, et les étoiles tomberont! Prends garde, Xuma! » Le dernier tiers de l'année semble avoir justifié Ayun.

Au neuvième mois, une nouvelle Etoile Spiralée, surgie de nulle part, s'est mise en orbite dans l'Anneau de la Couronne où elle tourne encore. Et depuis ce temps d'étranges événements sont survenus à différents endroits de Xuma, quelques-uns d'entre eux comparables à une chute d'étoiles — tout au moins en miniature.

Le commencement de ces incidents a eu lieu à Xarth, deux jours après la première apparition de Vepan, « l'Objet Récent ». Nous en avons un témoignage excellent par un de nos membres qui était présent au moment. Celui-ci faisait partie de la cour de Retumon, empereur de Xarth qui, comme nous l'avons observé depuis plusieurs années avec intérêt, est un homme « manqué » à forte personnalité et à l'ambition démesurée.

Retumon tenait audience dans la salle du Trône de Xarth, écoutant des rapports venant de ses frontières avec Tlanash et Yelsai. Il paraissait particulièrement intéressé par l'état des défenses de Yelsai et était satisfait des faiblesses mentionnées par son général féminin Yalxa. Il venait d'exprimer sa satisfaction et avait promis à Yalxa, en récompense de ses bons et loyaux services, qu'elle partagerait sa couche cette nuit lorsqu'un bruit indescriptible éclata dans la rue — suivi d'un court silence auquel succédèrent des hurlements. Notre envoyé, qui se tenait opportunément à l'écart au fond de la salle, près d'une fenêtre, remarqua également un éclair de lumière — une lumière très blanche. Il se précipita à la fenêtre la plus proche et put voir des corps inertes, étendus dans la rue principale du Quartier du Palais.

Retumon reçut immédiatement des témoignages, mais d'une manière insuffisante pour en tirer quelque chose. En fait il y avait eu une sorte d'explosion, quelques brasses au-dessus du niveau de la rue. Personne n'était mort, mais certains avaient durement souffert du choc, et une femme avait perdu l'usage d'un œil. Un témoignage rapporta qu'un petit objet, semblable à une pierre d'environ la grosseur du poing, était tombé du ciel juste avant l'incident et avait disparu dans l'explosion; mais ce fait ne fut tout d'abord pas accrédité car le témoin en question n'était qu'un enfant de douze ans.

Plus tard, nous en sommes venus à croire que l'enfant avait rapporté fidèlement ce qu'il avait vu. Car il advint le mois suivant que des incidents similaires se produisirent, certains dans d'autres villes, d'autres le long des canaux campagnards, et même sur un barrage, ici à Khadan — et plusieurs fois des gens ont remarqué la chute d'une pierre avant l'explosion. Dans un cas — sur la place principale de Kvaryla — en fait la pierre toucha le sol et éclata instantanément en une multitude de fragments. L'explosion fut cette fois beaucoup moins violente, sans éclair de lumière; cependant, une personne fut tuée par un fragment et beaucoup d'autres furent blessées.

L'examen des restes de cette « pierre » a prouvé qu'elle était constituée de métal et de quelques substances non identifiables qui laissaient supposer une structure moléculaire complexe. Un morceau était transparent comme du verre et incurvé comme un fragment d'une lentille oculaire. Nous avons apporté ceci à Ayun notre médium, pour un examen psychométrique, et lorsqu'il fut en transe profonde, Ayun murmura : « l'Œil du Dieu ». C'est pourquoi, après cela, les gens surnommèrent les pierres tombantes « les Yeux ».

Au début du Dixième Mois, la pluie d'Yeux cessa. Il n'y eut ensuite pas de développement dramatique dans le mystère de la Chute de Pierres, mais une — ou peut-être deux — histoires étranges nous furent rapportées du territoire de Yelsai. Toutes deux venaient du même endroit, le Canal Ouest, pas très loin de la frontière xarthienne.

Le Douzième Jour du Dixième Mois, juste avant le coucher du soleil, la fermière Xyl traversait ses champs au Mille 2-2-8 lorsqu'elle aperçut un petit objet qui volait dans le ciel, en provenance du nord-ouest. A propos, les nouvelles concernant les Pierres Tombantes ont même atteint ce district campagnard, c'est pourquoi Xyl se jeta à plat ventre sur le sol, en prévision de l'explosion. Mais celle-ci n'eut pas lieu.

Un moment plus tard, Xyl se releva et approcha prudemment en direction du point de chute de l'objet. Elle le trouva. Ce n'était pas une petite pierre, mais une chose métallique d'environ une demi-brasse de hauteur, grossièrement façonnée, comme une cage à yevets ou à volailles. La cage reposait sur trois petits pieds de métal et était munie d'une porte ouverte et d'une sorte de pont-levis également métallique, partant du sol pour disparaître dans l'intérieur sombre de la cage.

Xyl n'aimait pas du tout l'aspect de cette chose. Cela lui rappelait les pièges dont elle se servait elle-même pour capturer des sukins sauvages à la lisière du désert. Alors qu'elle regardait, cela fonctionna exactement comme un piège. La chose était tombée sur un lopin de terre nue, entourée de roseaux. Soudain un hamlor jaillit de son terrier. Les hamlors sont de petits animaux très curieux et celui-ci était intrigué par l'étrange objet métallique. Il s'arrêta à l'extrême bord, incertain quant à entrer ou non.

Mais il perdit brusquement la possibilité de choisir car le pont-levis se releva, expédiant le hamlor à l'intérieur et refermant le piège hermétiquement. Xyl s'était éloignée depuis le début, fort heureusement, car quelques instants plus tard, il y eut un éclair de lumière, un grondement sourd et le piège métallique s'éleva dans le ciel, porté par une colonne de flammes. Xyl le vit disparaître vers l'est, très haut dans le ciel qui s'obscurcissait.

Lorsque Xyl raconta cette histoire, sa Dame Patronnesse ne la crut pas. Mais nous tendons à croire son récit car sept jours plus tard, le Dix-Neuvième Jour du Dixième Mois, un jeune disparut d'une ferme au Mille 2-3-6 du Canal Ouest de Yelsai. Il s'agissait d'un adolescent nommé Saimo, âgé de dix-sept ans. Ses parents déclarèrent après coup qu'il avait toujours été très curieux. Et le soir de la disparition de Saimo, une fermière voisine rapporta qu'elle avait vu « une énorme chose noire s'élancer dans le ciel avec des flammes au-dessous d'elle ». D'après sa description, l'objet volant était façonné comme celui aperçu par Xyl, à la seule différence qu'il était deux ou trois fois plus grand.

On n'a jamais revu le jeune Saimo. Et l'un des champs du Mille 2-3-6 a été sérieusement brûlé par un phénomène inconnu. Est-il possible que cet enfant soit tombé dans un piège volant — un piège non pas destiné aux hamlors mais aux gens?

Si c'est cela, qui chasse sur Xuma?

Chaque soir à présent, nous guettons l'apparition de Vepan, la nouvelle étoile, lorsqu'elle rase brièvement notre horizon septentrional. Mais elle se comporte maintenant comme n'importe quelle autre Spirale normale de la Couronne et ne donne pas le moindre signe.

Qu'apportera l'année 0-8-5? Ayun était en transe aujourd'hui. Le prophète a balbutié deux phrases : « Les dieux sont blancs », et « Solstice d'Hiver — mort! »

Nous n'avons pas compris.

IV

La Zoologiste

J'ignore quel jour nous sommes et notre nouveau calcul planétaire a aboli les mois; je pense que je pourrais le retrouver, mais à quoi bon, puisque de toute façon le temps est tout à fait bizarre dans ce voyage irréel. Lorsque nous avons quitté le Système Solaire, j'avais vingt-six ans — et maintenant? Selon le temps terrestre il s'est écoulé vingt-quatre ans, donc je dois avoir cinquante ans! Une femme mûre. Si j'avais laissé des parents en vie lorsque nous avons fait le grand saut, ils seraient morts à présent — certainement avant qu'un message puisse nous atteindre dans ce terrible vide. Mais personne sur ce vaisseau n'a laissé de parent — ç'a été un critère de sélection, afin de préserver notre stabilité émotionnelle. Nos parents devaient être décédés, de préférence pas de cause naturelle pour que ce soit sans influence sur notre propre espérance de vie. Eh bien, il y a beaucoup de causes possibles de mort dans le Système : accidents de domes pressurisés, visites à la Terre... Je ne sais pas si les résultats justifient cette théorie; Dave Weiser, notre psychiatre en chef, n'arrête pas ses efforts pour nous conserver l'esprit sain, et *il* se maintient en bonne santé morale en passant de longues heures à satisfaire sa passion, la culture hydroponique.

Où suis-je? Où vais-je? Quel est mon âge? Qui suis-je? Hé! pour cette dernière question, je ferais mieux de signer cet enregistrement : c'est le journal de Sally Freeston, que j'ai négligé depuis que nous sommes en orbite autour d'Arès — j'ai été très occupée par nos spécimens zoologiques. De toute façon, c'est ma première annotation depuis que nous avons adopté le temps planétaire.

Je me sens moi-même un peu comme un spécimen zoologique. Les effets de la relativité et huit années de congélation font que mon âge physique est de vingt-huit ans. Un peu plus, je dois dire! Ç'a été un voyage quasiment infernal — suffisamment mauvais dans sa nature, et quelques-uns des membres de l'équipage ne me rendent pas très gaie. Il y a quelques simples militaires — censés être des ingénieurs qualifiés dans toutes sortes de domaines, mais la plupart ne sont qualifiés que dans le maniement des lasers. Les marines de l'espace. Et les filles — nous sommes pour la majorité jeunes et par conséquent manquons d'impact. *Je* suis la plus vieille, pensez-y! Les sexes sont répartis en *nombres égaux,* cinquante de chaque, mais les hommes détiennent le pouvoir réel. C'est tout à fait naturel puisque la véritable profession de la plupart des filles sera d'avoir des enfants. Nous devrons *engendrer* nos renforts.

J'ai souvent pensé que je n'aurais pas dû venir. Pourquoi me suis-je portée volontaire? Quelle a été la raison pour chacune d'entre nous? Je suppose que c'était l'espoir d'une vie nouvelle plus *naturelle.* Les super-télescopes de Farside nous avaient montré ici une planète de type terrestre, mais nous ne nous attendions pas à trouver des habitants intelligents. Nous espérions un monde propre, vierge — à la place, nous avons trouvé un ancien monde avec une vieille civilisation ; et s'ils sont innocents, ce n'est pas notre cas non plus que nos projets. Je suis consciente d'être une colonisatrice, mais je n'avais pas réalisé que je devrais être également impérialiste.

J'ai récemment commencé à me sentir mieux, du fait que j'ai quelques bons amis et que j'ai enfin quelque chose à *faire*. Les bons amis sont Rosa Meyer, notre botaniste, son ami Dave Weiser, Jack Willis — un des plus brillants ingénieurs — sa petite amie Sheila qui est hydroponicienne et Tom Carson.

Je pourrais parler longuement de Tom Carson — je vais essayer de ne pas le faire. Tom a trente ans dans l'équivalent physique, brun, les yeux gris, 1,75 m. Il affecte un air de pilote-spatial-régulier-à-qui-on-ne-la-fait-pas, mais je pense que c'est dû, en partie par déception personnelle, en partie pour se créer une façade vis-à-vis des marines. Il prétend parfois que la S.F. est la seule littérature qui l'intéresse en dehors de sa spécialité : je ne le crois pas. Lorsqu'il était jeune, il est allé sur Mars en tant que simple astronaute, mais, là, il s'est souvenu qu'il existait une certaine culture dans le Système, et il a obtenu un diplôme de linguiste à Platon. Le russe et le chinois bien sûr, mais également quelques langues mortes et l'étude historique de la Terre. Il dit qu'il a pris part à l'Opération Evasion parce qu'autrement il aurait été contraint de travailler pour la brigade des spectres et il n'aurait pas aimé ce genre de vie passée à rôder autour des ambassades et des délégations pour les espionner à l'aide des derniers ragots sur les secrets d'alcôve entre Russes et Chinois...

A présent Tom a décroché le gros lot. Il y a trente jours que nous avons découvert ce pauvre petit Arésien, et Tom apprend le premier *nouveau* langage découvert depuis un siècle, le premier langage *extra-terrestre*. C'est également vrai pour moi, dans une certaine mesure puisque j'aide Tom — quasi officiellement car j'examine le petit natif comme un spécimen de vie animale afin d'étudier son métabolisme. Pauvre petit, il était terrifié quand nous l'avons capturé. C'est facile à comprendre. Comment réagirions-*nous* si nous entrions dans une sorte de cabane métallique, que la porte se refermât précipitamment sur nous et que nous soyons projetés dans l'obscurité pendant des heures et que nous nous retrouvions dans un vaisseau spatial rempli d'étrangers monstrueux? Notre petite victime était tout d'abord en état de choc et il a fallu nous mettre à trois, Dave, moi et Tom, pour le faire revenir à lui.

Tom a vraiment fait le plus gros travail : il a passé le plus clair de son temps avec l'indigène et a pris l'habitude de dormir dans sa cage. Oui, cage! Nous espérons convaincre ceux-qui-détiennent-le-pouvoir de libérer notre petit compagnon. Il est certain qu'en aucun cas, il ne peut être dangereux, et il mérite d'être traité en être humain. Il a développé une sorte de béguin pour Tom — Dave dit qu'il s'agit d'un « transfert », ce qui prouve que la psychologie arésienne est très proche de la nôtre. L'indigène n'aime pas être séparé de Tom trop longtemps. C'est peut-être touchant, mais franchement, cela crée un vide dans ma vie sociale...

Le petit être est très humanoïde — nous pensions en avoir la confirmation d'après des radiographies, mais c'est encore plus déroutant que nous ne le supposions. Notre Arésien a la peau rouge; son système pileux est comparable au nôtre, composé de longs cheveux noirs et de sourcils. Yeux bridés, à l'iris doré; nez retroussé; oreilles elliptiques assez grandes; quatre orteils; six doigts. La comparaison avec les autres animaux a montré qu'il y avait primitivement six doigts à chaque pied : les Arésiens ont dû perdre deux doigts, ce qui prouve qu'ils sont devenus bipèdes depuis plus longtemps que nous. Mais il s'agit d'un détail mineur.

Il n'y a réellement qu'une seule différence saisissante, qui *est* véritablement frappante *il n'y a pas le moindre organe sexuel apparent!* Il ou elle n'a pas de toison pubienne, d'orifice ou d'appendice entre les jambes — toute cette partie est aussi lisse que l'aisselle d'un enfant. Il — je l'appellerai « il » par commodité —

possède un orifice anal pour évacuer toutes ses excrétions; son sexe est peut-être situé au même endroit, mais l'examen aux rayons X s'est révélé négatif. Les créatures non douées de raison que nous avons capturés à divers endroits n'ont pas aidé à éclaircir le mystère, mais l'ont seulement épaissi. La plupart d'entre elles ont des organes sexuels mâles ou femelles, situés entre les pattes postérieures et nettement séparés du système excrétoire; mais trois petits mammifères sont comme notre petit indigène, asexués.

Je ne suis même pas certaine de pouvoir appeler notre capture « un mammifère ». Il possède un sang chaud, mais il n'y a pas la moindre trace de seins, ou même de tétons, pas plus que de nombril — un individu plutôt lisse! J'espère que nous pourrons lui-même l'interroger sur ces sujets, mais nous ne connaissons pas encore assez le vocabulaire. La créature se nomme elle-même Saimo — non, la voyelle est un peu plus longue, Sah-ii-mo... Mais nous ne savons toujours pas s'il s'agit de son nom ou de celui d'une espèce. Il emploie quelques fois le mot *vep*.

Voici les dernières nouvelles : ces bruits sur la bande magnétique sont dus à l'arrivée de Tom. Il pense avoir compris le mot « vep ». Il a donné à Saimo un livre de photos sur les habitants de Lunaris — des hommes, des femmes, *et des enfants*. Saimo a poussé un cri, a indiqué les gamins puis a dit : « Vep! » Puis il s'est montré et a répété ce mot. Donc c'est un *gamin* arésien. Nous ne connaissons pas son âge, mais d'après sa structure je dirais un adolescent ou l'équivalent local. Ainsi nous avons pratiqué un genre de rapt d'enfant. Charmant.

Tom dit qu'il espère surmonter très bientôt les barrières de langage. Je suis sincèrement de tout cœur avec lui. D'une part nous avons besoin de connaître cette langue avant d'établir le contact avec cette planète, et Dieu sait si nous le voulons! Comme la plupart d'entre nous, j'en ai par-dessus la tête de cette cage d'écureuil volante.

D'autre part, j'espère que Tom verra son travail avec

Saimo facilité lorsque tous deux se comprendront.
J'aimerais vraiment *le* voir un peu plus. Il vient juste de
se précipiter pour retourner travailler et il ne m'a même
pas embrassé...

V

Le Capitaine

Capitaine Mannheim, à bord du vaisseau spatial *Riverhorse I* en orbite autour d'Arès, 7/1/2143 temps terrestre. A vrai dire, pour les affaires courantes, nous ne
tenons plus compte du temps terrestre ni de son
équivalent relatif pour le voyage — nous utilisons
l'Heure du Premier Méridien Arésien. Nous avons
choisi le solstice d'hiver septentrional comme celui de la
Nouvelle Année et l'année arésienne de notre arrivée
comme Année Zéro, c'est pourquoi nous sommes à
présent dans la Première Année, le 73e Jour. L'équinoxe
de printemps septentrional vient de passer puisqu'il y a
288 jours par an, temps local bien entendu. Aucun
ennui n'est survenu pour passer à un jour plus long — le
rythme circadien de chacun s'est très bien accommodé
au cycle de 24 1/2 heures par jour, que nous appelons
24 nouvelles heures en ralentissant nos montres.
Thomas Carson, qui a effectué une mission sur l'Ancienne Mars avant de se joindre à nous, dit que notre
nouveau temps ressemble énormément à celui des temps
anciens. Désolé, futurs auditeurs — c'est le genre de
mot d'espoir débile qu'affectionne notre grand linguiste.
    Il sera grandement question de Carson dans cet
enregistrement. Je suis inquiet à son sujet depuis qu'il
est sorti de l'hibernation — il semble à la fois troublé et
troublant. J'ai demandé à l'équipe psychiatrique de lui
faire un examen approfondi, mais rien dans son rapport
ne justifiait une nouvelle congélation ou même une mise
à pied professionnelle. Le Dr Weiser a écrit (je copie son

dictoscript) : « Une tendance à la satire voire au cynisme ne signifie pas nécessairement une mauvaise adaptation à la situation dans laquelle nous nous trouvons. » Heu, je pense que Weiser fait allusion à la solitude de l'endroit — vingt années-lumière de distance, sans la moindre chance de discuter avec les amis où qu'ils se trouvent. En fait il n'y a pas eu de message des autres vaisseaux de l'Opération Evasion, à l'exception de la brève communication venant d'Epsilon Eridan où il semble qu'ils essaient de coloniser une planète sans atmosphère, de la taille de la Lune; nous n'attendons pas de message du vaisseau de Delta Pavonis avant dix-huit ans. D'après ce que nous savons, nous avons peut-être découvert la *seule* planète habitable dans l'Espace Proche.

A ce sujet, Carson a fait une remarque : « L'ennui avec les planètes habitables, c'est qu'elles peuvent être habitées par d'autres. » Ces autres nous posent à présent un problème. Dans la — euh — situation critique de la race humaine là-bas dans son système natal, et l'éventualité qu'il n'y ait tout simplement pas d'autre planète habitable à distance raisonnable, nous *devons* absolument persuader les Arésiens de nous faire une place sur leur monde. Et pour faire cela sans causer de dégâts à l'écologie locale, nous devons prendre contact avec les Arésiens, verbalement. Et là, je dois reconnaître que Carson, en dépit de ses manières corrosives, a fait du bon travail avec un informateur potentiel, un adolescent indigène dont le nom est quelque chose comme « Simon ».

Apparemment, la langue est comparable au chinois dans le sens où il existe des phénomènes — mais seulement deux, et plus précisément, dans le sens des inflexions. La prononciation n'est pas aussi difficile que nous ne le craignions, car les organes de la parole arésiens et humains sont remarquablement similaires. Mais en voulant conquérir la langue, nous nous heurtons à une barrière sémantique. Maintenant, Simon apprend *notre* langue plus vite que Carson n'apprend la sienne. Non pas que Carson soit bouché — loin de là, il a accompli des miracles en soixante jours de travail intensif, et personne dans l'équipage ne peut nier sa facilité. Ce qui nous ennuie, c'est le manque de référence disponible pour les nouveaux mots que Simon continue d'apprendre à Carson. Les photographies prises par nos sondes automatiques au niveau du sol nous ont quelque peu aidés, mais après avoir obtenu « rue », « canal » et « personne » et ainsi de suite, nous sommes restés bloqués. Je suppose que nous pourrions attendre que Simon connaisse suffisamment l'anglais pour avoir une conversation suivie, mais personne ne veut attendre si longtemps. Carson le premier.

Il veut descendre sur la planète.

Nous avons débattu de la question en long et en large au cours d'une réunion du Conseil de Vaisseau. J'étais également en faveur d'un débarquement, mais en force. Carson a tourné le vote contre moi. Bon, je crois que je dois l'accepter puisque d'après la constitution du navire, dans les situations qui ne présentent pas un caractère d'urgence, je ne suis qu'un monarque constitutionnel. L'argument de Carson était politico-écologique — si nous débarquions en force, cela amènerait les Arésiens en formation de combat et nous serions forcés de les abattre en masse. Je ne peux croire qu'une petite démonstration de force au départ puisse causer un réel dommage. Ils apprendraient que leurs épées et leurs lances ne peuvent rien contre nos lasers. Carson dit qu'il peut parvenir seul au même résultat, et sans perte de vie humaine. Oui seul : il a obtenu l'autorisation du Conseil pour descendre *seul*. Correction : sans aucun autre membre de l'équipage. Il va emmener Simon avec lui, en partie comme interprète, en partie pour prouver sa bonne volonté.

« Nous devons ramener ce gamin chez lui, a dit Carson, depuis deux mois, sa mère doit s'inquiéter. »

J'appelle ça faire patte de velours. Carson prend des risques en agissant ainsi, et j'espère bien rallier les autres à mon point de vue. Heureusement, nous sommes d'accord sur les mesures qui *nous* protégeront si les choses tournent mal. Il y aura un verrou de sûreté sur la porte du module d'atterrissage, qui sera muni d'un mécanisme d'auto-destruction en cas d'entrée de force.

Ainsi si Carson est tué ou capturé, les indigènes ne pourront pas mettre la main sur quelque chose qui leur serait utile. Dans ce cas, nous aurions un petit module et un brillant linguiste en moins, mais je pense que nous connaissons suffisamment la langue locale pour communiquer nos intentions, aussi longtemps qu'elles seront soutenues par *d'autres mesures*.

Le plan de base est bien sûr 2/3/A — employé pour des races intelligentes technologiquement en retard et politiquement désunies. C'est une méthode qui a fait et continue de faire ses preuves dans l'histoire de la Terre. Cela n'importe pas nécessairement une dévastation à grande échelle ni une destruction de la population. Dans les plus mauvais cas sur Terre, les véritables envahisseurs n'étaient pas les conquérants, mais les germes qu'ils amenaient avec eux. Nous avons effectué des tests approfondis sur Simon, et, heureusement, les races sont génétiquement trop différentes pour poser la moindre menace mutuelle de contamination microbienne ou autre — quoique, toujours par chance, leur chimie interne soit suffisamment semblable pour leur permettre d'apprécier les mêmes nourritures.

Les Arésiens survivront — aussi longtemps qu'ils seront raisonnables et qu'ils coopéreront avec nous.

Carson partira dans moins de quarante-huit heures. J'espère qu'il enregistrera ce qu'il découvrira — il montre parfois une fâcheuse tendance à garder ses pensées pour lui...

PREMIÈRE PARTIE

La venue des dieux

Chapitre premier

Après avoir ôté mon doigt du bouton d'allumage et que nous commencions de quitter l'orbite pour descendre sur la planète surnommée « Arès », je souhaitai pour la nième fois que ce vieux truc de SF soit vraiment possible — un traducteur instantané et universel. Mais il n'y a et ne peut y avoir de telle machine. Aussi, manquant toujours de mots exacts pour une situation tendue, je ne pouvais qu'observer Saimo sanglé à côté de moi — et lui sourire.

Saimo me sourit en retour. La mimique semblait signifier la même chose pour le gamin comme pour moi; mais je n'en étais pas encore absolument certain. J'avais de sacrées lacunes concernant ce gosse.

Remarquez, nous avons parcouru un long chemin depuis vingt ou trente jours. Nous avons établi : 1. que le nom donné par les natifs à leur planète est « Xuma »; 2. qu'il y existe plusieurs nations ou Etats; 3. mais une seule langue et une seule race intelligente. La nation de Saimo est constituée d'une ville et de segments adjacents de canaux, la ville étant à environ 20° de latitude Sud, 30° de latitude Ouest et s'appelle en xumain, Yelsai.

Nous n'avons pas encore établi à quel sexe appartient Saimo. Les petits animaux xumains que nous avons capturés semblent se partager en *trois* sexes, mâles, femelles et neutres. Presque tous ceux qui étaient neutres étaient jeunes, mais un rongeur neutre avait définitivement *achevé* sa croissance. Les mammifères femelles possèdent des mamelles à l'inverse des mâles et des neutres. Interroger Saimo n'a pas été d'un grand secours — à un moment, il a semblé parler de *quatre* sexes! Mais d'autre part, il était complètement dérouté au sujet de *nos* sexes du moins au début. Lorsque j'ai ôté pour la première fois ma chemise dans sa cellule, j'aurais juré que le gamin, ayant regardé ma poitrine, m'avait classé dans le genre maternel! Nous avons éclarci ce point plus tard, mais Sally Freeston et moi avons dû nous déshabiller; dans l'intérêt de la science, bien sûr...

Saimo lui-même, lorsqu'il est nu, est étrange, beau mais troublant. Sally a pris l'habitude de l'appeler « l'Ange ». Ma foi, le mot convient de bien des façons. Il a un tempérament doux. Il mesure 1,60 m, c'est-à-dire la taille d'une fille normalement constituée. Une peau rouge, fine et lisse, de jolis yeux dorés, un nez retroussé et des cheveux noirs. En le regardant sans y prêter d'autre attention, il pourrait passer pour une Chinoise au teint bronzé, ou un adolescent. Je sais qu'il existe une foule de détails mineurs, sans compter cette importante chose inhumaine dans sa structure, mais superficiellement... eh bien ses courbes ressemblent à celles d'une fille et son postérieur est très humain...

Saimo n'a pas honte de son corps. Lorsqu'il a été capturé par ce piège à rats volant, il était nu. Depuis ce temps, les autorités lui ont donné des pantalons — pour des raisons dont j'ai parfois discuté avec Dave Weiser! Je crois que Saimo faisait ressortir l'homosexualité latente parmi quelques-uns d'entre nous.

Et maintenant Saimo était là, engoncé dans la combinaison pressurisée d'une fille, sanglé dans le siège à côté du mien, alors que nous avions dépassé l'anneau de Xuma du côté sud et que nous nous dirigions vers *Yelsai xir xul da-iid-sai*. C'était l'adresse de Saimo : Yelsai, Canal Ouest 2-3-6.

Comme l'on pouvait le supposer d'après le nombre des doigts — six — les Xumains comptent par douzaines, ainsi « 2-3-6 » signifie en fait « 288 plus 36 plus 6 », c'est-à-dire 330. Le *thon* (ferme? village?) de Saimo se trouve à 330 *idaz* au nord de la ville de Yelsai, sur le canal le plus proche de l'Océan (asséché)

Occidental. Et un *idaz* est sacrément proche du vieux mille terrestre — en fait trois fois 1 728 pieds xumains. Je suis heureux que Saimo soit un petit génie en math — nous connaissons à présent parfaitement le système numéral et métrique. L'étalon de longueur est pour les Xumains le *thap* ce qui signifie « pied », et le pied de Saimo mesure 27 centimètres, du talon au gros orteil, presque autant que le mien. Les Xumains n'ont jamais eu de problème de décimalisation — tout est basé sur 12. Tout comme nous, leur jour se divise en 24 heures et leur année comporte 12 divisions principales; par contre, leur « mois » ne comporte que 24 jours, ce qui leur fournit un calendrier parfaitement régulier. 12 est bien sûr un nombre plus maniable que 10, et ils emploient des mesures naturelles de longueur tirées du corps plutôt que des abstractions comme notre « mètre ». Comme quelqu'un l'a dit une fois, dans chaque système planétaire, la mesure de toutes choses est la mesure (x) (h)umaine.

Pourtant, bien qu'ayant été si loin, je ne pouvais que sourire pour rassurer Saimo.

Il me sourit en retour et avança sa main fourrée dans un gant spécial, jusqu'à ce que son sixième petit doigt touche mon gant.

« Toi ici, Tomass, moi pas peur », dit-il. Lorsque Saimo parlait anglais, l'effet était étrangement beau : chaque syllabe était claire et sonnait comme une cloche, d'un ton de mezzo-soprano, avec des accents de hauteurs plutôt que toniques. Bien sûr c'est ainsi que l'on doit parler le xumain, en le chantant à demi.

Alors que le module descendait, je demandai à Saimo de me donner une autre leçon de chant. Je venais seulement de comprendre la différence tonique entre *xúl* (« ouest ») et *xùl* (« excréter »), lorsque nous atteignîmes l'atmosphère.

Notre appareil cessa d'être un missile flamboyant et, automatiquement, les ailes se déployèrent. Nous commençâmes notre vol au-dessus de l'Océan Occidental, Laral Xúl, qui est une cuvette de poussière blanche, due

33

aux dépôts de sel et aux ossements échoués d'hypothétiques créatures marines. Puis nous survolâmes un désert rouge, en descendant lentement. Soudain la rayure bleu-vert d'un canal apparut devant nous.

Saimo dit nerveusement en anglais : « Droit', droit', Tomass! Si tu vas gauche, tu touches Xarth. Xarth pas bon! Mauvaises personnes!

— Une autre ville? » demandai-je.

Saimo hocha la tête d'une manière dont je savais qu'elle signifiait « oui ».

A présent, j'avais évidemment le contrôle manuel de l'appareil; j'effectuai un demi-tour à droite et enregistrai l'information : Au nord de Yelsai se trouve l'Etat de Xarth, ennemi de Yelsai.

La région bleu-vert du canal formait une tache qui s'élargissait devant et à gauche de nous. Juste avant, il y avait des sortes de monolithes qui se dressaient dans le désert comme une rangée de dents. Je me dirigeai vers eux, et en m'approchant, je pus voir qu'il s'agissait de plaques rocheuses, artificiellement équarries, dressées comme les immeubles de bureaux de Platon ou de Lunaris.

« *Nei tyaa?* demandai-je en les indiquant. Qu'est-ce que c'est?

— *Húdaan* », dit Saimo en paraissant effrayé. Cela ne m'aidait pas : *húdaan* était un nouveau mot. (Mais *húd* signifie « mort ». Donc...?)

A l'ouest de l'*húdaan,* le désert était beau et plat, c'est pourquoi j'y dirigeai notre petit appareil. J'étais heureux d'avoir pratiqué la technique aéronautique sur Mars; il n'y avait que trois autres types à bord du *Riverhorse* qui se trouvaient dans mon cas, et les simulateurs ne sont pas tout à fait identiques à une véritable planète. Bien sûr l'air était dense, plus dense que sur Mars, pas très loin du standard terrestre. Je souhaitai brièvement posséder une expérience aéronautique terrestre — mais évidemment, si j'avais eu *cela,* je n'aurais jamais pu passer l'examen médical pour l'Evasion; de nos jours, seuls les désespérés visitent ce vieux tas de scories qu'est la Terre. De toute façon, expérience ou non, je descendis à travers ces 800 millibars, et après s'être balancés, nous nous posâmes doucement, à la verticale.

Avant même d'avoir ôté ma ceinture de sécurité, je sentis pleinement l'horreur de cette énorme gravité.

Dans la radio du module, je dis : « Le *Courrier* a atterri. Et je crois que je pèse une tonne. »

Je pesai une tonne car tout est relatif. Les quartiers d'habitation du *Riverhorse,* près de la coque externe du vaisseau, bénéficient du maximum de rotation — ce qui leur donne une gravité lunaire normale. Sur l'Ancienne Mars, elle était de deux fois supérieure. Mais ici, sur cette Nouvelle Mars, la gravité était *quatre* fois supérieure à celle de ma planète natale. Bien sûr je m'étais entraîné dans la centrifugeuse du vaisseau, mais seulement pour des périodes de quinze minutes. Maintenant je devais me tenir debout et marcher sous 0,66 g aussi longtemps que je resterais sur Xuma ! Le fait abstrait que je sois *terrien* (ha ha !) ne m'aida pas beaucoup. (Je me suis d'ailleurs souvent demandé comment avaient fait nos ancêtres pour supporter leur monde natal.)

Saimo s'était libéré de son siège et attendait, leste et agile, même dans sa combinaison pressurisée.

« Nous dans *mon pays* maintenant, dit-il. Oh, comme c'est bon ! »

Je me soulevai à demi de mon siège, grognai et retombai lourdement. Me lever pouvait attendre. Nous savions que l'atmosphère xumaine était compatible avec la nôtre, c'est pourquoi j'appuyai sur le bouton de ventilation sur l'accotoir de mon siège ; l'air s'engouffra en sifflant dans la cabine.

Il faisait chaud. Nous avions atterri l'après-midi, dans un désert tropical.

« Ouah ! dis-je. Nous ferions mieux de sortir de *ça.* » Saimo avait déjà enlevé sa combinaison pressurisée. Je me levai précautionneusement, prenant soin de conserver mon centre de gravité au-dessus de la base formée par mes bottes. Je commençai à transpirer. A travers les hublots, le désert rouge ressemblait à une fournaise ; dans la cabine, la radio du vaisseau se mit à polluer l'air.

« *Courrier,* ici *Riverhorse.* Répondez s'il vous plaît ! Rendez compte de votre activité... »

— D'accord, d'accord, dis-je. Pour le moment, je me déshabille. Est-ce qu'un homme n'a pas droit à un peu d'intimité dans ces moments? »

Saimo, à présent nu comme un ver, allongea prestement sa main à six doigts et me rattrapa alors que je perdais l'équilibre. Puis il m'aida à me dégager de ma combinaison.

Ainsi, pensai-je, voici la planète que j'avais suggéré d'appeler Barsoom. Ha! des canaux et des natifs à peau rouge, d'accord, mais la pesanteur! Bien sûr, on doit avoir une forte gravité pour pouvoir respirer l'air naturel. Mais je ne vais pas étonner les indigènes avec mes muscles de super-Xumain et mon remarquable pouvoir de sauter par-dessus leurs constructions...

La réalité n'est jamais aussi satisfaisante que la fiction. De plus, comme moyen de transport, le plan astral bat de loin le module d'atterrissage : John Carter n'a jamais atterri avec une Mission de Contrôle pendue à ses basques. Mais c'est ainsi que Tom Carson l'a *fait*.

Je réussis enfin à sortir de cette combinaison éléphantesque et me redressai prudemment dans mon uniforme noir d'Evasion. J'installai ensuite la radio portative qui se constituait d'un gros collier et d'une antenne que je repoussai derrière ma tête. Je fis un essai et cela fonctionna : pas de chance.

« ... Rendez compte de votre activité!... » Je reconnus la voix de Bert Belmondo, l'Officier en Second. B. B. était l'un des séides de Mannheim, un vrai casse-pieds.

« Activité sans intérêt, dis-je. Pression égalisée avec l'extérieur. Je vais ouvrir la porte. Assez de chichis, voulez-vous? Le contrôle de ce gadget vous dira si je suis dévoré par un zitidar sauvage.

— L'avant-dernier mot n'est pas clair, Carson. Répétez. Détectez-vous une faune dangereuse?

— Non, rien, ce n'était qu'une plaisanterie... » Je cherchai un petit bouton et la voix déformée se calma considérablement. Normalement, il n'y aurait pas dû avoir un tel bouton sur mon collier, mais Jack Willis mon ami ingénieur en avait monté un discrètement, selon mes directives, juste avant notre départ. Maintenant, le Dictateur dans le ciel penserait que ma radio était hors d'usage, mais les battements de mon cœur s'entendraient haut et clair — du moins je l'espérais. Je n'aimais pas me couper du reste du monde. Mais le sacré bavardage de B. B. dans mon cou ne pouvait pas m'aider et il pouvait certainement me gêner en me distrayant.

Après avoir ouvert la porte et empoigné mon laser, j'endossai un petit paquetage et fis signe à Saimo de sortir le premier. Il sauta aisément et retomba sur le sol rouge, puis je le suivis en descendant prudemment la petite échelle et refermai la porte.

Mes bottes touchèrent la surface et je me redressai. Je lâchai l'échelle et pensai prononcer quelque chose d'historique du genre — « un petit pas pour l'homme » ou quelque chose comme ça.

C'est une chance que mes doigts n'aient pas tourné le bouton de volume lorsque je prononçai mon premier mot — car j'avais perdu l'équilibre et mon premier mot sur Xuma fut en fait « Mmmerddde! »

Saimo me releva. « Tu vas bien, Tomass? s'enquit-il anxieusement.

— Bien sûr, dis-je, je viens de faire un pas de géant pour l'humanité, c'est tout. »

Je dus m'appuyer sur Saimo durant quelques instants avant de pouvoir me tenir debout sans problème et je dus tenir fermement sa main pour apprendre à marcher. La chaleur ne m'aidait pas : il devait faire environ 35 ºC.

Dix minutes plus tard, je me sentis plus assuré sur mes jambes et je fus capable de faire face à la situation plus calmement. J'envoyai un bref message dans ma radio — que j'espérais suffisant pour apaiser mon Ange Gardien — puis moi et mon vendredi commençâmes notre balade à travers les pâturages bleu-vert.

Le petit soleil orange était derrière nous lorsque nous dépassâmes la grande ombre du module d'atterrissage. Le désert rouge s'étalait sur trois côtés autour de nous, formant une plaine de sable plat, en partie couverte d'une végétation jaune, terne, de plusieurs genres, certaines plantes semblables à des mauvaises herbes, d'autres, d'environ un mètre de haut, charnues, me rappelaient les cactus. J'appris plus tard que les compatriotes de Saimo nommaient ce Désert Occidental, le Désert de la Mort, mais ils se font une idée curieusement positive de la mort, et de fait, cette plaine rouge était par elle-même très vivante. Elle était littéralement grouillante — de créatures invertébrées semblables à de gros crabes ou des scorpions, et de reptiles du genre dragon d'un mètre ou deux de long. Tous ces animaux étaient rougeâtres et difficiles à observer s'ils ne bougeaient pas, mais même alors c'était la terre qui semblait bouger plutôt que les animaux. En fait, cela était dû à la lumière plus qu'au brouillard de chaleur.

J'empoignai mon laser lorsqu'un dragon détala. Il était tout en piquants et en crêtes, et dardait une langue rouge en sifflant à notre intention; mais Saimo m'apprit qu'il était inoffensif.

« Il mange plantes. A peur de nous », dit-il.

Je dois également ajouter que ces dragons n'ont que quatre membres — comme tous les autres vertébrés de Xuma. L'évolution animale de cette planète est très similaire à celle de la Terre : à l'inverse de Barsoom, il n'y a pas d' « homme » à six membres, de « cheval » à huit pattes ou de « chiens » à dix pattes. Le poisson qui se hissa hors de Laral Xúl était tout à fait normal avec seulement quatre nageoires principales; ainsi les animaux terrestres furent tous tétrapodes.

Nous avancions péniblement. Le soleil flamboyait dans un ciel bleu foncé, sans le moindre nuage — un ciel dont le bleu était plus profond que celui de la Terre montré dans les vieux films. Je crois que c'est parce que le soleil de Xuma est plus petit que Sol et que l'atmosphère est légèrement moins dense que sur Terre. La petitesse du soleil donne à la lumière une légère note de tristesse — un peu comme chez nous lorsque Sol est en éclipse partielle, ou comme la lumière sur l'ancienne Mars. Mais puisque ce soleil tire sur l'orange, la tristesse ambiante est plus chaude, plus riche — une lumière douce, voilée.

De plus, par contraste, certains objets sont plus brillants. Ainsi, devant nous, la ligne des húdaan s'étalait, illuminée par les rayons du soleil couchant.

Quatre de ces monuments semblables à des dalles se dressaient à environ deux cents mètres à l'est, et probablement d'autres groupes identiques au nord et au sud. Alors que nous nous en approchions, Saimo pressa ma main et suggéra de nous déplacer à droite afin de les éviter largement. Il dit en xumain :

« Ce n'est pas l'usage pour moi de voir ces choses parce que je suis jeune. »

J'acquiesçai volontiers et le suivis. Saimo détournait ses yeux des húdaan, mais je n'avais aucune raison d'en faire autant; et immédiatement, je vis ce qui pouvait l'effrayer.

Les dalles avaient un rebord avant d'arriver au sommet, et des choses blanchâtres, allongées, luisaient sur ces corniches. La plupart de ces objets blancs formaient un tas épars sur le sol devant le húdaan; brusquement je réalisai qu'il s'agissait d'ossements. Des squelettes xumains. Sally tenait là un vaste champ d'observation pour étudier les différents sexes et âges... Dans le ciel, au-dessus des grandes dalles, des oiseaux tournaient et planaient — des vautours xumains ou l'équivalent.

Je posai alors quelques questions à Saimo. Le pauvre garçon détestait visiblement s'attarder ici, mais il se plia à mes exigences — et confirma mes soupçons. Les Yelsaiens n'enterrent ni n'incinèrent leurs morts — comme les Parsis de l'ancienne Inde, ils les exposent pour qu'ils soient dévorés par des charognards. Les húdaan sont l'équivalent des Tours de Silence.

« Ils forment une ligne sur la rive ouest de notre canal, dit Saimo, évitant toujours de les regarder. Si tu avais atterri du côté est, Tomass, nous n'aurions pas vu cette chose terrifiante.

— Les Xumains ont-ils si peur des morts? demandai-je.

— Pas les hommes, les femmes ni les vieux. Mais nous, les jeunes, ne devons pas les voir avant notre heure. »

Nous dépassâmes les dalles funéraires avec devant nous le canal bleu-vert qui s'étalait entre leurs grandes ombres.

La région du canal était une vallée dirigée nord-sud formant une légère dépression de plusieurs kilomètres de large. Sans transition, à quelques mètres devant nous, la poussière rouge et les herbes ocres cédèrent la place à de petits roseaux bleutés, une sorte d'herbe bleu-vert et des genres de massifs de joncs ou d'herbe des pampas. Au-delà de cette petite bande de buissons, des champs tracés au cordeau s'étendaient à perte de vue; bleuâtres, verdâtres ou dorés, ils étaient ponctués de touffes d'herbes ou de rangées d'arbres. Ces derniers me rappelaient ceux que j'avais vu à Lunaris, sous l'énorme dôme du Parc Tropical — des palmiers, des papayers, des bananiers et des bambous. Les troncs étaient pour la plupart minces et fuselés, le faîte ressemblant à un grand éventail vert avec des feuilles semblables à des plumes, à dix ou vingt mètres au-dessus du sol. Tout le paysage était étonnamment luxuriant et formait un énorme contraste par rapport au plateau désertique que nous venions juste de quitter.

Et il y avait des constructions. La plus proche, au milieu de quelques champs, à deux cents mètres seulement, était un petit pavillon de pierres jaunâtres, avec un toit retroussé, recouvert de tuiles bleues. Plusieurs autres bâtiments similaires s'éparpillaient dans la vallée. Assez loin, au-delà de ces maisons, je pouvais distinguer une rangée entière de constructions plus élaborées, sur ce que je devinai être le bord du canal; et derrière cela, des groupes d'arbres se détachaient nettement sur l'horizon.

Durant plusieurs secondes je restai pétrifié, paralysé. Je n'avais jamais vu une telle chose dans ma vie — la véritable campagne d'une véritable planète habitée, sous un ciel naturel. La Terre, empoisonnée, anéantie, où mon père avait trouvé la mort, n'était qu'une impression donnée par les livres et les films, et bien sûr la vie lunaire n'était qu'une succession de dômes bourgeonnants et de tunnels rocheux, entourés de toutes parts d'un vide mortel. Je réalisai que même sur Xuma, la vie était un dur combat, mais rien auprès de ce que cela avait été dans le système de Sol.

En regardant les feuilles des arbres remuer doucement, puis le bleu profond du ciel vide, je ressentis une panique irrationnelle. Le dôme de la ville avait éclaté et dans quelques secondes, la noirceur de l'espace s'engouffrerait à l'intérieur pour asphyxier les gens...

C'est alors que Saimo, mon Ange nu, à la peau rouge, mit sa main à six doigts dans la mienne en souriant.

« Yelsai, Canal Ouest, dit-il. Tomass, comme c'est bon de m'avoir ramené à la maison. Tu es si bon, Tomass, je t'aime ! »

Je lui souris gauchement en lui tapotant l'épaule. J'étais pleinement conscient de l'affection désespérée que me portait Saimo. Sur le *Riverhorse,* nous l'avions terrifié et, parmi nos nombreux méfaits, lui avions plus ou moins lavé le cerveau. Mais maintenant je devais l'en guérir.

« Allons-y ! » dis-je.

Nous avançâmes à travers la bande de buissons. Déjà je pouvais voir des gens — une dizaine d'individus à peau rouge, dans le champ situé avant le pavillon aux murs jaunes ; quelques-uns étaient nus, d'autres semblaient en partie vêtus.

L'instant suivant, Saimo se mit à hurler.

Je me retournai et vis ce qu'il regardait. Venant de notre gauche, depuis l'énorme rangée de dents pointues des húdaan, déferlait dans la vallée, un flot de... cavaliers. Bon, de la cavalerie. Quelques-unes de nos sondes nous en avaient montré avant d'exploser, mais, à présent, je les voyais beaucoup mieux.

Les guerriers rouges ne portaient rien de plus qu'une sorte de jupe de cuir, si ce n'est quelques courroies pour maintenir leurs armes, des épées et des lances. Mais leurs têtes étaient presque complètement recouvertes par un casque de métal argenté, avec un masque manifestement destiné à suggérer des têtes de morts. Le crâne xumain, une fois dépouillé de ses chairs, est très humanoïde, et j'avais une petite idée là-dessus. Ces cavaliers cherchaient évidemment à inspirer la terreur — et, mon Dieu, je dois dire qu'ils y réussissaient, même avec moi. Mais leurs « chevaux » produisaient un effet plutôt comique — ces animaux étaient petits, avec des pattes grêles avec de larges pieds mous, de longs cous et une grosse tête absurde, le tout formant une mixture entre le cheval, la girafe et le chameau terrestres.

Il y avait au moins vingt cavaliers dans la première vague de cette horde, et ils fonçaient très vite sur les paysans près du pavillon, pointant leurs lances et poussant d'horribles hurlements.

« *Kunir Xarth* », souffla Saimo en agrippant mon bras gauche. « *Hùdyo...* » Je réalisai qu'il venait de dire « les hommes de Xarth — des tueurs. »

Les paysans s'étaient à présent rendus compte de l'approche des guerriers; ils hurlaient et couraient pour sauver leur vie. Mais ils étaient manifestement condamnés, à moins que...

Ma main droite était déjà à la gaine sur ma hanche. Je sortis mon laser, l'ajustai et pressai la détente.

Un petit arbre au-delà du champ s'abattit. Puis lorsque la cavalerie xarthienne atteignit cette ligne invisible, elle se mit à tomber. Tout d'abord, les montures furent proprement décapitées, puis les cavaliers furent coupés en deux, à peu près au niveau de la ceinture. En quelques secondes, la totalité de cette première vague était devenue une boucherie.

Derrière cela, d'autres escadrons arrivèrent au petit galop dans la plaine — environ une centaine de cavaliers. Ils criaient et agitaient leurs sabres — puis à la vue du carnage, ils hurlèrent d'épouvante, arrêtèrent leurs montures et s'enfuirent en groupe compact. Je pensai pouvoir aussi bien achever le travail, et je sentais que ces types ne seraient pas une grande perte pour la planète; je réglai mon laser à sa puissance maximale et les balayai.

La troupe entière se désintégra. Une ou deux montures détalèrent entre les pierres funéraires des húdaan, mais pas un des guerriers descendus dans la vallée n'était resté en vie.

Je remis la sécurité et rangeai mon laser dans sa gaine. La « bataille » entière n'avait duré que trois minutes. Je suppose qu'un véritable héros aurait été honteux du massacre de ces nobles sauvages grâce à une puissance de feu supérieure plutôt que de les avoir impressionnés par sa vaillance personnelle. Je n'étais pas honteux, seulement soulagé.

Saimo s'était jeté à terre et agrippait mes bottes. Son petit visage rouge était tourné vers le mien et ses yeux dorés étaient brillants. Les Xumains ne versent pas de larmes, mais je suis sûr que si Saimo l'avait pu, il l'aurait maintenant fait.

« *Aanir inu* », répétait-il sans cesse. *Inu* signifiait « mon », mais *aanir* était un mot que j'ignorais. De toute façon, je pouvais en déduire qu'il avait apprécié ce que je venais de faire. Mais de plus il était extrêmement impressionné. Il avait vu énormément de « magiciens » à bord du *Riverhorse* — mais n'avait jamais vu de laser en action.

Je tournai le bouton de ma radio.

« *Riverhorse,* ici Carson. Le pacha va être content de moi, B. B., je viens de désintégrer une centaine de natifs hostiles. Il s'agissait de guerriers ennemis sur le point de massacrer quelques paysans du coin. Ceux-ci s'approchent maintenant de moi, lentement — très lentement. Ange leur expliquera que je suis de leur côté et que j'espère établir des relations amicales avec l'Etat de Yelsai, comme nous l'avions prévu. Terminé.

— Entendu, Carson. Nous allons passer de l'autre côté de la planète, voudriez-vous déployer votre antenne Maxi pour maintenir le contact en passant par le satellite de relais pour les quelques heures qui vont suivre... »

L'antenne Maxi était une feuille de métal, en éventail, d'environ un mètre de large comme de haut. Avec ce sacré truc déployé, j'aurais l'air d'un joueur de tuba. De plus, un vent d'est soufflait assez fort, et avec cette surface déployée, j'aurais vraiment été en danger d'être emporté.

« J'ai peur que la Maxi ne soit coincée, dis-je. Si vous n'entendez rien pendant deux ou trois heures, ne vous inquiétez surtout pas. Les indigènes sont arrivés et sont en pleine adoration... »

Je tournai le bouton dans l'autre sens.

Le soleil était pratiquement dans mon dos, et grâce à cette forte brise, je n'avais pas trop chaud — une tiédeur agréable. Saimo était en train de parler à la demi-douzaine de Xumains qui s'étaient approchés lentement de moi, et j'avais à présent tout loisir de les observer.

Trois étaient sans conteste des *vep,* des enfants — ils étaient nus et aussi asexués que Saimo. Leurs tailles variaient, et selon nos critères, ils pouvaient avoir six, neuf et douze ans. Cela m'intrigua de voir que le plus petit montrait des traces d'un nombril rudimentaire — les autres, pas. Les trois autres Xumains étaient des adultes sans nombril. Deux qui portaient des jupes courtes de tissu laineux pouvaient être appelés des hommes : leur apparence différait peu de celle de Saimo, hormis le fait qu'ils étaient vêtus là où j'aurais aimé les voir nus, et que leurs voix étaient plus graves que celle de Saimo. Ce qui me rendait absolument certain qu'il s'agissait d'hommes était l'allure de la sixième personne Xumaine. Celle-ci portait une sorte de jupe de toile verte, de la taille aux chevilles, et sa poitrine dénudée saillait au bon endroit en deux petits seins coniques possédant des *mamelons* — ce qui n'était le cas d'aucun autre.

« *Kun?* demandai-je en la désignant. Une femme? »

Saimo hocha la tête de gauche à droite, ce qui signifiait « oui ». « C'est la Dame Lulen, une *psuyo* — qui travaille la terre — et voilà ses deux maris officiels et leurs trois enfants. La Dame Lulen te remercie d'avoir sauvé la vie de sa famille. Elle t'invite maintenant à venir au *thon* pour être accueilli par la femme chef. Ce *thon,* Tomass — il est à *da-iid-la.* 2-3-0. Tu as si bien atterri, mon *aanir,* que nous ne sommes qu'à six milles de mon *thon!*

« Saimo, dis-je, que signifie *aanir?* »

Il haussa les épaules d'un air déconcerté. « Tu viens du ciel — tu as un pouvoir si grand! Il y a des légendes concernant l'*aan,* l'habitant du ciel au grand pouvoir. Je pense que c'est toi. *Aanir* est le masculin de *aan.* Tout comme *kunir* est le masculin de *kun* », ajouta-t-il en désignant les deux Xumains.

Ainsi je savais qu'en xumain, *kun,* « femme » était la

racine, et le mot désignant l' « homme » était un dérivé — tout à fait à l'opposé de l'anglais [1] Saimo m'avait appelé « mon dieu » — ou était-ce « ma déesse masculine ? » »

Pour l'heure, d'autres paysans étaient apparus et s'attroupaient autour de nous; je pus voir qu'ils appartenaient tous à ces trois catégories — enfants nus asexués, hommes en kilts, femmes en jupes, aux seins nus avec des mamelons. Quelques enfants très petits avaient un nombril bien net. Tous ces gens avaient la peau rouge, les cheveux noirs et les yeux dorés, marron doré ou jaune-vert; je pensai qu'ils étaient tous magnifiques, tout comme Saimo dans sa manière d'elfe. Les femmes portaient les cheveux longs, généralement tressés en une seule natte qui retombait au milieu de leur dos rouge, nu; les enfants et les hommes étaient coiffés comme Saimo, les cheveux proprement coupés au-dessus des épaules. Je remarquai qu'aucun enfant ne pouvait être classé dans la catégorie garçon ou fille — étaient-ils tous des garçons? J'interrogeai Saimo du mieux que je pus.

« Non, dit-il, ni mâle ni femelle — ce sont des *vep*. Comme moi.

— Et lorsqu'ils sont plus vieux, dis-je, que deviennent-ils? Des hommes ou des femmes? »

Saimo me regarda étrangement, ses joues prenant une coloration plus foncée, très proche de la rougeur humaine.

« Des hommes, dit-il. Enfin — presque toujours.

— Quelque chose arrive-t-il à leur corps — là? dis-je en désignant son aine.

— Oui, dit-il en rougissant encore plus. Les chairs s'ouvrent. » Il prit ma main. « Tomass — veux-tu venir maintenant? Les gens t'ont amené un... un *trolley*. »

Il avait employé le mot anglais pour désigner un petit meuble roulant utilisé sur le *Riverhorse*. Mais en fait, ce trolley xumain n'en était pas un — c'était une petite charrette de bois ou un chariot avec quatre grandes

---

1. En anglais, « woman » (femme) est un dérivé de la racine « man » (homme). (N.d.T.)

roues minces et une carosserie finement sculptée, peinte en bleu et or. Saimo m'expliqua que c'étaient les couleurs de Yelsai, et qu'ainsi le chariot appartenait à l'État. Stationné sur une route bien entretenue, il était attelé à l'un des chevaux-girafes-chameaux dont le nom xumain est *thapal* (« pied-plat »).

Les gens nous aidèrent, Saimo et moi, à monter dans le chariot, et un Xumain sauta lestement sur le siège du conducteur à l'avant, donna une secousse aux rênes et fit démarrer notre attelage. Le thapal se déplaçait tout à fait comme un cheval, à part le fait qu'il levait ses pattes grêles très haut. Bientôt nous prîmes une bonne allure dans la direction du canal; pendant ce temps, la foule courait sur la route derrière nous.

Nous nous engageâmes dans une avenue bordée d'arbres aux feuilles en éventail, très régulières, qui se mêlaient et s'entrelaçaient au-dessus de nous — ils me rappelaient les bananiers, à l'exception de leurs troncs qui n'étaient que des tubes lisses et bruns. Beaucoup d'arbres et de plantes xumains ont cet aspect : ce sont d'efficaces rétenteurs d'eau. Je me retournai pour demander à Saimo le nom de l'arbre — lorsque je remarquai qu'il frissonnait et paraissait tendu.

« Qu'y a-t-il, Ange? demandai-je. As-tu froid? » Il faisait certainement froid dans cette avenue, mais les Xumains résistent beaucoup mieux que nous aux changements de température et je ne pensais pas que Saimo pût avoir besoin d'une quelconque couverture. Mais il se blottissait contre moi, mettant son bras autour de ma taille.

« Tomass, dit-il, je... oui, j'ai un peu froid. » Il baissa la voix. « Tomass, veux-tu être bon pour moi?

— Mais Saimo, bien sûr...

— Pas si fort. » Il chuchotait; puis une pensée le traversa et il reprit en anglais. « Tomass, je... j'ai un peu mal à l'intérieur, entre les jambes. Je crois que c'est le premier signe.

— De quoi?

— De ma... Transformation. Ils disent que la peur en est la cause, je suis à l'âge voulu et j'ai eu très peur. Habituellement, ils prennent les *vep* de 1-6 ans — je veux dire dix-huit — et les emmènent aux húdaan pour leur montrer les morts. La peur de la mort les fait devenir des hommes.

— Deviens-tu un homme? dis-je en souriant. Félicitations! »

Saimo parut troublé et s'agrippa à moi encore plus fort. « Tomass, si quelque chose va mal pour moi, m'aideras-tu? Dis-leur que tu as besoin de moi pour parler aux gens — ne les laisse pas m'emmener!

— Mon cher Ange, dis-je en posant mon bras sur ses épaules, tu peux parier ton dernier dollar Euram que je ne les laisserai *pas* t'emmener. Pas même si tu te transformes en — en thapal. J'utiliserai mes privilèges de dieu. Mais dis-moi, et ta famille?

— Ma mère n'est pas très loin d'ici, dit Saimo sombrement, mais elle ne peut rien pour moi maintenant. Depuis que j'ai été enlevé, elle est devenue *uxan*...

— Vieille? » demandai-je. Saimo avait employé le mot « uxan » lorsque nous lui avions montré des photos de vieillards humains aux cheveux gris, mais il n'en avait jamais été très certain.

« Tu verras, dit-il. Elle vit dans une maison d'uxan, pas très loin d'ici. J'aurai sa visite je pense — peut-être avant que quoi que ce soit ne m'arrive.

— Saimo, as-tu très mal? As-tu besoin d'une aide médicale? Nous pouvons arrêter le chariot...

— Non. Cela n'arrive pas si vite. Mais Tomass, s'il te plaît, demande-leur de me laisser dormir dans une chambre, seul avec toi, cette nuit. Et demande aussi un vêtement d'homme. Je pense que ma transformation sera achevée dans dix ou douze heures. Le premier changement est le plus rapide — les autres prennent plusieurs jours.

— Quelles sont les autres transformations? demandai-je.

— Le second changement — pour la plupart des gens, dit Saimo sombrement, est le passage de la condition d'homme à celle de femme. Le troisième est de femme à *uxan*. Comprends-tu à présent?

— Mon Dieu », dis-je — car j'avais vraiment compris. Nos pièges automatiques avaient capturé suffisamment de petites créatures xumaines pour indiquer qu'il y avait une étrangeté manifeste dans le cycle de quelques mammifères de la planète. Une créature du genre lapin, que Saimo appelait *hamlor*, avait changé de sexe, mâle à femelle, durant les derniers mois sur le *Riverhorse*.

« L'ex-mari de ma mère, dit Saimo, mon... beau-père?... est à présent dans la maison réservée aux malades de notre *thon*, il est en train de se transformer en femme. »

Lorsque j'eus retrouvé ma voix, je dis : « Combien de temps resteras-tu un homme? Et ensuite, combien de temps une femme?

— Normalement, dit Saimo, le *vep* se transforme à 1-6 — je veux dire dix-huit ans. Puis pendant 2-0 ans, excuse-moi Tomass, je ne peux pas penser dans ton système numérique — pendant 2-0 ans, jusqu'à l'âge de 3-6 ans, c'est un homme. Ensuite, à nouveau durant 2-0 années, c'est une femme. Après cela, à partir de 5-6 ans, c'est un *uxan*.

— L'*uxan* n'a pas de sexe?

— Pas plus qu'un *vep*, dit Saimo. Les chairs redeviennent lisses.

— Pourquoi ne voyons-nous aucun uxan dans les champs? demandai-je en regardant aux alentours. Y en a-t-il? » Du plus loin que je pouvais voir, il y avait seulement des hommes, des femmes et des enfants, sans le moindre signe de vieillesse parmi les adultes. Mais d'après ce que venait de me dire Saimo, je pouvais deviner que la plupart de ces hommes et de ces femmes avaient le même âge — plutôt jeunes.

« Les uxan vivent à part, dit Saimo. Je pense que tu en verras quelques-uns au canal — beaucoup d'entre eux deviennent constructeurs de canaux. D'autres sont professeurs; et d'autres enfin font le grand voyage jusqu'aux régions glacées.

— Hein?

— A Khadan, à l'extrémité sud des canaux, je crois. Ou bien au nord peut-être. Je ne connais pas très bien ce sujet — les gens n'en parlent pas aux *vep*. Je suis désolé, Tomass, tu devras en interroger d'autres que moi. Oh! »

Il eut un hoquet. « Qu'y a-t-il? demandai-je.

— Les douleurs... elles deviennent plus fortes, dit-il. Je suis content que cela arrive dans l'obscurité. Bientôt, je vais commencer à saigner... »

Chapitre II

Nous approchions de la civilisation. Nous débouchâmes tout d'abord sur une grande route orientée nord-sud; sur l'autre bord se trouvait un alignement de constructions aux murs jaunes et aux toits bleus. Au-delà des bâtiments, j'eus une brève vision d'eau — le canal. La route, très lisse, était pavée de blocs de pierre blanche. La circulation y était peu intense, des piétons, des voyageurs en charrette ou un occasionnel cavalier chevauchant un thapal — tous étaient des Xumains à peau rouge, hommes, femmes et enfants nus. J'eus l'impression qu'il existait une grande variété de vêtements parmi les voyageurs en charrette tirée par un thapal.

« C'est la grande route entre les villes, expliqua Saimo. Tôt le matin, elle est plus encombrée. Certaines de ces personnes ne sont pas de Yelsai — elles se rendent à l'endroit qui leur est réservé par le *thon,* où elles pourront dormir.

— Parle-moi de ce *thon* », dis-je.

Il apparaissait que les thons étaient des communautés villageoises espacées tous les deux milles le long du canal aux bornes paires correspondantes. Le thon était propriétaire de tout le terrain des deux côtés du canal et de la plupart des constructions — l'exception principale étant la propriété des uxan (Aînés). Les cultures près du village étaient une affaire collective, mais des fermes situées à l'écart étaient louées individuellement à des femmes. La dirigeante du thon était une *kunal* (Dame-chef) élue par toutes les femmes du thon.

« Les hommes n'ont pas le droit de vote? hoquetai-je.

— Oh! non, dit Saimo, les femmes disent que les hommes sont trop jeunes. Ils acquièrent le droit de vote lorsqu'ils deviennent des femmes. De plus, les hommes ne sont pas toujours au thon. Ils doivent le quitter pendant deux ans pour être soldats — et servir la Reine.

— La Reine? Oh! oui, je vois », dis-je.

Nous roulions à grand fracas vers le sud, et j'étais la cause d'une certaine agitation chez les autres voyageurs, lorsque enfin nous arrivâmes au village principal. Ici, les constructions qui longeaient le canal s'ouvraient sur un large pont; au-delà du pont, elles se dressaient de nouveau, formant alors un grand bloc compact, haut de plusieurs étages, composé de bâtiments de différentes hauteurs, à la manière d'un pueblo. Il y avait plusieurs tours, certaines avec une terrasse, d'autres au toit retroussé de tuiles bleues qui paraissaient pratiquement noires dans les derniers rayons rouges du soleil couchant. Directement en face de l'entrée principale de ce bloc, un obélisque élancé se dressait, de l'autre côté de la route — la borne 2-3-0.

Notre conducteur tourna pour franchir l'entrée semblable à un porche, et quelques instants plus tard nous descendîmes au milieu d'une foule grandissante. Certaines personnes avaient un costume plus élaboré que celui du commun des paysans : il s'agissait d'hommes en kilts plus longs, bleus ou blancs, qui portaient des colliers d'un métal ressemblant à de l'or, et de femmes en robes longues, avec de hauts cols raides qui laissaient leurs seins fièrement nus. Je devinai qu'une réception serait donnée en notre honneur, mais je n'étais guère d'humeur pour cela et je savais que c'était la dernière chose dont Saimo avait besoin.

« Dis-leur que nous sommes tous deux fatigués, dis-je, et demande-leur tous les médicaments qui te sont nécessaires. Je ne veux pas rencontrer la Dame-chef et sa bande pour le moment. Déniche-nous une chambre quelque part, veux-tu, Ange? Demain matin, nous sacrifierons au rituel conduisez-moi-à-votre-chef. D'accord?

— Entendu », dit Saimo en souriant bravement. Puis

une longue conversation musicale s'engagea alors avec les Xumains : *allegro con moto,* avec des gestes. Il désigna le ciel, puis moi, et employa les mots *aan, aanir* et *Xarth.* Les natifs furent extrêmement impressionnés. Un moment plus tard, le solo de Saimo devint un duo avec une belle femme en robe à haut col, et qui portait un collier d'or. Finalement, elle hocha la tête de ce curieux mouvement qui semblait dire *non* mais qui signifiait *oui.*

Saimo se tourna vers moi. « La Dame-chef Tlavei va nous donner une chambre dans sa propre maison, nous fournira tout ce qui nous est nécessaire et nous laissera tranquilles jusqu'au lever de soleil.

— Très bien, mon garçon, dis-je, allons-y! »

Tlavei nous introduisit dans le bâtiment, et la foule nous suivit à distance respectueuse. L'endroit était une cage d'escalier doucement éclairée par des appliques murales qui émettaient une lueur jaune-blanche. J'aperçus des murs ornés de fresques et un escalier qu'à présent nous gravissions. Je m'habituais heureusement à la pesanteur... Enfin, Tlavei ouvrit une porte et nous nous arrêtâmes.

Elle fit un profond salut. « Tout ce dont vous avez besoin vous sera apporté, dit-elle. Reposez en paix, dieu de bonté et petit vep. »

Notre chambre d'invité était la plus confortable de la maison commune. Située au dernier étage d'une tour, elle avait des fenêtres sur trois côtés, au nord, à l'est et au sud. Chaque fenêtre était munie de vitres et de volets de bois, le tout coulissant dans l'épaisseur du mur de pierre, glissant sans peine sur des châssis métalliques dans une rainure taillée avec précision. La soirée n'était pas encore fraîche, j'ouvris donc la fenêtre et regardai au dehors.

Dans le ciel violet, les premières étoiles apparaissaient — mais j'avais vu récemment suffisamment d'étoiles; je m'intéressais davantage au paysage. Le canal passait juste en bas. Il allait tout droit, comme taillé par le rayon d'un laser, avec des rives et des chemins de pierres blanches de chaque côté — à cet endroit, elle mesurait environ 80 mètres de large, avec, au milieu, une longue île pierreuse étroite. A notre gauche, un peu plus en amont, le pont traversait le canal en deux arches gracieusement courbées, avec un pilier sur l'île centrale.

Des bâtiments étaient accolés de l'autre côté du canal, les plus bas étant sur le pont même — en fait, le quartier principal du thon semblait être continu de part et d'autre de l'eau. L'effet général donnait l'impression d'un endroit médiéval de la vieille Terre, un château dont les sections enjambaient une douve, ou peut-être la cité disparue de Venise. Mais le style de construction n'était pas très semblable à celui de l'ancienne Europe; il suggérait en partie la vieille Chine, en partie les pueblos des Amérindiens. Et en partie il ne ressemblait à rien sur Terre — les bâtiments s'élevaient en tours élancées, comme nos habitations lunaires, bien que le matériau ne fût ni du béton, ni du métal ni du plastique, mais de la pierre solide. Dans le scintillement des étoiles naissantes et la faible clarté de l'anneau de Xuma, ce village, avec ses tours et son canal, paraissait féerique.

Bon sang — on ne pouvait pas bâtir *cela* en deux temps trois mouvements. Je me retournai vers Saimo et lui demandai depuis combien de temps le village était là.

« Je ne sais pas exactement, dit-il, mais tous les thons sur ce canal doivent être là depuis *kau thaz* années... »

Kau thaz signifiait 12 à la puissance cinq — près de 200 000 ans! Oui, même en tenant compte de l'année xumaine plus courte...

« Le canal lui-même doit être presque aussi vieux que notre système de calcul du temps, ajouta Saimo, car tous les principaux canaux du Secteur Médian ont été construits avant l'an *kau thaz*.

— Je croyais que nous étions en l'an 8-5, dis-je faiblement.

— Oui, 0-8-5, Tomass. Ce n'est qu'un abrégé. Dans sa forme complète, c'est l'Année 9-9-2-0-8-5.

— Plus de *deux millions,* hoquetai-je. Deux millions d'années depuis quoi?

— Depuis l'Ordre.

— Qu'est-ce que cela signifie?

— Je ne suis pas sûr. C'est ce que les gens disent. Je crois que Ordre veut dire Aînés. Je suis très ignorant, Tomass. »

Il y avait deux lits bas, ou plutôt deux matelas couverts d'une sorte de couverture, rangés le long d'un des murs de notre chambre, et Saimo s'assit brusquement au bord de l'un d'eux. Je devinai qu'il devait de nouveau souffrir, mais je ne pouvais rien faire. Il m'avait déjà dit n'avoir besoin d'aucun secours médical; un peu d'eau seulement pour se laver. Et nous avions cela : un coin toilettes dans un angle de la pièce, avec un broc, une cuvette de pierre et un trou dans le sol pour l'évacuation des eaux usées.

C'est alors qu'une voix musicale, de l'autre côté de la porte, dit « Pui » (« ici ») et la Dame Tlavei entra avec quatre adolescents. Les gamins ne portaient rien d'autre que des colliers d'or; je compris que deux d'entre eux étaient les enfants de Tlavei, les autres devant appartenir à sa sœur. Ils étaient tout aussi excités et curieux que des enfants humains qui auraient rencontré un invité extra-solaire à Lunaris; mais Tlavei les rappela à l'ordre et j'ai bien peur qu'ils n'aient trouvé Saimo tristement peu communicatif. De toute façon, ils étaient là, non pas pour nous faire la conversation, mais pour nous servir. Ils apportèrent une table basse, y déposèrent de quoi nous restaurer, et Tlavei donna à Saimo une paire de kilts de toile. En me regardant timidement (ou était-ce malicieusement?), elle murmura :

« S'il plaisait au dieu d'en porter un, je crois qu'il serait magnifique. Ce serait également un plaisir pour moi de lui offrir des colliers...

— Non, merci Dame-chef, dis-je dans mon meilleur xumain. J'aurais froid. Mais je vous remercie de votre sollicitude. »

Elle me sourit curieusement, à demi désappointée; puis ils s'en allèrent tous.

« Bon, dis-je à Saimo, voilà, Ange : maintenant tu peux vêtir ta nudité. »

Il se mit à rougir. « Je ne le ferais pas avant ma complète transformation. Ce n'est pas l'usage pour un vep. Tomass, je dois te dire une chose. Lorsqu'une

Yelsaienne offre des *colliers* à un homme, cela signifie... » me dit-il.

Je sursautai. « Tu ne veux pas dire! Cette femme, cette Dame! L'ai-je offensée en refusant ses bijoux?

— Oh! non. Je ne pense pas qu'elle espérait sérieusement... Mais les femmes essayent toujours lorsqu'elles voient un bel homme. Si nous mangions maintenant, Tomass? »

Mon vieux, pensais-je, c'est vraiment une planète dingue! Pas du tout comme Barsoom! Ici les *femmes* étaient les louves, et les pauvres petits hommes devaient protéger leur vertu. J'interrogeai Saimo qui confirma mes soupçons — oui, il y avait plus d'hommes que de femmes — c'était dû à la mortalité masculine; des hommes qu'elle éliminait ne devenant par conséquent jamais des femmes. Raison pour laquelle à Yelsai une femme avait droit à deux maris.

Nous mangeâmes. J'avais préalablement sorti un petit gadget de mon sac — nous l'appelions un Dégustateur — et j'y introduisis des échantillons avant de goûter moi-même. Dans chaque cas, le Dégustateur donna le même verdict : NON TOXIQUE. J'étais entièrement d'accord avec lui. En fait la nourriture n'était pas seulement saine, elle était délicieuse — tous ces étranges légumes, le pain xumain, les petites portions de viande. A présent je pouvais me dispenser de ces tubes de bouillie de survie dans mon paquetage. Il y avait même un vin blanc glacé, légèrement sucré qui aurait fait fureur parmi les amateurs de Lunaris.

J'en bus une longue gorgée glacée. « Tu vis dans un monde merveilleux, Saimo », commençai-je. L'instant d'après, un léger grésillement retentit dans la région de mon cou. Je regardai ma montre : oui, c'était le moment où le *Riverhorse* devait appeler. En grommelant, je tournai le bouton.

« Carson, parlez, bon sang! ici Mannheim...

— Ça va, ça va, dis-je dans la radio. Ici Carson, patron. Programme sans grand intérêt jusqu'à présent, tout va bien. Relations pacifiques établies.. » Et je lui fis un résumé des événements.

« Alors... vous vous reposez? dit-il. Seriez-vous tellement fatigué?

— Plutôt oui. Avec cette sacrée pesanteur, c'est comme si j'avais un boulet au pied, et je crois que j'ai marché un demi-kilomètre cet après-midi.

— A l'avenir, utilisez les transports locaux, aboya Mannheim. Je suis sûr que vous pouvez disposer de toutes les ressources de l'Etat de Yelsai. Une chose seulement, assurez-vous qu'aucun étranger ne mette la main sur votre laser. Vous dormirez seul, bien entendu. Vous avez suffisamment de matériel dans votre paquetage pour installer un système d'alarme de sûreté. Compris?

— Entendu, dis-je en souriant à Saimo. Il est certain que je dormirai seul cette nuit, patron, même si les filles du coin sont bien roulées et consentantes.

— Carson, arrêtez de faire de l'esprit. Je suppose que tout a bien fonctionné jusqu'ici, mais, franchement, je n'aime pas votre attitude. Bon sang, pourquoi ne pouvez-vous maintenir le contact en permanence? Ne pouvez-vous pas arranger cette antenne?

— Non, mentis-je. Ne vous inquiétez pas, patron, je ne suis pas en danger ici. Tous les natifs m'adorent. Demain nous nous préparerons à voir la Reine... Oh! oui, j'aurais dû vous expliquer, le chef de la nation est une femme, de même que les chefs de village et les régisseurs des fermes. Mais je crois qu'avec les moyens de transport locaux, cela me prendra un ou deux jours pour la rencontrer, et de toute façon j'ai besoin de ce temps pour approfondir ma maîtrise du langage, ma connaissance des coutumes locales et tout ce qui s'ensuit. Vraiment, ne vous inquiétez pas. Bon, puis-je parler à Sally Freeston? Elle étudie le comportement sexuel des mammifères locaux, n'est-ce pas?

— Oui, mais pourquoi...

— Cela concerne ce pauvre Ange. Mon indispensable interprète semble avoir atteint la période de transformation — il se change en garçon ou autre chose et j'ai besoin de l'avis d'un expert... »

Mannheim bredouilla. Quelques secondes plus tard, j'entendis la voix de Sally.

« Salut, Tom, ça va?

— Très bien, Sal. » Je lui expliquai la situation.

Sally demanda : « Peux-tu mettre Ange en ligne? Oui, j'ai dit Ange. Il a l'habitude de nos systèmes de communication. Dis-lui de se tenir près de ta poitrine. Ça devrait aller. »

Cela fonctionna en effet. Apparemment, Sally avait découvert quelque chose depuis les quelques heures passées après que j'eus quitté le vaisseau spatial. Elle commença une conversation avec Saimo dans un mélange d'anglais et de xumain, portant sur les organes génitaux des hamlors. Je compris qu'elle lui demandait si les structures et les transformations étaient similaires pour les personnes xumaines. Saimo dit oui. Et les sukins? De nouveau, oui.

« Bien, dit Sally, il semble qu'un sukin sur dix effectue sa transformation dans le mauvais sens, Ange. Ils se changent d'abord en femelle, puis en mâle. Tout au moins c'est ma théorie. Cela arrive-t-il aux gens? A vous.

— *Kun* Sally... » commença Saimo en hésitant, penché sur ma poitrine. *Kun* (Dame) était une forme respectueuse — presque un titre. Saimo resta silencieux pendant une seconde; puis il chuchota : « Oui, *kun* Sally.

— D'accord! dit la voix dans le micro. Ange, peux-tu le prévoir?

— *Là,* dit-il. Non. Pas avant que la transformation n'ait commencé. Les gens disent — ils disent que les *vep* qui aiment découvrir des choses nouvelles, ceux qui jouent brutalement, n'arrêtent pas de courir — ceux-là seront normaux. Je — j'étais tout à fait de ce genre, *kun* Sally. C'est pourquoi j'ai été capturé. Mais ils disent également que les *vep* qui sont très effrayés avant leur temps, ou ceux qui aiment beaucoup un *homme* — ceux-là peuvent devenir... *kynthi.* »

J'intervins. « *Kynthi?* Qu'est-ce que c'est, bon sang? »

Saimo dit : « *Kun* signifie femme, *iti* veut dire petit, jeune. Je... » Sa voix mourut sur ses lèvres.

Sally demanda : « Qu'arrive-t-il à un *vep* qui devient *kynthi?*

« — On l'emmène, dit Saimo d'une voix étranglée. Ils disent que ce n'est pas une disgrâce, seulement un accident, et qu'elle devrait être heureuse de servir l'Etat de la seule manière possible pour elle. C'est peut-être ce que pensent sincèrement les gens de Yelsai. Mais ce n'est pas réellement le cas tout au long du canal. Les *vep* de la campagne qui deviennent *kynthi* — eh bien, elles sont emmenées à la ville ou à l'armée où elles sont dressées à plaire aux hommes, car elles ne sont bonnes qu'à cela, n'ayant ni l'âge d'une femme, ni la force d'un homme. Dans ce *thon,* une *kynthi* irait à l'armée parce que celle-ci est plus proche que la ville. Cela n'arrive pas très souvent ici, peut-être une fois sur deux-zéro — une fois sur vingt-quatre. Mais lorsque c'est le cas, on l'emmène dans les maisons de plaisirs de l'armée.

— Mon Dieu! » dis-je. Au même instant, Saimo s'écarta brusquement de moi.

« Je saigne », dit-il.

C'était vrai. Entre ses jambes, une tache sombre de chairs à vif était maintenant apparue. Il se dirigea vers le coin toilette et s'y agenouilla; je m'accroupis à ses côtés, avec le broc. Durant l'heure qui suivit, nous eûmes le bénéfice de l'avis de Sally, alors que je décrivais ce qui arrivait à Saimo. Au bout de cette heure, le *Riverhorse* était passé au-delà de l'horizon oriental, mais je n'eus pas besoin de déployer la grande antenne — nous savions maintenant quel serait le résultat.

L'organe mâle de la majorité des mammifères xumains ressemble à une sorte de nageoire; dans le cas de l'espèce intelligente, cela forme une protubérance d'environ 6 cm entre les jambes, comme une lentille, vue latéralement. Assez curieusement, les organes féminins sont également saillants, mais comme un large cylindre avec une fente en son milieu.

A la fin de cette heure, les organes sexuels de Saimo étaient définitivement formés — un cylindre large. Avec une fente au milieu.

Il — je ne pouvais pas m'empêcher de penser « il » — hoquetait à petits coups réguliers, d'une manière dont je savais à présent qu'elle était l'équivalent xumain des larmes. C'était un petit bruit, mais qui fendait le cœur.

« Ange, dis-je en le/la caressant, arrête-toi. Je ne laisserai *pas* l'armée t'emmener! Tu vois, je ne crois pas qu'il s'agisse d'une disgrâce — pas du tout! Chez nous, les humains, les jeunes filles sont un genre très *normal*. Nous les *respectons*. »

Saimo cessa ses hoquets et me jeta un regard presque de joie.

« Vraiment? C'est ce qui se passe également dans d'autres villes de Xuma, je crois. Dans le Secteur Ouest, d'après les voyageurs... De toute façon, si tu n'as pas honte, alors moi non plus. Ô Tomass, mon dieu, je t'aime — et c'est la raison pour laquelle c'est arrivé. J'ai eu si peur dans le vaisseau spatial, tu as été si bon avec moi que je t'ai donné mon cœur, et tu es un homme — je suis donc devenue une *kynthi*. »

Mon Ange me regarda d'un air à présent presque calculateur.

« Peut-être... lorsque ce sera terminé, dit-elle, peut-être pourrai-je te plaire — car tu n'es pas seulement un dieu, tu es aussi un homme.

— Mon Dieu! fis-je.

— Non, Tomass, tu ne dois pas employer ce mot pour *moi*. *Tu* es *mon* dieu. Je ne suis que ta petite *kynthi*, ton *thula*. »

Tristement, je notai une nouvelle explication linguistique. Ainsi je savais : *thula* signifiait « esclave ».

C'était une nuit éprouvante. Xuma est un monde essentiellement désertique, et comme dans tous les déserts, il y avait un énorme écart de température entre le jour et la nuit. Pour le moment, j'avais fini d'aider Ange à se laver; j'aurais juré que l'eau dans le broc était sur le point de geler. Je claquai des dents, bien que j'eusse calfeutré toutes les fenêtres. Saimo, toujours nue, ne semblait pas remarquer le froid.

« Allons nous coucher, dis-je. Je suis certain que tu ne tacheras pas les draps maintenant. » J'avais coupé ma radio depuis longtemps; je me mis en sous-vêtements et plongeai dans la chaleur de mon lit.

Mais Ange, assise *sur* l'autre lit, me regardait aussi pitoyable qu'un chaton abandonné.

« S'il te plaît, dit-elle. S'il te plaît, mon maître, je suis si seule. » Et elle rampa jusqu'à mon lit.

« Bon, d'accord, dis-je. Mais pas de blague! Je veux seulement dormir.

— Moi aussi », dit Saimo.

Quelques instants plus tard, elle se blottissait dans mes bras, nue et chaude sous les couvertures.

Chapitre III

Dans les romans, les gens se réveillent souvent sans savoir où ils se trouvent. Je ne vois pas pourquoi, si l'environnement n'est pas trompeur. De toute façon, cela ne m'est jamais arrivé. Pour l'heure, je rêvais que j'étais au lit avec Sally — un rêve très agréable — lorsque j'émergeai de mon sommeil dans la faible clarté de l'aube et me retrouvai en train de caresser une épaule dont la peau était rouge. De plus, mon corps était compressé sur ce rude matelas par la force de ces 0,66 g infernaux. Instantanément je sus où je me trouvais — sur Xuma, dans un lit avec Saimo, mon esclave vouée, mon adoratrice.

Je gelai. Je veux dire littéralement. L'aube était horriblement glacée et les couvertures de ce lit étaient conçues pour un métabolisme xumain endurci. J'aurais vraiment dû garder mon uniforme pour dormir, ou demander deux fois plus de couvertures. Je suppose que le froid m'aurait éveillé plus tôt si le corps de Saimo ne m'avait maintenu au chaud d'un côté. Que faire à présent? Si je me levais pour prendre les couvertures de l'autre lit, j'éveillerais probablement Saimo et je ne le voulais pas. Pas encore — je voulais avoir la paix, du temps pour réfléchir. Je restai donc où j'étais, me serrant contre Saimo pour un peu de chaleur. La gamine soupira, remua puis se pelotonna contre moi, mais ne s'éveilla pas. Le jour commençait à poindre entre les fentes des volets.

Je tentai de mettre de l'ordre dans mes pensées. Je

n'aimais pas tellement cela. La seule chose positive était que Saimo et moi nous soyons endormis rapidement la nuit dernière. Pas de complication de ce côté-là — ce qui était heureux car je ne pensais pas que mon pauvre petit Ange embrouillé ait été dans un état émotionnel convenable dans la circonstance. Mais pour le reste?

Lorsque j'avais aperçu clairement cette planète pour la première fois dans les télescopes, j'avais suggéré, en plaisantant, de l'appeler Barsoom. Depuis, d'une certaine manière, cela s'était avéré juste. Des canaux, des hommes rouges, et même quelques guerriers farouches... Et j'allais rencontrer une reine — la reine d'une ancienne ville magnifique et altière. Peut-être la fascinerais-je et deviendrais-je un prince xumain. Tom Carson, empereur de Yelsai...

Foutaises.

Je n'étais pas fait pour agir de la sorte. Je ne me sentais pas du tout l'étoffe d'un héros que je n'étais pas. Je n'allais pas épouser une princesse rouge si je pouvais l'éviter... Quelqu'un comme Sally Freeston me conviendrait beaucoup mieux, physiquement et moralement. Qu'étais-je vraiment? Un envahisseur — un foutu envahisseur dont tout l'héroïsme se trouvait dans la gaine sur ma hanche. Ma mission ici était le Plan 2/3/A — autrement dit *diviser pour régner*. Je devais impressionner la Reine de Yelsai avec mon arme et lui offrir nos services — nous, les dieux célestes — pour vaincre tous les ennemis de sa nation qu'elle voudrait bien désigner, comme (pour commencer) Xarth. Ce ne serait que le début. Nous avions choisi Yelsai comme base de nos opérations d'après ce que Saimo nous avait dit — Yelsai était une petite puissance. (L'envahisseur choisit toujours le camp du plus faible contre les puissants — les bénéfices sont meilleurs de cette façon, et la persuasion est plus facile.)

Après avoir montré à la Reine de quoi nous étions capables, nous lui offririons la domination de son monde tout entier — littéralement : à la condition qu'elle nous en cède une part raisonnable — le Conseil du Vaisseau avait suggéré le Secteur Est qui paraissait luxuriant. Nous n'avions pas encore décidé ce que deviendraient les habitants de l'Est. Quelques-uns seraient probablement déportés, mais la plupart pourraient rester comme — eh bien, comme serviteurs. (Le mot xumain aurait été *thula*.) Nous essayerions de bien traiter nos alliés aussi longtemps qu'ils ne menaceraient pas notre supériorité — et comment le pouvaient-ils? Tout cela devait être très facile. Je n'avais qu'à séduire et impressionner la Reine, tout comme je l'avais fait avec Saimo — une démonstration de force mêlée de gentillesse.

Oui, pensais-je en regardant Saimo, pauvre gosse. Pas dans la norme. Si nous ne l'avions pas capturé à titre de spécimen, si je n'avais pas été « gentil » alors qu'il était terrifié, il se serait développé normalement selon les critères de sa planète. Un homme puis une femme, à l'âge normal. A présent qu'était-il? Une fillette pleurnicheuse, un être que les natifs employaient uniquement pour la prostitution. Et c'est ce que nous voulions faire de Xuma en général — réduire à l'esclavage une civilisation vieille de deux millions d'années, faire d'une planète entière notre prostituée.

Je me haïssais. De plus, je ne pouvais pas me retourner contre le Plan 2/3/A. Pour la bonne raison que, d'une part, les types sur le vaisseau détenaient la puissance réelle — canon laser et flottille de modules d'atterrissage; si je les doublais, ils sauraient quoi faire... D'autre part, nous avions *vraiment* besoin de cette planète. Nous avions voyagé plus de deux ans de temps relatif dans l'espace — c'est-à-dire vingt-quatre années en temps réel du système solaire — et les relations entre nous, les Russes et les Chinois devenaient mauvaises sur la Lune. Xuma pouvait bien être la dernière chance pour la survie de l'*Homo sapiens*. Et l'*Homo sapiens* comptait des gens comme Sally Freeston et... Tom Carson.

Il n'y avait aucune échappatoire. Tout ce que je pouvais faire était d'essayer d'appliquer le Plan 2/3/A aussi humainement (et xumainement) que possible.

Saimo ouvrit ses yeux dorés. Elle sourit, s'étira et avança sa bouche près de la mienne.

« J'ai vu, Tomass, dans le vaisseau. Vous, les dieux,

touchez vos lèvres, non? Veux-tu — veux-tu m'embrasser, s'il te plaît, mon maître? »

Je l'embrassai. Les lèvres xumaines sont petites, fermes et très rouges. Si je n'avais pas réfléchi à ma culpabilité juste avant cela, le contact des petites lèvres pourpres de Saimo eût été intensément agréable. Mais ainsi, cela me donna la sensation d'un détournement de mineure.

L'instant suivant, une voix à la porte dit « *Pui* » et Dame Tlavei entra. (Je dois dire que c'est toujours ainsi à Yelsai : personne ne frappe aux portes ni n'attend après avoir dit « *Pui* ».)

Tlavei paraissait surprise de nous voir encore au lit, et plus encore, peut-être, de nous voir dans le même lit. Toutefois, sans commentaire, elle déposa sur le sol un paquet qu'elle avait apporté, se dirigea vers les fenêtres et fit coulisser les volets. La vive lumière jaune du soleil s'engouffra dans la chambre.

« J'avais froid... commençai-je à expliquer.

— Bon, je vous ai apporté une robe contre la fraîcheur du matin, dit-elle rudement. Mes enfants vont maintenant vous apporter de quoi manger, et après cela, il y a des gens que vous désirerez rencontrer. » Elle sortit.

Saimo sauta hors du lit et mit un des kilts pour homme qui nous avaient été donnés la veille. Il lui arrivait un peu au-dessous des genoux. Alors que je rassemblais mon courage pour sortir de l'abri des couvertures du lit, une pensée me traversa. Dans la lumière dorée, la poitrine de Saimo semblait prendre des rondeurs encore plus gracieuses que la veille.

« Vas-tu avoir des seins? » demandai-je.

Elle se mit à rire. « Oui, maître, mais ce ne sera pas achevé avant un certain temps — quelques semaines. Ainsi qu'il faut le même temps aux garçons normaux pour que leurs voix deviennent graves. Je peux encore passer pour un jeune homme pendant quelque temps.

— Ce serait plus facile si seulement les gens s'habillaient en fonction du climat », grommelai-je en sautant dans mon uniforme. Je l'enfilai rapidement puis m'enveloppai dans le nouveau vêtement que Tlavei avait

64

apporté — une sorte de robe de chambre de satin, matelassée. La Dame-chef avait également apporté un court manteau léger pour Saimo, mais celle-ci le négligea, virevoltant dans son nouveau kilt, apparemment très heureuse d'être seulement à *demi* nue dans la fraîcheur matinale. Je n'avais plus de difficulté à considérer Saimo comme une *femme* — elle se comportait comme telle, lançant des coups d'œil, alternativement sur les rondeurs de son corps puis sur moi, d'une manière qui me rappelait très fortement quelques femmes *humaines* que j'avais connues.

« Un véritable vêtement *xumain!* dit-elle en désignant son kilt. Bien sûr, il devrait être plus long pour une *kynthi,* mais toujours est-il... je ne suis plus un *vep* nu! M'aimes-tu ainsi, Tomass? Suis-je *kela* (belle)?

— Ravissante », grognai-je en anglais. Je n'étais pas en état de tenir ce genre de conversation pour plusieurs raisons. D'abord, je commençais à avoir faim; et ensuite...

Je posai à Saimo une certaine question.

« Oh! dit-elle, pour les petits besoins, c'est ici, dans le coin toilette — tu vois, il y a un trou prévu à cet effet. Sinon tu dois aller à un endroit précis, au rez-de-chaussée. Il est important de ne gâcher aucune substance corporelle utile. Même les liquides qui coulent dans cet orifice sont employés pour l'irrigation.

« Bon, je crois que je vais aider le programme d'irrigation », dis-je.

J'avais à demi achevé ma contribution à l'irrigation, Saimo regardant avec un intérêt certain, lorsque la Dame-chef et ses enfants entrèrent, sans même un « *Pui* », apportant le petit déjeuner.

Les enfants déposèrent les plateaux tout près. Je me retournai précipitamment et, en une ou deux secondes, refermai ma braguette. Tlavei demanda avec admiration :

« Les dieux ont-ils tous ce merveilleux tuyau?

— Seulement, les hommes », avouai-je.

Les yeux dorés de Tlavei brillèrent et elle entreprit de me questionner sur l'anatomie des déesses.

« Saimo, tu es au courant, explique-lui », dis-je faiblement.

Finalement, nous déjeunâmes : du pain-gâteau xumain, sucré, accompagné d'une boisson chaude, violette, aussi stimulante que le café et aussi riche qu'un chocolat au lait — Saimo l'appelait *tlaok* et m'apprit qu'elle provenait d'une sorte de graine. En fait, la plus grande part de la nourriture xumaine est d'origine végétale ; les gens n'élèvent pas d'animaux pour les tuer, et obtiennent de la viande seulement en chassant, presque toujours aux lisières du désert.

Nous venions juste de finir lorsque je me rappelai mon surveillant là-haut. Bon sang, le *Riverhorse* devait être revenu et il n'avait même pas dû recevoir le signal de contrôle... J'agrippai la radio autour de mon cou, tournai le bouton — et finis par obtenir Mannheim lui-même.

« Pas trop tôt ! fit-il, j'allais envoyer une équipe de recherche. Carson, bon sang...

— Faut bien que je me mette un peu à l'aise, dis-je d'un ton maussade. Vous avez déjà essayé de dormir dans un de ces uniformes, patron ? De toute façon, je n'ai rien d'autre à mentionner.

— Ne vous avisez plus de couper cette radio...

— D'accord, d'accord », dis-je.

Ainsi, je devrais porter toute la journée ce gadget encombrant, et puisque j'aurais la robe par-dessus, la petite antenne émergerait et se dresserait de quelques centimètres derrière ma tête. Les natifs penseraient peut-être que c'était une sorte d'ornement divin, le dernier cri pour les dieux.

Je porterais également mon laser dans son étui, par-dessus ma robe, sur ma hanche droite.

Après le petit déjeuner, Saimo et moi allâmes retrouver les gens. Cela se passa dans une pièce à un étage inférieur du thon, où se trouvaient déjà Tlavei et ses deux maris — deux jeunes hommes bien habillés dans des kilts bleus et portant des colliers d'or — plus un certain nombre de propriétaires fermiers (des femmes) — et deux individus d'un genre que je n'avais pas encore vu.

La plupart des natifs, ne portaient que des jupes — en raison de la chaleur (!) matinale, mais ces deux-là portaient de longues robes blanches, sans manche, serrées à la taille par une ceinture jaune. Leurs visages, leurs bras et leurs pieds étaient d'une curieuse couleur grise argentée. Leurs traits étaient parfaitement xumains quoique plus anguleux que ceux des enfants, des hommes et des femmes; et leurs cheveux étaient *jaunes* et coupés très court. J'avais déjà vu une chevelure blonde de ce genre sur beaucoup de jeunes officiers à Lunaris — ces descendants des Wasp [1], Européens ou Américains; mais sur ces étrangers au visage gris, l'effet était sacrément bizarre.

Tlavei s'inclina devant moi. « O dieu, puis-je vous présenter ces *uxan* de la Maison de Vie Or et Argent... » commença-t-elle.

Mais au même moment, Saimo poussa un cri et se jeta dans les bras de l'un des vieillards à peau grise.

« *Ma inu!* » s'écria-t-elle.

Il est curieux qu'un mot soit constant, même au-delà de vingt années-lumières et de plusieurs milliards d'années d'évolution séparée : je suppose que c'est inné chez les mammifères. Comme dans tant de langages terrestres, *ma* en xumain signifiait « mère ».

L'Aîné toucha brièvement Saimo sur le front, frottant son nez gris sur la peau rouge, puis la repoussa doucement.

« Enfant, dit le personnage gris, tu vois que je ne puis plus être ta *ma* puisque je ne suis plus une femme. Mais cela me fait plaisir de te revoir, Saimo. Que les dieux célestes en soient remerciés! Mais que signifie ce vêtement que tu portes?

— Je me suis également transformé, mère, dit Saimo d'une voix tremblante. Tu dois maintenant m'appeler homme, et non plus enfant.

---

1. *Wasp* = White Anglo-Saxon Protestant. Surnom (« guêpe ») donné aux conservateurs par les libéraux aux Etats-Unis (N.d.T.).

— Vraiment? dit l'autre Aîné, avec peut-être une note de soupçon. Quand as-tu été emmené aux húdaan?

— Hier, par ce dieu, dit Saimo en me désignant. Le dieu désire que je sois à présent son interprète, et il me garde à ses côtés pour sa mission. Il souhaite parler avec la Reine, à Yelsai...

— Nous savons cela, dit l'Aîné calmement. Et il lui parlera. Lorsque le temps sera venu. Tout d'abord je suggère que le dieu pourrait aimer visiter notre Maison Or et Argent. Après cela, nous pourrons arranger son transport jusqu'à la ville. Dis-lui. »

Saimo expliqua. « La Maison de Vie Or et Argent est l'endroit où les plus jeunes *uxan* sont les dépositaires du savoir et enseignent les vep du thon. Il y a une maison semblable tous les six milles le long du canal. Celle-ci n'est qu'à un demi-mille d'ici, de l'autre côté du pont. Voici l'Aîné Dlan, directeur de la Maison. Il organisera...

— J'ai compris le message, dis-je. D'accord, dis au Directeur que j'aimerais voir son école. »

Aussitôt dehors, la fraîcheur sépulcrale de la maison commune fit place à une chaleur agréable. La matinée était bien avancée et le petit soleil jaune brillait dans ce ciel bleu profond sans le moindre nuage; la température devait être aux alentours de 20 °C et augmentait. C'était le commencement de l'automne, mais le thon 2-3-0 se trouvait à environ 15° de latitude Sud, ce qui signifiait que le soleil passerait très près du zénith à midi et qu'en fait, il ferait bientôt sacrément chaud. J'ôtai ma robe matelassée, réajustai mon laser sur mon uniforme et laissai mon ex-manteau à l'un des enfants de Tlavei.

Alors que les gens s'attroupaient et que les Aînés faisaient venir une voiture à thapal, je demandai à Saimo des précisions sur la date de l'année. Elle m'informa que nous étions le Quatrième Jour du Premier Mois — dans le calendrier xumain, l'année commence avec l'équinoxe de printemps septentrional ou l'équinoxe d'automne méridional. Le système semble basé sur l'hémisphère boréal car la civilisation xumaine était à l'origine centrée au nord — à présent, elle est beaucoup plus équatoriale. Il y a six jours dans une *heran* (« main » ou « semaine ») et ils sont nommés d'après les *doigts* — chaque sixième jour (*pedan* : « pouce ») étant un demi-congé, chaque douzième jour (*pedandav* : « second pouce ») une journée entière de repos. Nous n'étions aujourd'hui qu'au quatrième doigt, ce qui était un jour complet de travail.

Cela y ressemblait certainement. De l'entrée de la maison commune, nous avions une bonne vue sur la route principale qui était à présent joliment encombrée — par une majorité de voitures à thapal. Elles étaient de toutes sortes de tailles, de formes et de couleurs, mais toutes paraissaient propres et belles — même les charrettes à quatre thapal, chargées de balles et de tonneaux, les lourds camions de marchandises de Xuma.

Saimo désigna une charrette peinte en rouge. « Celle-ci vient de Nakaan, une ville du domaine de Xarth, dit-elle. Les Xarthiens sont nos ennemis, ils font toujours des raids contre nous, mais c'est la Route de la Paix, et sur elle règne une trêve perpétuelle pour les besoins du commerce. En fait, tout ce côté ouest du canal ne craint aucune attaque, c'est la Rive de la Mort, et les húdaan sont spécialement sacrés. Hier, pour la première fois, les Xarthiens ont transgressé l'usage. Mais c'est là leur façon d'agir ; je crois... que l'Empereur Retumon n'est qu'une immonde bête... »

J'enregistrai mentalement : un point pour nous. Si les Xarthiens avaient violé le code de guerre local, nous avions alors une bonne raison pour des représailles peu orthodoxes...

Notre chariot vint se placer près de nous. Il était peint en blanc et jaune, les couleurs des Aînés. Le conducteur avait la peau grise, des cheveux jaunes et une robe blanche. Il/elle prit les rênes et nous partîmes rapidement, trottant sur la Route de la Paix, en direction du pont.

Zai, la mère de Saimo, occupait le siège avant avec l'Aîné Dlan tandis que j'étais sur le siège arrière avec Saimo. Je pouvais voir que cette dernière était un peu désolée par la froideur de l'accueil que sa mère lui avait réservé, mais elle maîtrisait bravement ses sentiments car ce genre de détachement par rapport à son ancienne famille était normal chez un Xumain âgé, et les jeunes savaient qu'ils devaient l'accepter lorsque le temps était venu. Je pressai les doigts fins de Saimo et regardai pardessus la balustrade de pierre du pont.

Les eaux du canal étaient d'un bleu vaporeux. Très loin vers le nord, — en fait, aussi loin que l'œil pouvait porter — la circulation de nombreux petits bateaux était un peu plus fluide que celle des véhicules sur la Route de la Paix. Presque toutes ces embarcations étaient très petites, propulsées par des pagayeurs, des hommes ou des enfants; mais un bateau sortit de sous le pont; il avait une longue coque élancée, noire et rouge, et une voile latine — cela me faisait penser à un croisement entre une gondole vénitienne et une galère grecque. Il était chargé de balles de marchandises, rangés au milieu. Saimo m'apprit qu'il s'agissait d'un bateau marchand se dirigeant vers Lylaxa dans le grand nord.

En observant les eaux bleues, brumeuses, je remarquai soudain presque simultanément qu'un petit bateau avait des lignes qui pendaient sur un côté, et que sous la surface passaient des éclairs d'une sorte de feu rouge.

« Les remueurs d'eau, dit Saimo. Ils ne sont pas très brillants maintenant — tu devrais les voir au printemps. Ils ont alors une véritable lumière qui leur est propre, à l'époque de la reproduction. »

Je réalisai bientôt que les « remueurs d'eau » étaient des *poissons*. Ils avaient environ la taille d'un gros poisson rouge.

« Il en existe également de plus gros, mais ils ne sont pas aussi jolis, expliqua Saimo. Ce sont ceux que nous attrapons pour les manger. Pas ces petits poissons de feu. Ils ne sont là que pour leur beauté.

— D'où venaient-ils — avant que vous n'ayez les canaux? » demandai-je.

Saimo resta silencieuse, mais l'Aîné Dlan se retourna vers moi.

« Jadis, avant l'Ordre, il y avait des eaux courantes et des eaux stagnantes sur Xuma — douces ou salées.

Lorsque ces eaux moururent, nous, Aînés, sauvâmes ce qu'il était possible de la vie aquatique et l'installâmes dans les canaux. »

« Ne risquent-ils pas d'obstruer le système? dis-je. Vos pompes, vos barrages...?

— Nous avons des dispositifs de protection », dit Dlan d'une manière ambiguë. Je crois qu'il voulait tout aussi bien dire « protéger les poissons » que « protéger les machines ».

« Autre chose, dis-je. Nous avions voilà bien des années des légendes au sujet d'une planète comme la vôtre, très sèche, avec des canaux. Beaucoup d'entre nous étaient pratiquement certains que les canaux devaient être complètement recouverts, comme des conduites, pour empêcher l'évaporation de l'eau. Comment se fait-il que vos canaux soient à ciel ouvert? »

Dlan sourit. « Au début, nous avons essayé ce système que vous venez de mentionner. Nous avions employé les tuyaux morts de *tula* qui retiennent l'eau — mais ils la retenaient trop bien. Les poissons ne purent vivre dans les conduites et l'air aux environs des canaux devint trop sec pour le bien-être de la vie animale. C'est pourquoi nous avons abandonné les conduites. Les canaux ouverts sont bien meilleurs de toutes les façons. Et sont notablement plus jolis. »

Je devais lui concéder cela. Avec ses eaux bleues, ses poissons-feu, ses bateaux, ses berges de pierre et ses maisons en pagode de chaque côté, le canal était assurément beau.

Nous dépassâmes alors le canal et accélérâmes vers l'est, à travers la campagne, sur une route bordée d'arbres en forme d'éventails, des *kaal*. Notre thapal levait ses pattes ridiculement grêles très haut sur la route pavée de pierres, et l'allure était très confortable. Saimo m'informa que ce véhicule était d'un modèle supérieur avec des ressorts métalliques et des roues entourées d'une substance caoutchouteuse.

« Avec de l'air à l'intérieur », précisa-t-elle.

Des pneus! La technologie xumaine n'était pas si primitive après tout. Bon, après deux millions d'années, il devait forcément y avoir *quelques* progrès. Ils étaient encore au stade du véhicule attelé, mais leurs véhicules étaient des modèles perfectionnés.

De l'autre côté de l'avenue, le paysage était très semblable à celui que j'avais vu la veille sur la rive ouest du canal — de champs de roseaux bleu-vert ou de l'herbe ou bien encore des cultures variées, parsemées de bouquets d'arbres et des fermes isolées. Il y avait beaucoup de travailleurs à peau rouge dans les champs et sur la route, la plupart étant des enfants nus ou des hommes en kilt. Les Xumains n'avaient manifestement pas mécanisé leur agriculture. Lorsque nous dépassions des paysans, ils saluaient profondément les Aînés sur le siège avant.

J'avais à présent une quasi-certitude quant à l'organisation générale de la civilisation xumaine : cela tenait de l'ancienne Chine, avec une touche de la vieille Egypte ou de l'Europe médiévale. Alors que nous roulions, je questionnai Saimo et Dlan dont les réponses confirmèrent ce tableau. Respect de l'âge, des Aînés, des vieilles coutumes — oui, tout cela était présent. Les quatre groupes d'âge/sexe formaient une hiérarchie : les Aînés asexués étaient les plus respectés, puis venaient les femmes, les hommes et enfin les enfants. Mais les Aînés ne faisaient pas vraiment partie du corps politique — ils appartenaient à l'Ordre, gigantesque église planétaire qui se tenait à l'écart de tous les Etats nationaux, avec des petites et grandes écoles, des monastères disséminés le long des canaux, implantés dans chaque ville, et dont les bases se trouvaient dans les régions sub-Arctiques et sub-Antarctiques où de fantastiques barrages dispensaient pour le monde entier les eaux sources de vie, chaque printemps. L'ensemble du système de canaux était sous leur responsabilité, et près de la moitié de la population des Aînés entretenaient les canaux. D'autres étaient professeurs dans les thons ou conseillers gouvernementaux dans les villes; les plus brillants esprits allaient généralement dans les « régions glacées », les monastères polaires. Dlan lui-même était un personnage plus important que je ne l'avais pensé : il n'était pas simplement un professeur, mais pratiquement un abbé médiéval, puisqu'il était le chef de tous les Aînés de 2-3-0 et des deux thons voisins.

Les Aînés et les canaux étaient sacro-saints : ni les uns ni les autres n'étaient menacés en cas de guerre, pas même par un tyran insouciant tel que l'Empereur de Xarth. Car la vie de la planète dépendait des compétences et de la sagesse des Aînés.

« Mais le pouvoir dans les cités? dis-je. Est-ce vous, Aînés, qui le détenez? »

Dlan sourit. « Non. Nous laissons de tels amusements à des gens plus jeunes. A Yelsai et dans la plupart des Secteurs Ouest et Médian, les femmes détiennent le pouvoir car elles sont plus âgées et moins nombreuses que les hommes. Dans quelques villes de l'Est, ainsi qu'à Xarth, les dirigeants sont des *kurar*.

— *Kurar?*

« Des hommes manqués, dit Dlan en grimaçant. Vous savez, quelques personnes franchissent les étapes sexuelles d'une mauvaise manière. Ils commencent par devenir *kynthi,* puis se transforment en *kurar* — des hommes âgés! L'Empereur de Xarth était jadis la danseuse Retumon, une concubine du précédent Empereur. Ils ont soif de pouvoir, adorent dominer à la fois les femmes et les *kynthi* et se vengent de leur condition première par des actes de violence insensée. Je dis que ces hommes ne devraient jamais diriger — il est dans leur nature d'être des animaux de combat. Je suis heureux qu'il y ait longtemps, très longtemps que j'étais un homme. »

Saimo et moi nous regardâmes coupablement. Chacun de nous était une offense aux idéaux de cet être neutre et âgé.

Dlan sembla deviner en partie mes pensées. Il ajouta :

« Bien sûr, c'est sans doute différent pour les dieux. Vous, dieu Tomass, devez combiner la force d'un homme avec une infinie sagesse et une infinie bonté — comme nos légendes nous le laissent supposer. Mais d'ordinaire, les hommes mortels — ils peuvent faire de si mauvaises choses pour eux-mêmes! Dans la rivalité — spécialement en ce qui concerne les femmes — ils s'entre-tuent; mais plus ils s'entre-tuent, moins il en reste pour devenir des femmes vingt-quatre ans plus tard. Les soldats de toutes les armées de Xuma sont des hommes, quoique presque tous les généraux soient des femmes puisque ce poste exige de l'expérience et de la prudence. Dans certains pays — Xarth par exemple — il y a plus du double d'hommes que de femmes. La disproportion n'est pas aussi mauvaise à Yelsai car, ici, les lois autorisent les femmes de toutes les conditions à avoir deux maris.

— Pourquoi? dis-je. Je ne vous suis pas.

— A Xarth, depuis que les manqués ont pris le pouvoir, les femmes n'ont droit qu'à un mari. Ce qui laisse un bon nombre d'hommes insatisfaits. C'est-à-dire plus de rivalité, entraînant plus de tuerie entre les hommes, ce qui aboutit finalement à une disproportion toujours pire. Pour juguler le désordre de Xarth, il faudrait que chaque femme ait droit à trois maris pendant plusieurs générations. Mais l'Empereur de Xarth aime la situation actuelle car bien sûr, *lui* peut avoir autant de femmes qu'il le désire, ainsi il peut conduire ses soldats frustrés dans des guerres d'agression. Ce raid, hier, dieu Tomass... Si vous n'aviez pas été là, ils auraient abattu tous les hommes du côté ouest du thon et violé toutes les femmes avant de les emmener comme esclaves. C'est là leur comportement habituel...

— Les sales types, dis-je. Ce serait une bonne idée de les vaincre une bonne fois pour toutes, n'est-ce pas? »

Dlan me regarda attentivement. « C'est une question politique — un humble Aîné de village comme moi ne pourrait pas vous répondre. Vous parlerez de cela à la Reine, non? Mais vous me surprenez, mon seigneur dieu. Vous êtes sans doute très sage; mais comment « une fois » peut être « pour toutes »? Toutes les choses tournent. »

Nous nous trouvâmes là-dessus dans un embrouillement qui nous demanda deux minutes pour nous en dégager. Je fus surpris de voir que les Xumains croyaient à un temps *cyclique*.

« Je suis certain que vous comprenez cela déjà parfaitement, dit Dlan narquoisement, car ce furent les dieux qui jadis nous enseignèrent cette sagesse. Mais puisque vous prétendez plaisamment être ignorant, je vous exposerai la doctrine telle que nous l'avons reçue. Comme chaque *xir* (ligne ou canal) est en fait une partie d'un grand *xirus* (cercle), de même pour le temps. Le cercle est sans aucun doute très grand — des millions de millions d'années — mais à la fin, le futur retourne au passé. Ce qui sera était ; ce qui était sera.

— Ainsi toute chose est déjà fixée, dis-je.

— Non, toute chose est à jamais libre, répondit Dlan. C'est pourquoi nous sommes éternellement responsables. »

J'abandonnai. Ce genre de philosophie n'était pas dans mes cordes. Je suppose que c'est le genre de sujet dont ils débattent dans leurs monastères, du pôle Nord au pôle Sud — on eût dit que cela les avait rendus heureux deux millions d'années durant lesquelles nous, Terriens terre à terre, étions passés du silex taillé au vaisseau spatial.

« Nous sommes arrivés, dit Dlan. La Maison Or et Argent. »

Je vis devant nous un grand bâtiment de pierres blanches, avec un toit de tuiles jaunes. Au-delà d'une petite avant-cour, de chaque côté du bâtiment, un talus long et peu élevé s'étendait, couvert d'une étrange végétation. Les plantes bleu-vert — peut-être une plante unique — n'étaient que des tuyaux avec des stolons d'un demi-mètre d'épaisseur, qui rampaient et s'enfonçaient dans le talus ; des pédoncules de même épaisseur s'élevaient et s'évasaient en d'énormes feuilles circulaires à environ cinq mètres au-dessus du sol. Ça et là, des tiges s'élevaient, non pas terminées par des feuilles, mais par une fleur orange, conique d'environ un mètre de large, à hauteur d'homme. La disposition de ces feuilles et de ces fleurs, telle une plantation de capucines géantes, courait le long du talus, de chaque côté de la Maison Or et Argent vers le nord et vers le sud, à perte de vue.

« Voici la *tula,* dit Dlan ; le nom vient de *tul,* communiquer. Les feuilles séchées nous donnent le papier pour écrire ; et ses tuyaux retiennent l'eau comme je l'ai déjà dit; et encore beaucoup d'autres choses utiles. Venez à présent, entrons. »

Ce que nous fîmes. Puis Saimo et sa mère se dirent adieu. Zai devait retourner au monastère de son thon, à environ six milles.

« Toi qui fus mon enfant, dit-elle, je pense que tu feras un voyage bien plus long. Puisses-tu le faire pour le bien de Xuma! »

Chapitre IV

Je crois que la première chose qui ébranla ma suffisance à propos des niveaux relatifs des civilisations humaine et xumaine fut... ce que j'appris de leur linguistique. Je suppose que c'est ainsi que les choses surviennent d'ordinaire : l'expert est seulement impressionné par un avis autorisé dans son propre domaine.

Ils me firent visiter cette école-monastère. Celle-ci était, comme je m'y étais attendu au premier coup d'œil, de très bon goût, très sobre. Il n'y avait pas d'enfants car les cours qui leur étaient destinés n'avaient lieu que tôt le matin, et, à présent, ils travaillaient tous dans les champs ; mais quelques neutres à peau grise étaient là, par exemple dans la bibliothèque ou dans l'atelier d'écriture.

Je découvris que les Xumains écrivaient uniquement à la main, formant lettre après lettre à l'aide d'une technique apparentée au dessin — un art que nous, Terriens Euram, avions perdu vers le milieu du XXIe siècle. Dans ce sens, je crois que mes grands-parents pouvaient encore *écrire ;* et je pense que quelques Chinois de la face cachée de la Lune le peuvent encore, mais tous les autres hommes civilisés en sont venus depuis longtemps à l'usage de machines, soit des dictos ou (dans des cas spéciaux) des machines à écrire plus pénibles d'emploi. Je savais déjà que Saimo pouvait « écrire » : à bord du *Riverhorse* le/la gamin(e) nous avait surpris en traçant de mystérieux gribouillages lorsque nous lui avions apporté de quoi dessiner. A présent, je voyais l'art pratiqué dans toute sa gloire archaïque. Je regardai fasciné les scribes xumains qui trempaient leur plume de roseau dans des encres bleues et oranges puis rapidement, gracieusement, traçaient des lignes d'écriture cursive sur le papier de *tula* couleur crème.

« N'avez-vous jamais pensé à, euh, *l'imprimerie?* » dis-je en employant le mot en anglais.

Saimo expliqua à l'Abbé.

« Oh! cela, dit Dlan négligemment. Oui, il est noté dans nos annales que nous avons largement utilisé cette méthode jusqu'à approximativement l'année *kolaz* (environ 20 000). Après cela, nous l'avons écartée à l'exception des cas spéciaux. Elle menait à la conservation de trop de choses sans intérêt. Maintenant nous considérons la calligraphie comme un des beaux-arts et n'utilisons la *reproduction exacte* que pour la chronique officielle et les chefs-d'œuvre reconnus. La seule presse à reproduire dans le monde est conservée à Khadan.

— Khadan? dis-je faiblement.

— La Région-des-Barrages, à l'extrémité sud du système de canaux. C'est là que réside le chroniqueur officiel et la Cour Suprême de Poésie. »

Je me renseignai sur le système d'écriture et sur les langages xumains — et fus profondément surpris.

Il n'existait à présent qu'une seule langue couramment parlée par toutes les nations, représentée par une écriture d'une parfaite beauté et parfaitement phonétique, qui toutefois se subdivisait en deux variétés — décorative et cursive; la première ressemblait vaguement au grec, la seconde à l'arabe ou à une ancienne sténographie. Alors que Dlan me montrait les lettres, je vis que leurs formes impliquaient une analyse phonétique parfaite des sons émis — mais ce n'était pas tout. L'Abbé commença à me montrer des spécimens écrits de 673 langues mortes connues, 27 d'entre elles, en tant que langues universelles étaient les ancêtres directs du langage actuel. Le xumain avait franchi, presque sans variation dans le temps ni dialecte national, près d'un demi-million d'années.

« Comment vous arrangez-vous pour cela? hoquetai-je. Je ne peux pas lire facilement ma propre langue si elle date de plus de cinq cents ans. Le langage se transforme naturellement...

— Le langage se corrompt naturellement, dit Dlan gravement. Il n'est pas *besoin* d'un changement à moins que de nouveaux objets ne soient introduits dans le mode de vie, et même alors, on n'a besoin que d'un nouveau vocabulaire. Nous avons stabilisé notre langue voilà un demi-million d'années dans sa forme la plus parfaite, au moyen d'une analyse linguistique et de certaines méthodes d'enseignement. La théorie est la suivante... »

Notre conversation se poursuivit ainsi durant une heure ; la pauvre Saimo était mise à dure épreuve pour m'aider à poser mes questions tâtonnantes. Maintenant, je comprenais à demi Dlan et je transpirais ; en partie à cause de la chaleur du jour, mais principalement parce que j'étais embarrassé et honteux. Ces conservateurs bourrés de préjugés, ces mystiques médiévaux avaient dépassé le stade de Bloomfield depuis deux millions d'années, celui de Chomsky pas très longtemps après, puis avaient laissé sur place Wedeker, Mboto, Rao et tout — tous nos savants des XXIe et XXIIe siècles — dès leur point de départ, depuis au moins un million d'années. Dlan m'avait complètement aplati, particulièrement à propos de la sémantique. Il est certain que je ne comprenais pas parfaitement, en partie parce que ma connaissance de la langue était inadéquate, mais principalement parce que ma compréhension du *langage,* ma philosophie même de la communication était rudimentaire, comparée à celle de cet abbé de village xumain.

Je pris une résolution mentale. *Après cela,* lorsque nous aurions établi notre domination sur Xuma et que les choses seraient réglées et paisibles, je ferais un voyage d'études à Khadan pour rencontrer les « véritables linguistes » comme Dlan les appelait. Je publierais alors — via la radio interstellaire — une monographie qui révolutionnerait la linguistique humaine. Cela bien sûr s'il restait encore une linguistique humaine à révolutionner sur Luna.

Dlan, durant tout ce temps, m'observait doucement,

mais son visage restait impénétrable. De temps en temps, il me posait poliment des questions au sujet de la linguistique « divine ».

« Ainsi, dit-il, intrigué par l'une de mes remarques, vous avez encore *trois* langues principales parmi les dieux! Est-ce pour des questions mystico-religieuses, seigneur? Le symbole trinitaire? »

— Eh bien, dis-je faiblement, non, pas vraiment. Je pense que c'est pour rendre la communication plus difficile.

— Ah! dit Dlan hochant sagement la tête, je vois : vous avez trop de bonté entre vous, n'est-ce pas? Le mal a également ses droits, oui; c'est merveilleux que vous soyez si bons que vous vous efforciez d'entretenir le mal afin d'en maintenir la manifestation!

— Heu... écoutez, dis-je, je crois qu'il est temps que j'aille voir la Reine.

— Certainement, dit l'Abbé. Nous nous sommes déjà occupés des préliminaires. En fait, vous avez le choix entre plusieurs moyens de transport, selon la rapidité avec laquelle vous voulez voyager. La manière la plus lente, qui est aussi la plus confortable serait par bateau à voile sur le canal; la plus rapide que nous puissions vous offrir serait à dos de thapal. Entre ces deux extrêmes il y a soit un véhicule sur roues ou un *gola* remorqué. Mais... »

A cet instant, mon attention fut détournée. L'atelier d'écriture se trouvait à un étage élevé et possédait de larges fenêtres face à l'est. Pendant que Dlan était encore en train de parler, je jetai un coup d'œil par une fenêtre. Au-delà du terrain du monastère, il y avait un bois de sortes de palmiers, et derrière celui-ci quelques grands poteaux se dressaient, bien au-dessus des palmes vertes — des poteaux reliés les uns aux autres par un filet à larges mailles. Les mâts et le filet s'étendaient indéfiniment vers le nord et le sud. Je les avais remarqués auparavant et en avais déduit qu'ils servaient un but agricole quelconque — mais ce n'était pas le cas, comme je pouvais le voir maintenant.

Juste au-dessus du filet et du bois, un grand ballon rond s'élevait dans l'air. C'était très semblable aux engins montrés dans les livres d'histoire du Dix-Neuvième Siècle de la Terre, excepté que sous l'énorme globe la nacelle carrée était remplacée par un véhicule en forme de petit bateau avec une proue et une poupe pointues. Des sortes de voiles latérales reliaient la nacelle au ballon et manifestement stabilisaient l'appareil de façon que la proue du « bateau » soit dans la direction du mouvement.

Il semblait y avoir un bon vent d'est, et le bizarre appareil se dirigeait vers nous. Pendant que je le regardais, le ballon-bateau flotta majestueusement par-dessus le monastère. Je vis des petites silhouettes rouges se pencher au bord de la nacelle.

« C'est un *gola,* dit Dlan. Ce sont les bateaux volants de Xuma et sont principalement utilisés pour le commerce est-ouest. Celui-ci, d'après ses couleurs, vient du Peral Ao (Secteur Est). Il voguera sur les vents réguliers jusqu'au Peral Xúl (Secteur Ouest) et ensuite rentrera en faisant le tour du monde puisque le vent souffle toujours de l'est dans cette ceinture médiane de Xuma. Je vous disais que, si vous le désiriez, vous pourriez aller à Yelsai dans la nacelle d'un *gola* — mais celui-ci devrait alors être très près du sol pour être tiré par des thapals, car le vent ne souffle pas nord-sud. Il y a un chemin de halage régulier au-delà du filet. Ce dernier, ainsi que le chemin, suivent de concert la rive est du canal, car, voyez-vous, les golas ne peuvent naviguer avec précision — habituellement, ils atteignent le filet d'un canal et sont alors halés jusqu'à leur ville de destination. Mais, mon seigneur, si vous êtes plutôt pressé...

— Plutôt, oui, dis-je.

— Alors, il ne fait aucun doute que la méthode la plus rapide serait que vous retourniez à votre propre divine machine volante pour aller à Yelsai, selon les directives que nous ou les militaires pouvons vous fournir. »

A ce moment, un autre Aîné s'approcha, s'inclina devant Dlan et prononça rapidement quelques phrases. Dlan se retourna vers moi.

« Les militaires sont ici à présent. Aimeriez-vous les voir?

— Bien sûr », dis-je.

Nous trouvâmes les soldats de Yelsai dans la cour, devant les bâtiments, deux douzaines de fantassins et une douzaine de cavaliers. Ils étaient pratiquement très semblables aux envahisseurs xarthiens, mais moins terrifiants puisque leurs casques ne couvraient que le sommet du crâne et la nuque, et qu'ils ne portaient pas de masques de squelettes; tous étaient armés d'épées et les fantassins portaient également des lances. Un porte-étendard à cheval déploya la bannière de Yelsai — un poisson-feu doré sur fond bleu.

Près de lui, le chef de la troupe descendit de son thapal. Il se distinguait par un casque doré avec une plume bleue; c'était cependant un homme. Après moins de vingt-quatre heures sur Xuma, cela m'apparut déjà comme inhabituel — d'après ce que je savais, toute personne ayant un statut élevé était soit une femme soit un Aîné neutre.

Le chef masculin leva ses deux paumes aux côtés de son casque dans ce que je pris pour un salut; pour faire bonne mesure, il s'inclina également devant Dlan et moi. Puis il s'adressa à moi. Sa voix était la plus grave que j'avais encore entendue sur cette planète : une bonne basse musicale.

« Grand dieu, dit-il, nous, humbles soldats, avons pris la liberté de placer une garde devant votre merveilleuse machine volante, au cas où les tueurs de Xarth passeraient par là et tenteraient de l'endommager. J'espère que nous avons bien agi.

— Vos hommes ne l'ont pas touchée j'espère? dis-je. De dangereuses magies y sont intégrées. Quiconque essaierait d'entrer pourrait être tué.

— Nous l'avons deviné. J'ai donné des ordres stricts pour qu'aucun guerrier n'approche l'oiseau métallique à moins de dix brasses. La plupart des gardes seront au-delà de cette limite, et feront des patrouilles dans le Désert de la Mort pour guetter les Xarthiens. L'oiseau divin est sauf, ô vous qui êtes descendu de Vepan. »

Je me sentais décontenancé. Cet officier avait montré

une certaine logique alors que j'aurais dû penser plus tôt à mon module d'atterrissage piégé. Dans cette région, nous étions près de la frontière xarthienne, et je ne pouvais laisser l'appareil en sécurité où il se trouvait actuellement. Je pris ma décision.

« Je volerai jusqu'à Yelsai en compagnie de mon interprète, dis-je, si vous m'indiquez un endroit où atterrir.

— Avec plaisir, dit l'officier. La meilleure place est le terrain de la ville, sur le côté est de Yelsai, où les golas marchands se posent et où ils sont halés jusqu'à leurs hangars. Il y existe de nombreuses installations pour accueillir les voyageurs aériens.

— *L'aéroport,* dis-je en anglais. Bien sûr! Pourquoi n'y ai-je pas pensé plus tôt? »

Nous retournâmes dans la grande maison, puis Dlan et ses Aînés m'apportèrent des cartes. Elles étaient merveilleusement dessinées à l'aide d'encres de plusieurs couleurs; elles correspondaient très exactement aux cartes photographiques dans mon module mais étaient plus détaillées et comportaient des indications locales.

« Je ne peux pas lire les mots, dis-je.

— Mais je le peux, maître, dit Saimo. Je te guiderai, mon seigneur. »

Avant de partir pour le désert, je déjeunai avec Saimo, dans le monastère; immédiatement après le repas, j'envoyai des nouvelles par radio au *Riverhorse.* Dlan m'observa avec intérêt alors que je parlais dans le métal et le plastique de mon collier. A un moment, je dus le faire participer à la conversation.

« Les dieux du ciel souhaitent savoir, dis-je, si quelqu'un sera prêt à me recevoir à Yelsai. Par vos méthodes, la nouvelle de mon arrivée ne peut pas déjà y être parvenue.

— Excusez-moi de vous corriger, seigneur dieu, dit l'Abbé. La nouvelle a déjà atteint Yelsai, et la Reine vous attend.

— Mais c'est à 300 milles, m'exclamai-je. Qu'utilisez-vous? Des tambours? Des signaux de fumée? »

Dlan sourit. « Il y a plusieurs méthodes. Les plus jeunes — les femmes et les hommes — utilisent des choses comme les éclats lumineux de miroirs — nous avons presque toujours un soleil éclatant. La nuit, on peut employer des lumières clignotantes. Pour les messages écrits, les soldats entretiennent des relais de thapal. Je n'entrerai pas dans les détails, mon seigneur, mais je puis vous assurer que lorsque vous atteindrez le terrain d'atterrissage de Yelsai, vous y recevrez un accueil *royal*. »

Je transmis cette information à Mannheim. Il parut alarmé.

« Gardez les yeux ouverts, Carson, m'ordonna-t-il. J'allais proposer de faire débarquer un peu plus de personnel puisqu'il est maintenant clair que les hommes peuvent vivre à la surface, manger la nourriture locale et ainsi de suite...

— Merci, dis-je.

— ... mais à présent, je ferais mieux d'attendre encore un jour ou deux. Ouvrez les yeux et faites vos rapports régulièrement! Ces peaux-rouges sont plus avancés que nous le croyions. Pour l'amour de Dieu, de quoi sont remplis ces ballons?

— Hélium. Ils l'obtiennent d'un gaz naturel, je crois.

— *Hélium.* Et voilà. Carson, si vous étiez chimiste, vous sauriez quelle est la technologie nécessaire pour extraire l'*hélium* d'un gaz naturel. Nous n'avons pu le faire que depuis deux siècles et demi. Depuis combien de temps ces peaux-rouges savent-ils le faire?

— Environ un million d'années.

— Et ils se battent toujours avec des arcs et des flèches. Carson, je n'aime pas du tout ça. Bon sang, ça pue! L'hélium ou autre chose. D'accord, allez à Yelsai et voyez cette Reine? Etudiez leur technologie et leur structure politique. Nous pourrions alors vous envoyer deux gars en renfort — par exemple, un chimiste et un sociologue.

— Si vous envoyez quelqu'un, pourquoi pas Sally Freeston et Dave Weiser? Sally a un diplôme en chimie, organique et inorganique, et Dave a celui de socio. De plus, Sally parle un peu le xumain.

— Nous verrons, dit Mannheim sans enthousiasme. Pendant ce temps, utilisez vos yeux, Carson — et votre tête. »

Après que j'eus tourné le bouton, je réalisai que Mannheim me demandait de jouer le rôle d'un espion. Et pourquoi pas? Cela n'était-il pas déjà le cas? Je n'avais pas évité la brigade des agents secrets après tout... j'avais seulement rejoint la section interstellaire.

Saimo me toucha la main. « Si tu es prêt, maître, partons-nous? »

C'était l'heure la plus chaude de l'après-midi lorsque nous retournâmes dans le désert occidental. C'eût été un suicide de marcher mais, heureusement, les militaires m'avaient préparé un thapal. Je n'aurais pas pu rester sur le dos de cette bête puisque je n'avais jamais monté un animal de ma vie — les seuls chevaux de la Lune étant dans le zoo de Lunaris — mais le commandant Zav me plaça devant lui, sur sa propre monture et je m'agrippai au grand cou de l'animal pendant que Zav me tenait. Saimo conduisait un autre thapal sans aide, avec une aisance et une grâce qui m'impressionnèrent — elle avait apparemment appris lorsqu'elle était encore enfant.

En dépassant la ligne des húdaan, je dus m'accrocher fermement au cou du thapal car ce dernier trottait très haut sur le sol inégal. Je réalisai soudain que Zav, derrière moi, pourrait facilement s'emparer de mon laser dans son étui, et, en dépit de la chaleur, je me sentis brusquement glacé. Me tenant de la main gauche, je plaquai la droite sur ma hanche.

Zav sembla deviner mes pensées. « N'ayez crainte grand dieu, dit-il, votre arme magique ne tombera pas de son fourreau dans cette position : je l'ai vérifié dès que nous sommes partis. »

Je me senti penaud. De toute évidence, Zav n'avait pas l'intention de me doubler. Je commençais à l'aimer.

« Zav, dis-je, de tous les Xumains que j'ai vu, vous êtes celui qui ressemble le plus à un dieu — comme moi.

Les autres hommes Xumains ressemblent davantage à de jeunes garçons. »

Zav dit d'un ton brusque : « Je ne suis pas un homme.

— Quoi?

— Pas un *kunir* — je suis un *kurar*, un mâle manqué. Lorsque j'étais jeune, j'étais le jouet des soldats sur la frontière. Maintenant j'en commande quelques-uns. C'est la carrière normale pour les gens comme moi à Yelsai — si l'on peut employer le mot « normal » pour nous. Nous allons généralement jusqu'au rang de commandant (*kavyo*) quelquefois même jusqu'à celui de colonel (*hazyo*). Mais les officiers supérieurs sont tous des femmes. » Il rit. « Si les dieux sont comme les *kurar*, alors peut-être serez-vous bien à Yelsai, mon seigneur, Tomass.

— Pourquoi?

— La Reine Telesin a, en quelque sorte, un faible pour les *kurar*. Selon les rumeurs, les jeunes garçons normaux ne la satisfont pas. C'est une grande dame, notre Reine, qui recherche toujours de nouveaux amants vigoureux. Elle n'a aucune objection envers les étrangers. Par exemple, le dernier ambassadeur de Xiriko...

— Que lui est-il arrivé?

— Il est parti le mois dernier. Vidé, disent-ils, quoiqu'il soit un *kurar* solide et en bonne santé. A présent, Sa Majesté n'a pas de favori établi... »

Une fois de plus, j'avais chaud.

DEUXIÈME PARTIE

Le Dieu et la Reine

Chapitre V

Lorsque nous émergeâmes du module sur le terrain d'atterrissage de Yelsai, la situation entière semblait curieusement familière.

J'étais à présent habitué à la pesanteur xumaine et je descendis rapidement l'échelle derrière Saimo, en regardant devant moi. J'avais posé l'appareil sur un champ d'herbe rase, juste devant un espace pavé de pierres avec, au-delà, une rangée de bâtiments à un étage. Autour et derrière nous, des ballons étaient amarrés ou manœuvrés près des mâts, des filets ou des hangars par de nombreux Xumains à peau rouge. Et je vis juste devant l'entrée principale du bâtiment central, en face de nous, un groupe de gens qui manifestement nous attendaient.

Puis je m'en rendis compte — tout se passait à peu près comme si j'arrivais à l'un de nos astroports — au fond, tout au moins, et à part le fait que le ciel était bleu et non pas noir, et ainsi de suite. Je regardai Saimo et souris.

« On ferait bien d'aller rejoindre le comité de réception », dis-je en anglais.

Saimo paraissait un peu nerveuse. « Je... je crois que la Reine elle-même est là », dit-elle.

L'après-midi était encore chaud alors que nous avancions, mais l'air de Yelsai était plus doux, plus d'humidité; ici, la vie ne devait pas être un aussi dur combat contre la mort et le désert. Nous n'avions pas à marcher très loin, et la délégation xumaine venait à notre rencontre.

Je sus immédiatement qui était la Reine Telesin. Elle était grande (pour une Xumaine) et très belle. Non, je dois être honnête — je la trouvais ravissante. Vous savez ce que c'est avec ces races bizarres — les Chinois par exemple — vos yeux mettent un certain temps à s'ajuster. Pendant un moment, ils se ressemblent tous; ensuite ce n'est *plus* le cas.

Ce furent les yeux de Telesin qui attirèrent d'abord mon regard — ils n'étaient pas jaunes, mais d'un pur vert lumineux. (J'appris plus tard que si les yeux verts étaient rares sur le Canal Ouest, ils n'étaient pas tellement inhabituels dans la région natale de Telesin, bordant le territoire de la ville voisine au sud-est, qui se nommait Tlanash.) Ses yeux verts lui donnaient un aspect un peu plus humain — elle me rappelait presque Sally — mais les yeux humains ne peuvent être aussi éclatants : par rapport à sa peau rouge, lisse, ils brillaient comme des émeraudes. Elle portait ses cheveux noirs par-dessus ses oreilles, cachant ainsi leur inhumanité; de telle façon qu'au premier coup d'œil, elle pouvait vraiment passer pour une fille humaine à la beauté saisissante, si l'on ne comptait pas le nombre de ses doigts.

A cette première rencontre, je ne comptais pas ses doigts.

Telesin était habillée à peu près comme la Dame Tlavei, dans une robe verte à haut col, qui laissait nus ses seins pointus. Mais sa robe était tissée dans un tissu plus fin que celle de Tlavei, laissant voir les courbes de son corps par transparence. Elle était chaussée de sandales dorées et portait des bracelets d'or; posé sur sa chevelure noire et brillante, un diadème supportait une rangée de pierres précieuses — émeraudes, rubis et saphirs. Les bijoux qui retombaient sur son front étaient des émeraudes parfaitement assorties à ses yeux.

Ce n'est que bien longtemps après que j'appris que la couronne de Yelsai n'était pas héréditaire et que les reines étaient choisies, principalement pour leur *beauté*.

« *Kelnei xipui Yelsai, aanir tlavol* », dit Telesin d'une

voix claire et chaude de soprano — une voix musicale de miel et de feu. Je connaissais, en théorie, tous les mots, mais il me fallut une ou deux secondes pour rassembler mes esprits. La Reine avait dit : « Bienvenue à Yelsai, dieu de bonté »; et tout ce que je pus penser fut : bon dieu!

Enfin je bredouillais : « Je ne savais pas que les reines xumaines pouvaient être si belles. »

Ce discours était apparemment très bien venu. Telesin sourit.

« Je vois que même les dieux peuvent être diplomates. J'ai l'habitude d'entendre des compliments, mais vous le dites très bien. Maintenant laissez-moi vous présenter ma suite. Voici mon enfant, Varan — vous voyez qu'il porte un kilt car il s'est transformé il y a deux mois, ce qui vous apprend quelle vieille femme je suis. »

Je pensai que Varan était un beau et solide garçon mais à l'air un peu sérieux. Il avait la taille de Saimo, mais était plus large d'épaules. Pauvre Saimo! Elle aussi aurait dû devenir un beau jeune homme, mais à cause de moi... Elle paraissait mentalement triste et perdue.

La Reine continua : « Je vous présente deux de mes conseillers — les Aînés Psyl et Kanyo. Ils ont droit à une renommée mondiale sur Xuma depuis le Neuvième Mois de l'année dernière — ce sont eux qui ont vu les premiers votre étoile Vepan pénétrer dans nos cieux, car l'astronomie est l'une de leurs savantes spécialités. Je crois que Psyl fut la toute première personne dans notre monde à vous remarquer...

Je regardai les deux Aînés dans leurs robes blanches. Quelque chose était différent dans les yeux de ce couple à peau grise : oui, ils avaient tous deux des iris bruns foncés.

« D'où venez-vous? demandai-je.

— Ce serait plutôt à nous de vous poser cette question, dit Psyl avec un rapide sourire. Seigneur dieu, nous ne sommes pas précisément natifs de Yelsai — lorsque étions hommes puis femmes, nous étions à Xulpona dans le Secteur Ouest. Mais les Aînés vagabondent dans beaucoup d'endroits et perdent généralement leurs vieilles fidélités...

« — Pouvons-nous demander, dit gravement Kanyo, de quel monde êtes-vous originaire, seigneur? Nous sommes certains que Vepan est trop petit pour être un monde par lui-même, trop petit entre autres pour retenir son atmosphère...

— Vous seriez surpris, dis-je. C'*est* très semblable à un monde.

— L'air est peut-être à l'*intérieur?* » dit Psyl.

Je ne savais pas très bien quoi dire. Assez curieusement, les Xumains du canal m'avaient posé pas mal de questions sur nous, Terriens; et maintenant, cela revenait nettement dans l'interrogatoire de ces deux vieux astronomes. Bien sûr, je n'allais pas cacher les faits essentiels; de toute façon, Saimo les connaissait. Mais je pensais qu'il s'agissait de sujets dont il valait mieux débattre dans des conditions plus secrètes. Mes expériences sur Luna me faisait me demander si les Xarthiens ou d'autres puissances voisines n'avaient pas leurs espions dans cet aéroport...

« Et qui est-ce... ce... commença la Reine en regardant Saimo.

— Garçon? ajoutai-je rapidement. C'est mon interprète.

— Vous n'en avez guère besoin, dit Telesin en souriant gracieusement. Mais je m'en souviens à présent — c'est l'enfant que vous avez capturé puis ramené, et que le choc a fait se transformer l'autre nuit. Très bien, Saimo — Bienvenue à toi avec ton maître. Maintenant allons au Palais. »

Je remarquai que la Reine n'avait pas employé le mot « garçon » (*kunir*) ni « lui » (*luir*) pour désigner Saimo.

Yelsai est une ville d'environ 100 000 habitants, mais qui s'étend sur une surface assez grande car elle est pleine de jardins, de parcs, de places, de petits canaux et de lacs artificiels, et peu de bâtiments ont plus de deux étages. Son plan forme un triangle ventru; car elle est située au confluent de trois grands canaux, les branches de ces derniers formant un fossé tout autour des murs de pierres jaunes de la ville. Le nom de cette cité signifie

« Six Portes » : à chaque porte, un large pont enjambe le fossé. L'aéroport se trouve à l'extérieur de l'enceinte et du fossé, près de la porte nord-est, la Porte des Dragons : là se trouve une petite banlieue, principalement peuplée de voyageurs et des équipages des ballons. Mais le palais royal se dresse au cœur même de Yelsai, c'est pourquoi nous avions maintenant à faire un voyage assez long à travers les rues de la ville.

Nous formions une procession de magnifiques calèches tirées par des thapal, et j'avais la sensation très vive d'un touriste. L'endroit était gai et coloré, et l'ambiance était différente de celle du thon 2-3-0, en raison d'une activité commerciale plus intense. D'une manière générale, on pouvait dire que l'Etat de Yelsai était sous un régime mixte de socialisme communautaire et de libre entreprise. Le socialisme prédominait à la campagne, alors que c'était l'inverse dans les villes. De nombreuses gens vendaient de la nourriture, du charbon de bois et des babioles, quelques-uns du bord des bateaux sur les canaux, d'autres dans les rues — les vendeurs de rue étaient pour la plupart des enfants nus qui parcouraient les avenues ou les rives des canaux, vantant leurs articles d'une voix musicale — lorsque deux ou trois d'entre eux se trouvaient dans la même rue, l'effet était proche d'un petit chœur.

Mais le véritable commerce était groupé sur trois places servant de marches en plein air; nous passâmes devant l'un de ces trois centres commerciaux, le Marché des Etoiles Tourbillonnantes, réputé pour sa bijouterie et ses jolies filles. Sous l'ombre des *kaal*, les éventaires alignés formaient un spectacle étincelant de couleurs — surtout ceux des fruits ou des tissus. Je me rappelai soudain un livre d'histoire que j'avais lu — la vieille description par un conquistador du marché de Tenochtitlan, qu'il avait découvert comme moi, en tant qu'invité honoré. Dans ce marché du Vieux Mexique, il y avait eu également des « vendeurs d'or, d'argent, de pierres précieuses, de plumes, de manteaux, de tissus brodés... » Mais une chose était très différente : il n'y avait pas ici de vendeurs d'« esclaves, hommes ou femmes ». L'esclavage n'existe pas à Yelsai : bien que les « manqués » soient asservis à l'Etat, aucun d'eux n'est jamais acheté ni vendu.

J'appris quelques-uns de ces détails durant notre trajet jusqu'au palais ; mais ce n'était pas facile d'être un touriste : il y avait... des distractions. Saimo et moi étions placés dans le carrosse de la Reine, en compagnie de deux jeunes guerriers qui, comme je l'appris, étaient des *dan kunaya*, des gardes royaux. Lorsque nous étions montés, Telesin avait ordonné aux gardes de s'asseoir à côté de Saimo et avait tapoté la place vacante à sa droite.

« Pour vous, mon seigneur dieu », avait-elle dit en souriant.

L'un des jeunes gardes tenta une protestation. « Ma Reine, il a une arme magique...

— Je sais, dit Telesin froidement. C'est la raison pour laquelle il est ici, mon garçon ! Son arme est plus puissante que les nôtres et je lui demanderai une démonstration plus tard. Il l'a amené à Yelsai pour me servir — quoi d'autre ? N'est-ce pas ? » conclut-elle en se retournant vers moi.

« Eh bien... balbutiai-je. Votre Majesté, ne pensez-vous pas qu'il serait préférable d'en discuter en privé ?

— Oh ! la ville entière sait ce que je fais avant même que je ne le fasse, dit-elle. De toute façon, les reines sont là pour ça — pour causer d'agréables scandales. Pourquoi se gêner ? »

Je commençais à être désorienté. Je n'étais pas certain de comprendre le sujet de la conversation. Une minute ou deux après, Telesin se pencha en avant et dit quelque chose rapidement à Saimo. « Traduis, ajouta-t-elle.

— Notre Reine, dit Saimo en rougissant, dit que tu es plus beau même que son dernier favori et elle demande si tu es un homme ou un *kurar*.

— Eh bien, ne peux-tu pas l'expliquer, Saimo. »

Saimo me regarda alors piteusement. « Mon seigneur, je n'ai jamais su. Dame Sally m'a dit une fois que toi et elle aviez le même âge, mais je n'ai jamais su qui était *kurar* ou *kynthi*. » Bien sûr, j'aurais dû y penser plus tôt. Il n'y avait pas d'enfant à bord du *Riverhorse,* et les Xumains, hommes ou femmes, semblent avoir le même âge bien que cela soit faux. Comment la pauvre Saimo aurait-elle pu deviner notre biologie? Chaque être pense que sa propre race est normale; et tous les vertébrés xumains passent par les quatre stades du cycle sexuel — seuls, les poissons-feu (qui sont des chordés invertébrés) et les organismes inférieurs ont des sexes séparés. A cause de cela, Saimo ne pouvait dire aux autorités de Yelsai que nous, humains, avions toujours un énorme secret — que nous étions sexués comme des vers ou des poissons-feu. Et je ne savais pas quelle serait la réaction xumaine lorsqu'ils apprendraient la vérité.

Je décidai d'atermoyer. « Saimo, dis-je, Sally est une femme normale chez nous. »

Saimo me regarda comme si elle avait envie de m'embrasser, mais bien sûr, n'avait pas osé. Elle dit en anglais : « Cher Tomass, si cela ne t'afflige pas, alors je suis heureuse. Ainsi tu ne me mépriseras pas! » Puis elle se retourna vers la Reine et révéla ce qu'elle pensait être mon secret.

La Reine s'épanouit. « C'est bien ce que je pensais. Les *kurar* sont tellement plus expérimentés — vraiment beaucoup plus *mâles!* Mon cher dieu, je suis certaine que nous allons devenir de grands amis... »

Nous en étions là lorsque nous atteignîmes le Marché des Etoiles Tourbillonnantes, et je me dépêchai de poser des questions d'ordre touristique à la Reine. Malheureusement, mes questions semblèrent ramener la conversation sur le même sujet.

« Le nom vient des Etoiles Tourbillonnantes, dit Telesin, car *Etoiles Tourbillonnantes* a la même signification que *danseuses.* Ces filles qui vendent des bijoux sont presque toutes des *kynthi,* avec quelques femmes normales qui sont danseuses dans les maisons de plaisir. Les bijoutiers sont heureux de les employer comme vendeuses le jour, et les filles sont également contentes parce que le travail est facile et agréable; elles peuvent rencontrer tous leurs amis ici et les clients qui achètent des bijoux le jour retournent souvent la nuit dans les maisons de plaisir pour acheter autre chose. Je ne le sais que trop, ajouta-t-elle avec un petit rire.

— Pourquoi? demandai-je étonné.

— Parce que j'ai été l'une d'entre elles. Ah! Tomass, il y a si longtemps! Lorsque je me suis transformé en femme, mon mari — c'était un commandant *kurar,* qu'il repose en paix — mon mari m'amena de mon thon jusqu'à la grande ville et m'apprit à devenir une danseuse. *Il* avait connu cette expérience lorsqu'il était à l'armée, c'est pourquoi l'éducation qu'il donnait était excellente... J'étais très populaire alors, Tomass, je vous le dis, et c'est ainsi que j'ai été élue Reine — tant de jeunes hommes me connaissaient et m'aimaient. Je vendais des bijoux le jour, et la nuit je dansais dans la Maison du Poisson-feu de Printemps — ah! voilà ce cher vieil endroit... »

Nous étions arrivés sur une place principalement occupée par un jardin et un lac artificiel. Sur la rive opposée du lac se trouvait un grand bâtiment bas, au toit retroussé, rouge. L'effet général était plutôt proche des images de temples japonais que j'avais vues. Tout autour de la Maison du Poisson-feu, je vis des couples ou des groupes de personnes assis sur l'herbe, sous les *kaal* touffus — des hommes en kilt et des filles aux seins nus, couvertes de bijoux et en jupe mi-longue.

« Il est pratiquement l'heure de boire le *tlaok,* dit Telesin en souriant. Les affaires sérieuses commenceront plus tard. Ainsi que nous le ferons, mon seigneur dieu... »

Le Palais se trouvait sur le côté de la grand-place principale de la ville. C'était un enchevêtrement de plates-formes et de tours, et surtout de jardins — en contrebas, en étages et même en terrasse. Quelques bâtiments en forme de tours avaient des toits retroussés comme ceux d'une pagode, couverts de tuiles bleues, les autres avaient des toits plats entourés de balustrades; et il semblait y avoir de la végétation partout. Les murs de pierres jaunes étaient couverts de plantes grimpantes, de petites jungles de tula débordaient des parapets. Les appartements de la Reine, dans lesquels Saimo et moi avions une chambre, formaient un vaste résidence, sur la terrasse principale de la tour centrale. Un jardin magnifique s'étendait sous nos fenêtres.

« Comment toutes ces plantes sont-elles irriguées? demandai-je à Saimo alors que nous regardions le jardin.

— Les Aînés règlent cela, dit-elle. Les jardiniers royaux sont tous des *uxan* et ils ont des machines pour amener l'eau des lacs et des canaux. Les Aînés se consacrent à beaucoup de choses à Yelsai.

— Règlent-ils aussi les décisions de la Reine sur la paix ou la guerre?

— Ils ne " règlent " pas — ils ne font que conseiller. Les actions de l'Etat sont décidées par la Reine et ses Douze Dames... »

Je continuai d'interroger Saimo et arrivai à obtenir une idée précise de la situation politique. Les Douze Dames étaient à la fois un Cabinet Ministériel et un Parlement — elles étaient les représentantes du peuple, ou plutôt des femmes puisque seules les femmes normales, les *kun,* avaient le droit de vote. Chaque Dame représentait un secteur de la ville ou des canaux environnants, et conservait sa position tant qu'elle restait une femme. Comme les « Dames » étaient habituellement assez mûres lors de leur élection — elles étaient en général d'ex-Dames-chefs — la durée de leur charge dépassait rarement une demi-douzaine d'années. Les Reines restaient plus longtemps en poste car elles étaient choisies parmi les *jeunes* femmes normales — et selon un critère de beauté décidé par un jury d'*hommes* jeunes (la seule occasion offerte aux hommes d'exercer un pouvoir politique). Bien entendu, les Dames et les Reines se retiraient lorsqu'elles devenaient des Aînés, car sur Xuma, cette troisième Transformation était légalement une mort (« la Première Mort »). Ainsi, par exemple, le mari de la Reine Telesin était « mort » une douzaine d'années plus tôt et était maintenant un Aîné à Khadan. Telesin avait elle-même déjà régné depuis dix-huit ans.

Le pouvoir politique était partagé entre la Reine et ses Dames; sur tous les sujets importants, la Reine et les Dames devaient accepter ou refuser l'action décidée. Les

Dames, entre elles, pouvaient décider par un vote à la majorité mais, ordinairement, elles préféraient être unanimes.

« Un bon système pour empêcher quoi que ce soit de se faire, dis-je. Les Etats de Xuma sont-ils tous gouvernés ainsi?

— Non, maître, dit Saimo, il existe de nombreux systèmes différents. Tlanash n'a pas de Reine mais seulement neuf Dames. Dans les villes de l'Est, il y a des monarques héréditaires et le dirigeant peut hériter du trône lorsqu'il est encore enfant et le garder lorsqu'il devient homme puis femme. A Xarth, depuis maintenant bien des années, seuls des *kurar* détiennent le pouvoir, et la puissance de l'*Alkayo,* l'Empereur, est absolue, avec droit de vie et de mort, de guerre ou de paix. A l'Ouest...

— D'accord, épargne-moi les détails, dis-je. Je vois le tableau. Dis-moi, Saimo, quelle est la puissance de cette ville de Xarth?

— Beaucoup trop grande, dit-elle en haussant les épaules. Depuis toujours les thons du Canal Ouest craignent les Xarthiens. La Muraille Nord se trouve au thon 2-5-0. Au-delà de cette frontière, le canal appartient à Nakaan, une ville paisible, mais, à présent, Nakaan a été avalé par Xarth. Auparavant, l'Empereur n'avait que l'unique cité de Xarth. Maintenant il en tient trois et en veut encore plus. Je crois qu'il voudrait régner sur tout le Secteur Médian — voilà pourquoi notre Reine a conclu une alliance avec Tlanash contre lui.

— Existe-t-il des empires plus grands — par exemple dans l'Est?

— Quelques-uns sont plus riches, dit Saimo, comme Kvaryla, Aosai ou Idaxir — mais je crois qu'aucun d'entre eux ne contrôle plus de deux villes importantes; ils sont tous jaloux les uns les autres et ne sont pas dangereux pour le reste du monde. Ils préfèrent amasser une fortune à l'aide de leurs *golas* marchands plutôt que d'envoyer des forces armées. Le Secteur Ouest est pacifique. Il n'y a rien de très semblable à Xarth nulle part ailleurs sur la surface de Xuma — et à l'école de mon thon, je me souviens que notre Aîné nous avait dit qu'il n'y en avait pas eu depuis vingt mille ans. »

Je posai mes mains sur les épaules de Saimo et l'embrassai sur le front. « Eh bien, ma chérie, si la Reine et ses Dames l'apprécient, nous pouvons mettre fin à la menace xarthienne. Avec notre puissance de " dieux " célestes, nous pourrions balayer l'empire entier en quelques minutes, comme j'ai exterminé ces agresseurs. Si la Reine te le demande, tu lui diras cela, hein ? »

Les lèvres de Saimo tremblaient. « Je ne pense pas que la Reine *me* pose des questions à *ton* sujet, Tomass. Lors de la grande fête, ce soir, je suis sûre qu'elle traitera ses affaires directement avec toi. Tomass, j'avais pensé...

— A quoi ? Continue, chérie.

— Au sujet de l'amour, dit-elle en rougissant visiblement. Tomass, je t'ai déjà dit que je t'aimais. Si tu me désires, je serais ton esclave pour toujours. Sois bon avec moi comme tu l'as toujours été, je ne demande rien de plus. Je sais que vous, dieux, venez d'un monde lointain et magnifique, où vous possédez d'énormes pouvoirs... dans le cercle de la vie, vous êtes plus près du centre des choses; pour nous, Xumains, vous êtes comme les Aînés, et pour vous, nous sommes comme les *vep*. On ne doit pas espérer... un amour ordinaire de vous pour les Xumains, et je ne l'espère pas...

— Oh ! voyons, Saimo, protestai-je, cela ne veut rien dire !

— Mais si, mon cher maître : c'est la vérité. Je t'ai observé toute la journée, Tomass, et j'ai vu comment tu me regardais, avec bonté, comme lorsque j'étais un *vep* — sans rien de plus. Mais... mais la Reine, Tomass... elle aime faire l'amour. Elle n'a pas eu de mari officiel depuis douze ans parce qu'elle préfère changer fréquemment d'amants et elle attend beaucoup de toi, bien que tu sois un dieu. Spécialement je crois *parce que* tu es un dieu. Nous avons beaucoup de légendes concernant les dieux, quelques-unes sont sérieuses et entretenues par les Aînés, d'autres ne sont que des histoires amusantes inventées par les gens. L'une de ces dernières dit que les dieux sont sexués comme les poissons-feu — que les déesses sont la quintessence de la féminité et que les dieux sont l'essence pure de la masculinité. Et de plus — je ne sais pas s'il est possible pour un dieu et une Xumaine de *faire l'amour*. »

Saimo s'arrêta puis baissa la tête et dit doucement : « S'il est important pour tes plans de faire l'amour avec la Reine, Tomass, eh bien, je sais que vous, dieux, aimez essayer les choses, *expérimenter*. Tu as fait des expériences avec moi auparavant, lorsque j'étais dans le vaisseau spatial, et de plusieurs manières. Je t'appartiens toujours, Tomass, et à présent, je suis une femme, mon corps est comme celui de la Reine et... et je désire t'aider de la manière que tu souhaiteras car je t'aime et je sais que ton plan est pour le bien de Yelsai. Si tu désires ainsi utiliser mon corps, maître, je considérerais cela comme un grand honneur; et je ne te demanderais même pas de m'aimer. »

J'étais touché et également embarrassé. Je posai mes mains sur les joues de Saimo, relevai sa tête et l'embrassai sur les lèvres.

« Ma chère enfant, dis-je, merci... merci. Mais ne crois pas que je ne t'aime pas, Saimo — je t'aime d'une certaine manière. Bon sang, je ne sais pas comment te le dire — tout est mélangé dans ma tête. Mais je n'accepterai pas ton offre. D'abord je ne pense pas que nous puissions avoir une satisfaction sexuelle ensemble — ni toi et moi, ni moi et la Reine. Ce n'est qu'un accident biologique — une évolution convergente — qui fait que nos deux espèces se ressemblent tellement que cela peut entraîner une certaine attirance mutuelle... Mais toutes ces histoires de Terriens se mariant avec de capiteuses extra-terrestres ne sont que des bobards... Je veux dire que ce ne sont que des absurdités. Ma chérie... tu es encore très jeune. J'espère que tu rencontreras un jour un gentil garçon Xumain... Quant à nous... aimons-nous, Saimo, comme de bons amis. » Je me mis à rire. « J'espère que je pourrai faire adopter le même point de vue à la Reine.

— Tu ne veux pas dormir avec elle? dit Saimo les yeux brillants.

— Non », répondis-je.

Enfin elle redevint gaie. « Allons nous préparer pour la fête », dit-elle joyeusement.

Mais le soleil ne faisait que commencer à se coucher, et la fête n'était prévue que dans une heure environ. Nous venions juste de nous laver, et Saimo avait mis le nouveau kilt apporté par les serviteurs du Palais lorsqu'un « *Pui* » retentit à la porte; les deux Conseillers, Psyl et Kanyo, entrèrent. Tous deux souriaient aimablement.

« Nous pensions, dit Psyl, que si vous aviez du temps à perdre vous aimeriez peut-être voir le Palais. La tour-observatoire, par exemple... cela pourrait intéresser un visiteur d'un autre monde! Et le jeune Saimo aimerait peut-être voir les salles d'entraînement des jeunes gardes... »

Nous acceptâmes, et les deux Aînés nous montrèrent le chemin. Pour une obscure raison, je continuai de penser à Psyl comme « elle » et Kanyo comme « lui », quoique, bien sûr, tous deux eussent la peau grise, des cheveux blonds et ras et des visages anguleux. Peut-être parce que Psyl était légèrement plus petite? Je fis une tentative pour le savoir.

Kanyo se mit à rire. « Cela vient probablement des manières énergiques de Psyl; vous savez, seigneur Tomass, l'aspect féminin est prédominant dans notre monde, mais vous avez raison d'une certaine façon; dans notre dernière phase, Psyl était une femme, et j'étais un homme. En fait, nous étions mariés. »

Je parus surpris. Psyl ajouta : « Vous devez vous souvenir que nous sommes des Occidentaux. Dans le Secteur Ouest, il n'y a pas de préjudices contre les manqués. Et nous en avons une plus forte proportion — presque un sur douze. » Elle regarda Kanyo et rit doucement. « Au début de notre mariage, *j'étais* un homme et lui, une *kynthi*.

— Et elle m'a toujours dominé... même alors que *j'avais* le bénéfice du sexe féminin, dit Kanyo en souriant.

— Vous devez être un couple exceptionnel, dis-je intéressé.

— Pas tellement, dans l'Ouest, dit Psyl. Je suppose que la seule chose vraiment inhabituelle à notre sujet est que nous ayons conservé le contact après notre Première Mort. La plupart des gens s'arrangent pour arriver à un détachement correct, mais il y a quelques exceptions, et j'ai bien peur que nous en soyons deux. Rester ensemble nécessite quelques compromis, et je crois que c'est la raison pour laquelle nous avons abandonné Khadan pour un poste provincial comme celui-ci. C'était un comportement déplacé de la part de vieux sages.

— Je suppose que Khadan est la véritable capitale de cette planète », dis-je légèrement.

Ils semblèrent en rester sidérés, puis Kanyo dit : « C'est certainement la capitale intellectuelle. Très austère, très académique. Mais ce n'est pas une capitale *politique* — nous autres Aînés devons être neutres dans beaucoup plus de sens qu'il ne paraît. Avez-vous quelque chose de similaire sur votre monde, Tomass?

— Eh bien, il y a Tycho, dis-je. C'est un territoire international; ou comme nous le disons dans notre langue, *N. U.* »

Ils voulurent immédiatement savoir ce que signifiait N. U. Puis Psyl dit :

« Ainsi, toutes vos nations sont Unies. Cela doit représenter un grand avantage.

— Heu... oui, dis-je rapidement, bien que cela n'ait pas été facile. Je me demandais pourquoi vous n'aviez pas tenté d'unifier *votre* planète. Après tout vous avez eu deux millions d'années et vous avez remarquablement coopéré pour les canaux...

— C'est par suite de notre déplorable psychologie, dit Kanyo avec un sourire amer. Il a été prouvé voilà très longtemps — je ne peux pas dire depuis combien de millions d'années — que les conflits, voire la violence, sont nécessaires au bonheur des créatures ayant un sexe mâle et un sexe femelle, tout au moins à la manière dont sont arrangés les sexes des animaux supérieurs de Xuma. Peut-être sur d'autres mondes, avec une organisation différente, une telle tendance ne peut-elle exister... De toute façon, nous sommes au moins certains que la violence est beaucoup moins meurtrière chez les animaux inférieurs. Le ver ne tue pas le ver, pas plus que le poisson-feu n'extermine le poisson-feu...

— Mais les poissons-feu mâles se battent comme des démons, objecta Psyl.

— Ils font semblant. Oui, l'agressivité est là à la base, particulièrement chez les mâles et cela est évidemment plus sérieux dans le cas de races intelligentes où les instincts ne sont pas inhibés... Chez nous, Xumains, ce sont surtout les hommes qui font l'*histoire*. L'histoire, au fond, signifie le meurtre. Si cela se produit à une échelle suffisamment grande, on peut l'appeler *guerre*. Nous en avons eu récemment un exemple amusant lorsque Varan, l'enfant de la Reine, est devenu mâle. Immédiatement, ce garçon s'est beaucoup plus intéressé aux lances et aux épées, et, à présent, il passe la plupart de son temps à pratiquer les arts martiaux avec les jeunes gardes. Il se passionne également pour l'histoire — je suis son professeur, je le sais donc bien — il me questionne avec avidité. Varan trouve ennuyeuse l'histoire de Yelsai — elle n'est guère qu'une énumération de petits canaux construits et de déserts repoussés. Mais Xarth! Il se vautre littéralement dans l'histoire xarthienne — tous ces meurtres, batailles, massacres des concubines du Palais, assassinats d'Empereurs... »

Saimo parut déconcertée. « Je croyais que le Prince était un gentil garçon, dit-elle.

— C'est vrai, acquiesça Kanyo, mais il veut toujours devenir un guerrier. C'est un comportement tout à fait normal pour un homme. C'est probablement parce que les hommes ne portent pas d'enfant qu'ils tentent de s'immortaliser en gravant leur nom sur le monde — plus particulièrement sur le corps d'autres personnes. Mais je n'approfondirai pas cette philosophie. Le fait est, Tomass, pour répondre à votre question, qu'une moitié de notre race trouverait un état de parfaite unité et de stabilité — en d'autres termes, pas d'*histoire* — beaucoup trop ennuyeux. De là vient la division de notre monde en Etats nationaux — cela laisse libre cours à beaucoup d'histoire. C'est probablement mieux ainsi.

— Mais vous, Aînés... vous pourriez mettre un terme à cela si vous le vouliez », dis-je.

Kanyo écarta les mains. « Je ne sais pas s'il existe une réponse satisfaisante à cette question. Pour *vouloir,* nous devrions être autrement que nous sommes. Ainsi il est faux de dire que *nous* pourrions vouloir abolir les Etats nationaux. De plus, nous ne disposons pas d'armées, si c'est ce à quoi vous pensez.

— Saimo, mon garçon, dit Psyl, n'aimerais-tu pas voir les gardes maintenant? Je crois que le Prince sera avec eux. »

Saimo me regarda. « Vas-y! dis-je. Tu vois, mon jeune ami, que je maîtrise parfaitement la langue à présent. »

Kanyo m'emmena dans ses propres quartiers qui étaient une sorte de monastère au milieu du Palais, réservé aux jardiniers royaux et autres Aînés. Les couloirs étaient déjà éclairés par des boules de lumière douces identiques à celles que j'avais vues dans la maison commune du thon 2-3-0. J'interrogeai Kanyo sur l'énergie alimentant ces lumières.

« Il n'y a pas d'énergie. Ce n'est qu'une peinture, tirée de certains insectes lumineux que nous appelons *svitior* — vers-étoiles. Les globes doivent être repeints environ tous les six ans, mais tout le procédé est très économique. Nous aimons une technologie peu coûteuse sur Xuma. Nous avons un principe à ce sujet, celui de la moindre perturbation. Mais comment les dieux produisent-ils la lumière? »

Je lui expliquai les notions de bases de l'électricité.

« Oh! oui, nous connaissons ce principe, dit Kanyo, et nous en avons même quelques applications pratiques, certains petits jouets... nous ne l'utilisons pas pour la lumière car cela engendre plus de chaleur que de lumière, ce qui viole le principe que j'ai mentionné. En tout cas, ces rapports sexuels atomiques ne sont pas une *source* de courant, seulement un moyen — que nous n'avons pas eu besoin de développer plus avant. »

Je m'attendais à ce que Kanyo m'interrogeât sur mon

collier-radio et l'antenne derrière ma tête — mais il ne le fit pas. Ces gens ont un curieux manque de curiosité.

Nous arrivâmes alors sur le toit de la tour-observatoire. Je trouvai les petits télescopes de Kanyo très élégants, mais ils étaient probablement pas plus avancés que ceux de la Terre au XIXᵉ ou au XXᵉ siècle. Plusieurs télescopes grand angulaire étaient destinés à suivre les plus gros fragments de l'Anneau, et, à présent que le ciel s'obscurcissait, Kanyo me montra comment utiliser ces instruments.

« Votre Vepan se lèvera à l'ouest, un peu plus tard, ce soir, dit-il. En attendant, nous pouvons observer autre chose. Puis-je vous demander de quelle étoile vous êtes véritablement originaire? »

Il avait employé le mot « étoile » (*sviti*) et non pas « planète » (*xivayo*) bien qu'il y eût huit planètes dans le système d'Eri 82. La seconde planète brillait dans le ciel, à l'ouest, au-dessus du soleil couchant. Je la lui montrai.

« Pourrions-nous venir de là? » demandai-je.

Je ne pouvais pas voir son visage dans le crépuscule, mais, d'après sa voix, je devinai qu'il souriait.

« Non, à moins que vous puissiez vivre dans l'eau bouillante, dit-il; et les autres planètes de notre système sont beaucoup trop froides ou — comme notre lune — ne sont que des blocs de pierre nue. Non, Tomass, il est clair que vous venez d'une planète d'une autre étoile — je veux dire une planète ressemblant assez à la nôtre, peut-être avec plus d'eau et des écarts de température moins grands. Ai-je raison?

— Exact. Bon... je crois que ce n'est pas un secret d'Etat. Vous *pouvez* voir notre soleil, comme c'est justement le cas à présent. Là-haut, sur le bord de la Couronne... »

Kanyo éclata de rire. « Ce petit soleil... l'Orteil du Hamlor?

— Oui, dis-je. Je peux dire que le vôtre est également peu impressionnant pour nous. »

Kanyo réfléchit un moment. « Mais il est en dehors du Plan Galactique!

— Pourquoi pas? A nos yeux, c'est la même chose pour votre soleil.

— Mais, dit Kanyo, votre monde est manifestement plus près du centre galactique que le nôtre!

— Et alors? Qu'est-ce que cela prouve?

— Oh! rien », dit-il.

Alors que nous revenions au bâtiment principal du Palais, il demanda négligemment : « Dites-moi, Tomass, quelle est la durée de vie des dieux? »

Je ne voyais pas de raison de mentir. Je l'informai. Il poussa une sorte de glapissement.

« Pas plus longtemps que nous! Et vous voyagez déjà dans les étoiles! Comment? »

Je lui expliquai l'hibernation.

« J'admire votre courage », dit-il.

Chapitre VI

La fête donnée par la Reine avait lieu dans le grand jardin de la terrasse. Les détails me rappelaient ce que j'avais lu dans les livres d'histoire sur les banquets gréco-romains — nous avions de grands lits de deux personnes, quelques petites tables et un grand nombre de serviteurs — pour la plupart des adolescents et quelques jeunes hommes — qui apportaient nourriture et vin. Les gamins portaient des guirlandes de fleurs de kaal et de tula — bleu et jaune, les couleurs nationales de Yelsai. En fait, il semblait y avoir partout des fleurs et des plantes grimpantes. Nous dînions dans une sorte de clairière, avec tout autour de nous des rideaux de treillage et de tiges de tula aussi hautes que des arbres. Si l'on ne regardait pas le toit de marbre du palais, on pouvait se croire dans quelque jungle de l'ancienne Terre.

La Reine m'avait donné la place d'honneur, à côté d'elle, sur sa propre couche; Saimo était placée près de nous, sur un divan qu'elle partageait avec le Prince Varan. Psyl et Kanyo se trouvaient de l'autre côté — ils n'étaient pas couchés (cela n'eût pas été convenable pour des Aînés) mais assis sur des chaises. Les douze Dames politiques, ainsi que leurs divers petits amis, étaient couchés en face de nous.

La soirée était radieuse, fraîche mais pas encore froide — toute cette eau qui traversait et entourait Yelsai, rendait cette ville manifestement plus tempérée que les régions des canaux. Dinu, le petit astéroïde/lune était brillant — autant qu'il le pouvait : il approchait de son plein, sur son orbite de deux jours, mais ne donnait seulement qu'un cinquième de la lumière de la pleine Lune sur Terre, et sacrément moins de lumière que la pleine Terre sur la Lune. Pour remédier à ce manque de clarté, l'Anneau de la Couronne luisait comme un grand arc au nord dans le ciel, et plusieurs fragments rocheux visibles à l'œil nu semblaient ramper dans la lueur laiteuse et dans les étoiles au-delà. Kanyo m'avait dit que les *vers-étoiles* étaient une métaphore xumaine pour désigner les fragments de l'Anneau : le terme convenait très certainement. Et il y avait également de véritables *vers-étoiles* : plusieurs de ces petits insectes clignotaient sur les feuilles de tula. Ainsi avec les lumières du firmament, celle des vers et de plusieurs globes lumineux d'un rose voilé, nous avions suffisamment d'éclairage sur ce toit pour voir nos visages ; mais il faisait également assez sombre parmi les rideaux de treillage pour former une ambiance étrangement romantique. En dépit de l'ensorcelante reine à mes côtés, je désirai brusquement que Sally fût avec nous.

Je réalisai bientôt que la Reine Telesin n'avait pas l'intention de discuter politique durant le dîner. « Le plaisir avant le travail, dit-elle allègrement, c'est notre manière à Yelsai. » Elle se pencha vers moi et me fit boire dans sa propre coupe de vin — un grand honneur. Je crus qu'un ou deux invités masculins en face de nous parurent mécontents de cela, mais leurs Dames nous sourirent et... bon, encouragèrent la Reine à me caresser. Plusieurs d'entre elles caressaient leur propre « cavalier » — si c'était bien le mot approprié. Non, ce n'est pas ça — ils étaient plutôt des concubins, des hommes entretenus. J'appris que quelques Dames étaient mariées ; mais pour cette occasion, elles avaient laissé leurs maris à la maison — leurs partenaires étaient des gardes du Palais ou de temps en temps un « manqué » capitaine.

Durant le dîner, un spectacle se déroula, comme dans un cabaret. De beaux jeunes hommes dansèrent, puis furent remplacés par des hommes plus mûrs ; tous portaient des costumes très brefs. Lorsque le second groupe entra, Telesin dit :

« Voici nos meilleurs artistes de la Maison du Poisson-feu de Printemps. J'espère que vous les aimerez, Tomass. Ils étaient des *kynthi* qui se sont récemment transformés en *kurar*. Il est d'usage de les garder liés au service de l'Etat pendant un an après leur changement ; ensuite, ils sont libres de quitter les maisons de plaisir, mais beaucoup d'entre eux préfèrent rester. Je pense que ce sera le cas pour ceux-là. De charmants « manqués », n'est-ce pas ?

— Je ne saurais pas dire », fis-je.

Elle rit. « Sans doute ne vous intéressent-ils pas beaucoup. Très bien, faisons en venir de plus jeunes. » Elle frappa dans ses mains. « *Maintenant*, regardez Tomass... celles-là sont de la même Maison. »

Cette danse suivante valait certainement le coup d'œil ! Les petites kynthi de la Maison du Poisson-feu savaient vraiment faire bouger leur corps. Elles avaient rejoint les hommes « manqués » dans une ronde qui avait, comme Kanyo me l'expliqua, une profonde signification symbolique — il s'agissait de la Danse du Temps, du Terme et du Devenir — mais cette explication était peine perdue pour moi, car à mes yeux le *Devenir* avait une tout autre signification en considérant moins le costume des filles. Ou plus exactement ce qu'il y en avait ! Ces gamines kynthi ne portaient qu'un minuscule triangle de *fourrure* entre leurs jambes, et dans la pénombre de ce jardin, je pouvais facilement imaginer qu'elles étaient des filles humaines totalement nues, avec une peau rouge-brune resplendissante, de ravissants seins nus et, en fait, merveilleusement nues partout... Je sentis monter la réaction physique habituelle — et perdis brusquement confiance dans ce que j'avais précédemment dit à Saimo. La Reine Telesin devait être nettement plus âgée que ces filles mais ne le paraissait pas ni par le comportement, ni par la voix ; elle était telle qu'une fille humaine d'une vingtaine d'années pouvait l'être et...

... et l'instant suivant, j'entendis une voix métallique grinçante venant de mon collier.

« Répondez s'il vous plaît, Carson, à vous... »

Bon sang! j'avais laissé ce sacré mentor mécanique en fonctionnement, et maintenant le *Riverhorse* était au-dessus de l'horizon et m'embêtait de nouveau...

Je leur appris que j'étais toujours en vie... et là-dessus les affaires commencèrent à devenir sérieuses. Les danseuses et les danseurs étaient partis avec le dernier service; les favoris en face de nous s'étaient également éclipsés, et nous, politiciens, nous retrouvâmes assis ou couchés, dégustant notre vin.

« Et maintenant, dit Telesin gaiement, en serrant mon épaule, normalement, nous les Dames réservons ce temps pour des histoires drôles, mais avec l'assistance mixte de ce soir, je pense que nous ne le ferons pas. Cher dieu venu des étoiles, n'allez-vous pas faire une certaine proposition à notre ville? Pourquoi pas maintenant?

— Très bien », dis-je en me redressant pour m'asseoir. Je tapotai l'étui sur ma hanche. « Mais d'abord, je veux faire une démonstration. Pouvez-vous installer quelques objets dont la perte ne vous importe pas? Je veux que vous puissiez voir ce que nos armes sont capables de faire.

— Nous avons déjà entendu des témoignages crédibles... » commença Telesin. Mais le Prince Varan la coupa :

« J'aimerais voir, Mère. Ainsi que mes amis. » Il indiqua les gardes qui se tenaient à l'écart. « Cela peut être très important pour en avoir une bonne impression. »

Telesin sembla légèrement choquée de l'intervention de son fils, mais quelques Dames l'appuyèrent; elle haussa les épaules et je fis ma démonstration. J'annihilai une caisse de détritus divers du jardin et un vieux balustre de pierre sur le parapet du toit; je montrai à Varan les différents réglages de puissance, puis nous regagnâmes nos sièges.

« Avez-vous beaucoup de ces armes là-haut? » demanda le jeune Varan en indiquant l'étoile brillante qui montait à présent au-dessus de l'horizon occidental.

110

« Par centaines, dis-je, et certaines d'une puissance beaucoup plus forte.

— Suffisamment forte pour détruire une ville en quelques secondes? dit Kanyo calmement.

— Oui, admis-je.

— De là-haut », dit-il en désignant le ciel. Cela ne semblait pas être une question.

« Oui, de là-haut, acquiesçais-je. Il n'est pas facile d'amener les plus grosses armes sur la surface, mais ce n'est pas nécessaire de toute façon; elles sont plus efficaces là où elles sont. N'importe quelle ville qui nous défierait pourrait être anéantie depuis l'espace : l'orbite actuelle nous rapproche suffisamment de n'importe quelle ville entre l'Equateur et 45 degrés nord ou sud — je veux dire à mi-chemin des pôles — et bien entendu, nous pouvons modifier l'orbite si nécessaire...

— Ainsi, nous sommes entièrement à votre merci, dit Psyl.

— Je désirerais que vous ne le considéreriez pas ainsi, dis-je, nous ne sommes pas des monstres surgis de l'espace! J'*aime* votre peuple. J'aime Yelsai — je n'ai jamais rien vu de tel de ma vie, c'est merveilleux et j'aime aussi ce que j'ai entendu à propos des autres villes de votre planète — le Secteur Ouest par exemple. Psyl. Kanyo, vous, Reine Telesin, Prince Varan — j'aimerais être votre ami. » J'avais bu juste ce qu'il fallait de ce noble vin doré pour me sentir émotionnellement sincère. « Je suis votre *ami*, répétai-je. Toutes les races intelligentes devraient d'ailleurs coopérer. Tout ce que nous — euh, dieux — voulons est un peu d'aide mutuelle. Vous avez besoin d'aide contre Xarth — nous pouvons vous la fournir. Telesin, ma chère — nous pouvons vous offrir l'Empire de Xarth sur un plateau — faire de vous la plus grande Impératrice que Xuma ait jamais connu.

— Et en retour? demanda Kanyo.

— En retour... simplement une place au soleil, dis-je. Je veux dire à *votre* soleil. Le fait est que notre race a besoin de plus d'espace pour vivre : il y a certaines — euh — difficultés sur notre planète natale. Maintenant vous pourriez nous céder une ville ou deux sans même le remarquer.

— Mais je n'ai qu'une ville, dit Telesin d'un air dérouté.

— A présent, oui, mais lorsque nous vous aurons fait *Impératrice de tout Xuma?* »

Un brusque silence s'établit. Puis Telesin éclata d'un rire musical délirant — un rire semblable au tintement de clochettes. Après s'être calmée, elle dit : « Pardonnez-moi, dieu Tomass. Mais vous plaisantez sûrement! comment pourrais-je être Impératrice de tout Xuma?

— Nous pourrions tuer tout homme qui résisterait à votre revendication. »

Elle me regarda, soudain sérieuse. « Mais je ne *revendique* rien. J'ai été choisie pour Reine par les habitants de Yelsai, pas par ceux de l'Est, de l'Ouest ou de Xarth. Et même s'ils décidaient soudain de faire de moi l'Impératrice du monde — eh bien, je refuserais. Je suis une Yelsaienne, j'étais une fille de ferme sur le Canal Est avant mon élection au palais — non, je ne voudrais pas! J'aime être Reine de Yelsai, et vous voulez m'ôter tout cela! Oh! Tomass, s'il vous plaît, *non!*

— Mais vous ne perdriez rien, vous gagneriez simplement le monde entier.

— Excusez mon impolitesse, dit brusquement Kanyo, mais ce que vous dites n'a aucun sens, Tomass. La Reine a raison — une personne qui acquiert la totalité du monde perd son individualité propre. Ainsi que nos philosophes l'ont montré il y a bien longtemps, le zéro et l'infini sont équivalents. Tomass, si vous devez être un tentateur, essayez au moins de rendre votre appât désirable. »

J'entendis un sifflement dans ma radio. C'était Mannheim. « Carson, vous tardez trop à donner la traduction. Pouvez-vous nous dire où en sont les négociations?

— Euh... ils semblent quelque peu sceptiques, patron. En fait, ils ne sont pas certains de vouloir conquérir le monde..

— Alors disons, le Secteur Central et le Secteur Est, dit Mannheim, et dites-leur de cesser d'atermoyer. S'ils n'aiment pas ça, nous pouvons toujours offrir nos services ailleurs. Tiens, ce n'est peut-être pas une mauvaise idée après tout. Cet Empereur de Xarth, voyons — il semble que nous pourrions très bien traiter l'affaire avec *lui*.

— Je vous le déconseille, dis-je vivement. D'après mes informations, c'est un déséquilibré et un perverti sexuel. Xarth est un Etat instable — il pourrait tenter de nous doubler. Ecoutez, laissez-moi m'occuper de cela, voulez-vous? S'ils refusent définitivement, nous pourrons toujours y repenser. »

Je me retournai vers les Xumains. « Ecoutez, j'aime votre peuple... » commençai-je. Mais Telesin me coupa la parole.

« Que représente réellement cette histoire de *conquête?* Tomass, combien de dieux êtes-vous là-haut dans cette machine? Huit douzaines? Nous pouvons facilement trouver des maisons pour ce nombre de personnes, même dans cette seule ville, et vous donner également des fermes sur l'un de nos canaux — de belles et grandes maisons. Nous serions très honorés si vous deveniez nos hôtes — nos hôtes permanents.

— Merci, dis-je, mais ce n'est pas aussi simple que cela. Nous ne sommes actuellement qu'une centaine dans le vaisseau, mais d'autres sur notre monde natal, recherchent un meilleur endroit pour y vivre. Et ils veulent également de la place. Et puis il y aura les enfants. Nous avons besoin de beaucoup d'espace pour nous développer... au moins plusieurs villes qui nous soient réservées.

— Il y a là quelque chose qui ne va vraiment pas, dit Psyl. *Pourquoi* votre peuple a-t-il besoin de plus d'espace? Qu'*est*-il arrivé à votre planète? Est-ce la même chose qui s'est produite sur *notre* planète voilà deux millions et demi d'années et, si oui, à qui la faute? Je...

— Psyl, tais-toi! dit sèchement Kanyo. Il est des questions auxquelles Tomass souhaiterait peut-être ne pas répondre, et d'autres que nous ferions mieux de ne pas poser. »

En dépit de la fraîcheur du soir, je transpirais.

« Ecoutez, dis-je, s'il vous plaît, *s'il vous plaît,* acceptez notre plan, tout au moins dans une certaine mesure. Sinon...

— Vous offrirez vos armes à Xarth », dit le Prince Varan. Il était assis, raide, tendu, sinistre, une main posée sur l'épaule de Saimo. « Oui, mon jeune ami ici présent a entendu tout ce que vous avez dit dans cette chose, Tomass — et mon ami comprend votre langue, ne l'oubliez pas.

— Bon, maintenant, vous avez parfaitement compris, dis-je. Ecoutez, moi-même je déteste cette situation et j'aimerais vous aider à en sortir par n'importe quel moyen; mais la seule façon de le faire est de coopérer. Gagnez du temps : acceptez notre aide, d'abord contre Xarth — ensuite nous verrons.

— S'il vous plaît, faites ce que dit Tomass, intervint Saimo soudain. Il est bon, très bon — mais les dieux ne sont pas tous comme lui. » Elle s'arrêta net, étonnée de son audace.

L'une des Dames en face de nous prit brusquement la parole. « Nous pensons toutes qu'il serait sage d'employer les armes des dieux contre Xarth, dit-elle. Tous nos renseignements confirment que l'Empereur prépare une guerre d'invasion contre nous, cet hiver même. Même avec l'aide de Tlanash, nous ne serions pas capables de le repousser — Yelsai subirait alors le sort de Nakaan. » Elle haussa les épaules. « Dans des circonstances ordinaires nous aurions dit : " C'est le vent du Temps " et nous l'aurions supporté. Mais ce n'est pas le cas! Retumon a brisé les traditions sacrées en violant les húdaan — c'est pourquoi il ne serait pas contraire à la morale de violer nous aussi les traditions. Voilà notre pensée, ô Reine.

— C'est ce que je vous conseille également, dit Kanyo. Le temps! Oui, nous devons marcher avec le temps, mais un peu différemment — marcher avec le temps et en gagner. Tomass, j'espère que Saimo a raison — lorsqu'il dit qu'il y a beaucoup de braves gens dans votre équipe.

— Ce serait peut-être plus facile si ce n'était pas le cas, dit amèrement Psyl. Reine Telesin, nous vous conseillons d'accepter la proposition de guerre contre Xarth et d'autoriser les hommes du ciel d'atterrir en plus grand nombre. Non, *autoriser* n'est pas le mot exact, mais s'ils souhaitent atterrir, ne faire aucune opposition. Tomass, dit-elle gravement en se tournant vers moi, êtes-vous vraiment de notre côté?

— Oui, dis-je.

— Alors si votre chef là-haut propose les noms des personnes qui doivent se poser sur Xuma, essayez de lui faire inclure la femme Sally et l'homme Dave et... » Elle récita une liste de noms : elle comprenait tous mes proches amis, qui étaient également ceux qui avaient été gentils avec Saimo durant les mois passés.

« Je vois que vous en avez discuté, dis-je en regardant Saimo. Pourquoi voulez-vous que ce soit ceux-ci qui atterrissent?

— Parce que je crois qu'ils seront plus amicaux, dit Psyl.

— Très sensé », dis-je. Puis je regardai la Reine. Telesin hocha la tête de gauche à droite, ce qui signifiait « oui ».

« Dites exactement cela à votre Empereur, Tomass, dit-elle, mais demandez-lui de ne rien faire avant demain matin. Il est tard, et nous, Yelsaiens, aimerions dormir.

— Bien sûr », dis-je. Et je contactai immédiatement Mannheim. Il fut ravi, à contrecœur, de mon succès et accepta les propositions pour l'équipe de débarquement. Je me sentis instantanément heureux. Ce serait magnifique d'avoir Sally ici!

— Alors que j'achevais ma conversation avec Mannheim, le *Riverhorse*, ce petit ver-étoile rampant, plongea dans le gouffre noir de l'ombre de la planète et disparut, comme avalé par un prédateur cosmique. Je coupai ma radio puis remarquai que les deux Aînés n'étaient plus avec nous. Les Dames également se préparaient manifestement à partir.

« Tomass, c'était éreintant, dit Telesin en appuyant son corps souple et chaud contre moi et en me caressant l'épaule. A présent, nous méritons tous deux une récompense pour avoir mené à bien toute cette affaire.

Voulez-vous venir dans mes appartements privés pour prendre un verre? Varan prendra soin de votre petit ami. »

Alors, j'ai bien peur d'avoir répondu : « Allons-y! »

L'appartement de la Reine — bon, soyons franc, sa chambre à coucher — était principalement décorée en rouge sombre, avec des globes lumineux rouges. La lumière et la décoration s'harmonisaient très bien avec la couleur de sa peau.

Elle me montra bientôt beaucoup plus de sa peau.

Personne n'était dans la pièce lorsque nous y étions entrés, mais il y avait du vin et deux verres sur une table. Le vin n'était cette fois pas jaune mais bleu — un bleu très profond dans cette lumière.

« C'est du *Lyl dlu* — de l'Eau de Rêves, dit Telesin. Faites-en goûter à votre machine, Tomass. Cela ne nous fait pas de mal, mais comme vous êtes un dieu... »

Mon Dégustateur analysa cette Eau de Rêves : c'était du bon vieil alcool éthylique à 18 degrés avec une trace de sédatif léger.

« Vous dormirez si vous en buvez trop, dit-elle en souriant, mais c'est très agréable en petite quantité. » Elle nous versa à boire et nous bûmes. C'était un vin merveilleux, doux mais pas trop, avec une saveur de feu glacé. Ce premier verre fut vidé en un rien de temps. Puis elle dit :

« J'ai chaud, Tomass. S'il vous plaît, voulez-vous m'aider à ôter cette robe? »

Je le fis. Elle ne portait à présent rien d'autre qu'un petit morceau d'étoffe noire autour des reins, guère plus large qu'une ceinture. Mais elle avait encore ses bracelets et sa couronne de pendentifs. Elle avait également des bracelets d'or aux chevilles.

« Laissez-moi être votre esclave qui vous sert à boire, dit-elle en s'agenouillant devant moi et en remplissant les verres de nouveau. Savez-vous, Tomass, qu'à Xarth, cet Empereur fou emploie des filles comme serviteurs? Des filles normales aussi bien que des kynthi. Elles lui servent à boire et...

— Et quoi? dis-je en me penchant vers elle et en riant.

— Oh! je suis trop pudique pour le dire, répondit-elle en battant des cils. Puis-je vous en verser encore un peu, mon maître? Un autre verre ne vous fera pas de mal.

— Oui... dis-je en prenant le verre de ses fins doigts rouges.

— Permettez-moi de vous mettre plus à l'aise », dit-elle un moment plus tard.

Là-dessus, elle m'aida à ôter mon collier-radio, puis mon étui de laser qu'elle déposa précautionneusement sur la table.

Je dois admettre que j'étais à présent joliment excité. J'avais à l'esprit une légère sensation de *déjà vu*[1]. Jusqu'à cette expédition, durant toute ma vie, les hommes n'avaient eu aucune chance de se mêler à des gens d'autres races — encore moins sur le plan sexuel. Mais il y avait eu une époque à Tycho où j'avais rencontré une Chinoise. Cela n'avait pas été très loin comme relations — j'avais immédiatement compris que même si nous ne faisions que nous tenir les mains, je n'aurais plus jamais mon permis d'astronaute, et qu'elle était certainement une espionne pour les siens. Mais à ce cocktail des N.U. où nous nous étions rencontrés, nous avions bavardé et j'avais éprouvé une sensation très nette... J'avais à présent le même genre de sensation. L'excitation sexuelle devant l'étrange beauté de ma dame, peut-être même une légère crainte devant cette étrangeté et un violent désir de braver toutes les barrières, toutes les différences entre nous.

Je crois que Telesin ressentait la même chose vis-à-vis de moi...

« Ô mon beau dieu Tomass, souffla-t-elle, tu es si étrange avec tes mamelons de femme (elle avait à demi déboutonné ma chemise et savait de quoi elle parlait), ta peau blême comme celle d'un Aîné, tes yeux gris et tes cheveux blonds. Ta force — ta force divine! Tu es si fort — plus fort que n'importe quel garçon de mon peuple, plus fort même que n'importe quel kurar. La légende est

1. En français dans le texte.

vraie je crois — les dieux sont comme les poissons-feu, purement et uniquement des mâles...

— Tu as bien raison », dis-je en riant et en jouant avec sa chevelure coiffée d'une manière exquise, et en les ébouriffant. « Je *suis* uniquement mâle, Telesin. De ma vie, je n'ai jamais été une femme et ne le serai jamais.

— Vraiment? dit-elle étonnée, arrêtant ses caresses.

— Vraiment. Nous autres, Terriens, naissons sexués — nous sommes pour toujours des hommes *ou* des femmes, jamais *les deux*. J'ai trente ans — environ trente-sept de tes années — et j'ai toujours été un garçon, ma chérie, et je le serai toujours. Je suis extrêmement heureux de *ne jamais* devenir une fille — *j'aime* trop les filles pour ça. Voilà — viens là — j'vais te montrer...

— Ô mon dieu magnétique! » chuchota-t-elle suffoquant presque d'émotion, ses yeux étranges grands ouverts.

Puis elle fut nue, et moi aussi, sur le grand lit royal. Nous luttâmes quelque peu au début — une amusante méprise, elle avait l'habitude d'avoir le dessus, pour des raisons de protocole royal, mais lorsqu'elle vit ce que je voulais faire, elle se mit à rire de nouveau et me laissa la mettre sur le dos.

Je crois que quelqu'un pourrait mettre une plaque dans cette chambre — une plaque de bon goût sur le mur, ou bien dressée sur quatre pieds métalliques. ICI EN JUILLET 2143/PREMIER MOIS 9-9-2-0-8-5 THOMAS CARSON, TERRIEN, ET TELESIN DE YELSAI, *KUN* XUMAINE, ONT POUR LA PRE-MIÈRE FOIS, PROUVE QUE... mais je ne sais pas bien comment terminer l'inscription. Peut-être : L'AMOUR TROUVE TOUJOURS UN MOYEN; suivi de : NOUS SOMMES VENUS EN PAIX POUR TOUTE L'/LA H/X/UMANITE. Le fait est que quoique les organes humains et xumains soient loin d'être identiques, un mâle humain *peut* avoir des rapports sexuels avec une femme xumaine.

Je trouvais Telesin délicieusement sensuelle et le lui prouvai. Lorsque nous nous séparâmes, elle soupira.

« C'est tout? » dit-elle.

Je découvris alors que le mâle xumain peut faire beaucoup mieux. Vous savez, il existe certaines créatures terrestres — par exemple, divers insectes — qui doivent rester accouplés pendant des heures lorsqu'ils font l'amour. Cela ne demande pas autant de temps pour les xumains mais, selon nos critères, c'est *long*. De plus, l'organe mâle xumain est bâti pour remplir parfaitement cette adorable petite fente circulaire où je venais de... ah, qu'importe! — où j'avais pris un certain plaisir — euh, un sacré plaisir — mais Telesin n'était pas satisfaite. Pas *satisfaite!* C'était la première fois que j'entendais *cette* remarque de la part d'une femme avec qui j'avais couché; je me considérais plutôt comme un amant suffisamment à la hauteur...

« Essayons encore, chéri, dit Telesin, mais tu aimerais peut-être d'abord boire un verre...? »

C'était vrai. En fait j'en voulais plusieurs et elle me donna ce que je voulais. Puis elle se mit à me caresser un peu partout. Je crois que j'étais joliment éméché et légèrement embrouillé à cause de cette drogue, l'Eau de Rêves, et cependant nous poursuivîmes la conversation. Elle vagabonda de la sexualité humaine à la vie humaine en général. Je lui parlai de la Lune.

« Tu veux dire que vous devez vivre *sous des dômes de verre?* Qu'il n'y a *pas d'air* à l'extérieur des dômes? Par le Cœur de l'Etre, comment votre planète peut-elle être aussi terrible, Tomass?

— Ce n'est pas notre planète, dis-je faiblement. C'est seulement notre *lune,* un bloc de rocher comme votre lune, simplement plus grosse. Nous avons abandonné notre planète depuis très longtemps — à la suite de guerres menées avec de terribles armes de merde — pas les lasers — bon, si, avec les lasers aussi. Quelques êtres humains redevenus sauvages y vivent encore. La Troisième Guerre mondiale fut principalement atomique, et la Quatrième Guerre mondiale, microbienne. Mon père mourut lors d'une expédition sur Terre — en attrapant un virus artificiel d'un de ces sauvages. S'il y a une Cinquième Guerre mondiale, ce sera sur la Lune elle-même, et je ne pense pas que quelqu'un y survivra. C'est pour cela que nous sommes ici, ma petite Reine — pour trouver un endroit où nous cacher si les villes russes et chinoises se mettent à tirer sur les nôtres. Eux aussi ont envoyé des vaisseaux — les Chinois vers 70 Ophiuchi, les Russes vers Sigma Draconis. Et que le meilleur gagne! dis-je en renversant mon vin sur le lit. Viens, chérie, embrasse-moi...

— Tomass, tu as trop bu, dit Telesin d'un ton sévère. Cela ne rend pas un homme apte à...

— Pas apte? Bien sûr, que si! Viens ici, ma poupée, et tu verras si tu ne ponds pas un œuf dans neuf mois...

— Pondre un *œuf*! Tomass, es-tu devenu *fou*? Les Xumains ne pondent pas d'œuf! Est-ce le cas des humaines?

— Oublie ça. C'est juste une référence littéraire idiote [1]. Viens ici, Telsy et donne-moi un gros, gros baiser... »

J'ignore ce qu'elle aurait fait si nous avions été laissés à nous-mêmes; peut-être m'aurait-elle embrassé et se serait prêtée à tous mes caprices jusqu'à ce que je tombe dans un lourd sommeil dû à la drogue et au vin. Mais la question ne peut seulement avoir de signification que dans ces univers parallèles dont parlent les écrivains de science-fiction, car nous ne fûmes pas laissés à nous-mêmes.

J'étais en train de caresser ardemment Telesin, lorsque la grande porte donnant sur le jardin s'ouvrit brusquement avec un effroyable craquement et une demi-douzaine de guerriers à peau rouge, en kilt, firent irruption dans la chambre, leurs épées à la main.

Un des guerriers avait des seins pointus au-dessus de son kilt. Ses courroies de cuir portaient les trois étoiles d'or d'une *hazyo* (colonelle). Elle portait une épée — et un masque de crâne en argent. Elle pointa son épée sur nous. Telesin et moi étions couchés sur le lit, nus, paralysés par la surprise.

« *Patu lua,* aboya la femme. Emparez-vous d'elle! »

Telesin hurla. « Tomass, les Xarthiens! »

Un peu titubant, je me dressai hors du lit. Je voulus

<hr />

1. Nouvelle allusion aux romans « martiens » d'Edgar Rice Burronghs (N.d.T.).

m'emparer de mon laser, mais les Xarthiens étaient déjà sur nous. Trois des hommes saisirent Telesin et l'entraînèrent vers la porte. Deux autres s'interposèrent entre moi et mon laser, et levèrent leurs épées. Je crus ma fin arrivée.

La colonelle hurla soudain.

« Emmenez aussi celui-là, le monstre! C'est peut-être important. Ne le tuez pas! »

L'instant d'après, ils abaissèrent leurs épées et m'agrippèrent. L'un d'eux me tira par le poignet, le second se plaça derrière moi et aiguillonna mon postérieur nu avec son arme. Ils me tirèrent vers la porte par laquelle les autres avaient emmené Telesin.

Je me dégrisai et mon envie de dormir me quitta rapidement. Je remarquai qu'ils ne prêtaient pas attention à mon harnachement — paquetage, radio et laser. Je me demandai ce que cela signifiait.

Puis nous fûmes sur le jardin en terrasse — et j'entendis les bruits d'une bataille qui faisait rage. Parmi les treillages, les troncs et les feuilles de tula, des hommes rouges se battaient à l'épée, quelques-uns tombaient. La lumière des globes et celle de la petite lune faisait luire l'acier qui s'entrechoquait — mais je n'étais pas en humeur d'apprécier la beauté de la scène. L'air glacé me saisit la poitrine — cela me rendit suffisamment mes esprits pour que je puisse réaliser que les Xarthiens étaient inférieurs en nombre et que de plus en plus de gardes yelsaiens accouraient. Donc la ville n'était pas tombée aux mains des envahisseurs, cela ressemblait à une incursion; mais comment...?

Telesin et moi fûmes conduits au bord de la terrasse — et là, je vis dans la clarté lunaire un *gola*, un ballon dirigeable, manifestement amarré au parapet, et secoué par le vent d'est permanent. Le ballon montait et descendait, et la nacelle en forme de bateau était pratiquement au niveau du parapet. Dans quelques instants nos ravisseurs nous feraient passer par-dessus le mur, dans leur appareil, et là...

Telesin tourna son adorable visage vers moi en se débattant contre les hommes qui la tenaient.

« Tomass, cria-t-elle, ne les laisse pas m'emmener! Ils

vont me donner à leur Empereur pour que je sois son esclave afin de décourager notre peuple! »

Que pouvais-je faire? Dans ma position, un véritable héros se serait évidemment débarrassé de ses ravisseurs, et en exerçant la force de ses muscles terriens, super-xumains, aurait assommé les tourmenteurs de sa belle Reine étrangère en quelques coups de ses poings nus et capturé tout seul leur machine volante. Seulement, n'étant pas un héros, et étant de plus fatigué, ivre et nu, je ne pouvais rien faire contre les épées dressées. Je trébuchai en avant.

« On ferait mieux de les suivre calmement, dis-je. Mannheim pourra peut-être négocier. »

Mais la situation entière se transforma brusquement. L'instant d'avant le ballon était là — l'instant d'après, il n'y était plus. Je regardai stupidement l'espace au-delà du parapet : au-dessus du grappin, un morceau de tissu voletait comme une gigantesque chauve-souris, révélant les étoiles paisibles. En dessous, hors de vue, j'entendis des cris perçants qui diminuèrent d'intensité.

Sur le toit, à quelques pas derrière nous, un jeune guerrier à peau rouge jaillit du couvert de la végétation. Je reconnus le Prince Varan : il portait un petit tube dans ses mains. Il hurla d'une voix forte :

« Rendez-vous, Xarthiens ou mourrez! »

La colonelle bondit près de Telesin et la menaça de son épée. Elle allait de toute évidence tenter de l'utiliser comme otage, mais elle ne put même pas formuler un seul mot de sa menace. La seconde suivante, elle avait simplement cessé d'exister. Sa tête masquée et casquée tomba sur le sol ainsi que son épée, mêlées aux horribles restes de la partie inférieure de son corps. De deux autres gestes de la main, Varan élimina les proches ravisseurs de la Reine, tenant le laser avec une froide habileté et une économie d'effort. Ce garçon était un tireur né.

Les autres Xarthiens en avaient assez vu. Les guerriers qui me tenaient abaissèrent leurs armes, imités par deux ou trois autres qui se battaient encore avec les gardes Yelsai, un peu plus loin sur le toit.

Un moment plus tard, Saimo émergea de la végétation et vint se placer à côté de Varan. Elle portait une robe de femme à haut col.

Telesin, bien qu'elle fût complètement nue, avait repris tout son sang-froid. Elle sourit gracieusement à Varan.

« Bien joué, mon enfant, dit-elle. C'était intelligent de ta part. Bien entendu, les Xarthiens devaient avoir combiné cet attentat bien avant l'atterrissage de Tomass — leur ballon doit avoir été lancé d'un des canaux Orientaux. Si seulement Tomass avait saisi son arme magique à temps, il t'aurait épargné cet ennui. Maintenant, Varan, en bon garçon, tu devrais rendre son arme au dieu.

— Dieu? Quel *dieu?* » dit Varan avec un soupçon de mépris qui, je pensais, était vraiment injustifié. « Je ne vois ici qu'un étranger, une créature d'une race étrangère, qui n'est même pas capable de protéger sa maîtresse, ma mère, alors qu'il a l'avantage des armes. Je garderai ce... ce dispensateur de mort pour le bien de mon pays, Yelsai.

— Varan, hurla Telesin, ce n'est pas une manière de parler pour un garçon — un *homme!* A une *femme,* ta mère et ta Reine! »

Varan semblait prêt à la défier mais je m'interposai.

« Ecoutez, Prince, je crois comprendre ce que vous ressentez, mais je vous conseille vraiment de poser cette arme... ou, tout au moins, de la mettre en lieu sûr. Vous ne pouvez pas faire grand-chose pour Yelsai avec un *seul* laser de cette taille. Nos amis vont atterrir demain avec des *douzaines*. Et nous en avons de vraiment puissants en orbite. Alors... »

Varan était vraiment intelligent. Il réfléchit une seconde puis posa l'arme sur une petite table qui avait survécu à la bataille.

« Vous avez raison. De toute façon, ce n'est pas une arme honorable. » Il marqua une pause et regarda sa mère droit dans les yeux. « Dorénavant, je prendrai *personnellement* le commandement des gardes de ce palais — et je m'assurerai qu'ils soient vigilants et pleinement efficaces dans le maniement de l'épée. Il est vrai que ce *gola* était maquillé en appareil de commerce oriental, mais ce n'est pas une excuse suffisante. Ce qui est arrivé cette nuit ne doit jamais plus se reproduire. Je veillerai à cela.

— Depuis quand as-tu le droit... commença Telesin.

— Depuis que je vous ai sauvé, Mère, dit Varan. N'ai-je pas prouvé mon autorité? Vos gardes sont les *miens* à présent : ce palais est entre mes mains et celles de mes hommes. Je ne souhaite pas diriger une rebellion, mais... je crois qu'il devrait y avoir quelques changements à Yelsai. Vous et vos Dames pouvez les rendre officiels. Tout d'abord vous devrez accorder aux hommes le respect et un peu de pouvoir. Une ville de femmes ne résistera pas à Xarth.

— Ce garçon a raison, dis-je.

— Et un autre changement, dit Varan, devra être fait, dans le traitement des *kynthi*. Elles aussi sont des êtres xumains, et méritent le respect des gens! Quiconque insultera, tentera de blesser ou de réduire en esclavage mon amie Saimo devra me rendre des comptes. C'est elle qui a attiré mon attention sur ce qui se passait cette nuit et, en fait, c'est elle qui a sauvé de justesse notre Reine. »

Les gardes yelsaiens murmurèrent respectueusement. Je fixai Saimo.

« Elle! » dis-je — puis je remarquai : de petits bouts pointus apparaissaient sur les seins naissants de Saimo.

« Oui, elle, dit Varan. Elle, mon amie, mon amour, ma princesse. »

Saimo rougit. « Pardonne-moi, Tomass, mais je sais à présent que tu avais raison; tu n'es pas fait pour moi, tu es trop grand... »

Je frissonnai et hoquetai : « Tu as bougrement raison, Ange... je suis beaucoup trop grand. Même maintenant... »

Telesin posa son bras sur la chair de poule de mon épaule. « Viens, Tomass, laisse-moi te mettre au lit », dit-elle doucement.

Chapitre VII

Je me réveillai glacé, seul et me sentant piteux. J'étais dans ma chambre au palais, et le soleil entrait dans la pièce à travers les volets en rayons fins mais aveuglants, qui me blessaient les yeux. Mon vieux, quelle gueule de bois!

Le lit de Saimo était vide, et elle n'avait manifestement pas dormi dedans. J'étais seul.

Je grognai en me rappelant la soirée passée. Peu à peu presque tout me revint à la mémoire — y compris mon bavardage avec Telesin dans sa chambre. Je lui avais parlé de nos sexes, de la vie sur la Lune. Jusqu'où étais-je allé? Je ne pouvais pas en être sûr. N'avais-je pas mentionné les Russes et les Chinois? J'aurais été fou de faire cela! Non, je n'avais certainement pas parlé d'eux...

Je me sentais légèrement mieux lorsque quelqu'un frappa à la porte.

Cela aurait dû me dire quelque chose, mais non — voyez-vous, je n'avais pas encore l'esprit très clair. Je dis « *Xi inui* », ce qui en xumain correspond plus ou moins à « Entrez » — et elle entra.

« Salut, Tommy, dit-elle. J'aurais aimé dormir autant que la nuit dernière. »

C'était Sally.

Elle était en uniforme, pantalon et blouson noirs, qui rehaussait admirablement sa peau claire et ses cheveux blonds. En fait, elle était ravissante. Je rejetai mes couvertures.

« Sal! bredouillai-je, que... »

Elle émit un sifflement admiratif. « Quel merveilleux spectacle, Tom!

— Oh... oh oui », fis-je en me recouvrant. Dans mon excitation, j'avais oublié que je ne portais rien sous les couvertures.

« Ça ne me gêne pas », dit Sally en s'asseyant sans façon sur le lit et en se jetant à mon cou pour m'embrasser. « J'en ai déjà vu tout autant chéri, mais pas tout à fait assez récemment. Dis-moi à quoi joues-tu dans cette contrée primitive? Ne me dis pas... je peux deviner — j'ai vu quelques pépées locales, et connaissant mon Tom Carson...

— Arrête ça, grognai-je. Sal, que s'est-il passé ce matin?

— Programme prévu, dit-elle en souriant, nous sommes arrivés dans quatre modules d'atterrissage sur le... l'aéroport, juste après le lever du soleil. Nous sommes quatorze en tout, y compris Dave, Rosa et Jack Willis, mais il y a quelques types de la bande à Mannheim. Nous pensions que tu serais là pour nous accueillir — le chef du comité de réception nous a dit que tu avais eu une nuit très chargée et que tu dormais pour récupérer. C'était un jeune garçon nommé Varan, et Saimo lui servait d'interprète. Dis donc, Saimo est devenue une fille très séduisante, non? Elle portait une de ces robes du genre Vieux Crétois — les seins nus — tout à fait chic. Au fait, elle m'a dit qu'elle avait dormi avec toi la première nuit après votre atterrissage.

— Ça n'a pas été du tout ce que tu penses, protestai-je. Arrête ces plaisanteries — les rapports sexuels entre Xumains et humains ne marchent tout simplement pas.

— Oh! donc, tu *as* tenté l'expérience? Tu me donneras des détails plus tard. Je n'imagine certainement pas que les garçons xumains puissent être des amants très *adaptés* pour des Terriennes. Dommage, soupira-t-elle, je trouve que quelques-uns des jeunes gardes du Prince Varan sont très, très beaux. Ils semblaient également intéressés — plusieurs d'entre eux m'ont lancé des œillades, ainsi qu'à Rosa, à l'aéroport, et c'est vraiment bon à six heures et demi du matin. D'après Saimo, ils nous appelaient « déesses »! Néanmoins

Varan semblait moins impressionné. D'abord, il m'a prise pour un Aîné!

— Une peau pâle, des cheveux pâles — cela correspond. Bon, ça te gênes si je me lève? »

— Vas-y! » Elle se mit à rire. « Je te savonnerai le dos, mon amour, si j'avais de quoi.

— Ouais, bon, c'est un peu primitif », dis-je en me dirigeant vers le coin toilette. En grimaçant, je me lavai à l'eau froide et me frottai avec la chose molle qu'était le savon xumain. « Tu vois ce que je veux dire? Ce n'est pas comme les douches chaudes du *Horse,* Sal. »

Elle m'adressa un lent sourire. « J'aime bien, Tom.

— Hein?

— Je dis, j'aime bien cette planète, cette ville. Tom, ces gens... ils vivent de la manière dont nous, humains, devrions vivre — peut-être comme le faisaient *vraiment* nos ancêtres sur Terre voilà quelques centaines d'années. Oh, pas dans les détails, je crois... ici, les détails sont *meilleurs...*

— Ce n'est pas parfait, dis-je, en glapissant tandis que je rinçais le " savon ". Tu sais qu'ils ont une prostitution d'Etat? C'est ce que font les filles pour leur *Service National.*

— Je sais. Ce n'est qu'une légère aberration — tu vois comment cela est arrivé, avec le surplus d'hommes, deux pour une femme et tout ça. De toute façon, je crois que cela va s'arrêter. Et Tom, cet endroit est si *beau!* C'est le genre d'endroit dont je rêvais quand je travaillais au zoo de Lunaris parmi ces chiens et ces chevaux en cage. C'est comme si je revenais à la maison. Je m'habitue à la pesanteur et je crois pouvoir m'habituer à l'eau froide! Au moins il y a de *l'air naturel à respirer.*

— Tout Xuma n'est pas aussi agréable que Yelsai, grommelai-je. As-tu entendu parler de Xarth?

— Oui... et il y a plus encore dont *tu* n'as pas entendu parler. On dirait que nous allons entrer en action plus vite que prévu. Tu ne le sais peut-être pas, mais c'est la guerre, Tommy. Varan dit que des ballons de Xarth se sont posés tout le long du Canal Ouest aux premières heures, ce matin et que le gros de l'armée a franchi la frontière une heure avant l'aube. Ils ont attaqué simultanément au sud, le long d'un canal voisin, à 30 degrés est d'ici; dans le territoire de notre ville alliée, Tla quelque chose.

— Tlanash.

— C'est ça. Tu sais, il y a quelque chose de singulièrement familier dans tout cela — on dirait que l'Empereur de Xarth a lu l'histoire de la Terre. Cela ressemble à une guerre éclair du XXe siècle, du genre nazi. Varan a interrogé les prisonniers qu'il a capturés la nuit dernière, lors du raid contre ce palais, et il semble qu'ils aient acheté une flottille de ballons marchands du Secteur Est et qu'ils les aient lancés depuis le Canal devant Tlanash. On peut dire que ce palais était une « cible d'occasion » — ils ne peuvent pas être exactement certains de l'endroit où ils atterriront. Les soldats des ballons ne sont pas vraiment des forces aéroportées au sens terrien — ce sont plutôt des parachutistes. Mais je suis sûre d'une chose.

— Quoi?

— Je suis sacrément contente d'être de ce côté, Tommy. D'après tout ce que j'ai entendu, cet Empereur xarthien me donne des frissons. Il a un véritable instinct de conquistador. S'il avait une *véritable* armée de l'air — s'il *nous* avait — Yelsai et Tlanash auraient déjà été anéanties. Au fait, Mannheim a froidement proposé de rayer de la carte une ou deux villes avec ses canons depuis l'orbite, juste avant que nous partions. Il pensait que les deux villes peu importantes de Xarth pouvaient servir de démonstration — quels sont leurs noms? Hiroshima et Nagasaki?

— Hiraxa et Nakaan.

— Oui. Bon, heureusement, la majorité d'entre nous étaient contre. De même que le Prince Varan. Il dit qu'Hira et Naka sont de toute façon des villes sujettes et que si nous frappons suffisamment les Xarthiens pour leur montrer qu'ils ne peuvent pas gagner, les deux villes se soulèveront contre leurs maîtres, et la guerre sera alors pratiquement terminée. J'aime ce garçon. Il a exactement les idées qu'il faut. Je suis contente qu'il soit le Commandant en chef de nos alliés.

— Quoi? Depuis quand?

— Depuis l'aube. Le gouvernement de Yelsai — douze Dames et la Reine — a tenu une assemblée extraordinaire et l'a désigné. Cela a été une nuit éprouvante pour nous tous — semble-t-il. Je ne sais pas pour toi. Nous, dans l'espace, avons dû embarquer dans les modules aux premières heures bien sûr — tu te rappelles que nous utilisions la même heure qu'ici. Heureux Tom, tu as eu tes huit heures de sommeil... »

Je grommelais. « Si seulement tu savais. »

Quelqu'un avait proprement rangé mes effets près de mon lit, je m'habillai donc à présent. Je bouclai mon laser; j'allais laisser la radio lorsque Sally dit :

« Mieux vaut que tu prennes ça aussi. Evidemment, tu n'as pas besoin de rester en contact avec le *Horse* — Belmondo s'en occupe — mais on m'a donné des instructions de veiller à l'espionnage technologique par les indigènes.

— Ah ouais? Eh bien, pour changer, pourquoi ne porterais-*tu* pas ce sacré machin?

— O.K. » dit Sally et elle mit le collier-radio et l'antenne.

Dehors, nous découvrîmes deux jeunes gardes. Ils sourirent à Sally, nous gratifièrent de leur salut à deux mains puis nous conduisirent jusqu'à une grande salle au cœur du palais. Là une conférence avait lieu — Varan et Saimo sur des sièges ornementés — bon, appelons-les des trônes — flanqués de nombreux gardes. En face d'eux, les Terriens en uniforme noir, sur une rangée de sièges d'aspect plus simple — l'Officier en Second Belmondo, Dave Weiser, Rosa Meyer et trois autres membres de l'équipage — tous des hommes — dont je savais qu'ils faisaient partie de la clique de Mannheim. Chacun de nos gens portaient un laser, même la douce Rosa qui, je le savais, haïssait ce genre de choses; Belmondo portait en plus une radio.

Je saluais Belmondo très officiellement, puis Dave et Rosa plus cordialement. Rosa, en plus d'être une remarquable botaniste, était la petite amie de Dave, brune comme lui, et mignonne — pas du tout comme lui.

« Heureuse de te revoir, Tom, dit Rosa avec son habituel sourire discret mais chaleureux. Rejoins le briefing, je crois que tu peux aider à traduire.

— Le briefing?

— Ouais, dit Dave en grimaçant sombrement sous ses épais sourcils mobiles. C'est la guerre, tu ne le savais pas? Cette salle est à présent le quartier général de l'Armée de l'Air. Nous allons partir pour une mission aérienne en appui des troupes. B. B. brûle d'y aller, mais le Prince essaye d'expliquer par l'intermédiaire d'Ange quels sont les bons et les mauvais peaux-rouges.

— Avez-vous vu la Reine? demandai-je.

— Oui, dit Rosa. C'est une beauté, non? Elle était là plus tôt, mais nous a quittés. Je crois qu'elle a dit qu'elle devait se reposer et qu'elle avait toute confiance dans le jugement de Varan pour les questions militaires.

— Les choses *ont* changé, dis-je en regardant les Xumains. Il n'y a pas une seule *kun* en vue! »

Varan s'adressa maintenant à moi. « Voulez-vous expliquer à vos amis, dit-il, que je désire qu'ils s'envolent vers le Canal Ouest pour détruire les envahisseurs xarthiens. Ils peuvent les reconnaître par leurs masques de crâne, mais ils devront voler à basse altitude pour les distinguer. Pour cette raison, Tomass, il vaudrait mieux que je sois là. Le gros de notre armée les contient toujours; ils sont au contact de très près. Il faut que je leur donne l'ordre de reculer un peu. » Il s'arrêta en me regardant, plein de doutes. « Serait-il possible que vous m'emmeniez vous-même sur le front et que vous me déposiez derrière nos lignes? »

Je me passai la main sur la tête. « Je ne me sens pas tellement bien, mais je pense que c'est faisable...

— Je te donnerai quelques pilules, dit Sally en riant et en s'accrochant à mon bras. Quand j'ai su qu'ils avaient d'aussi bons vins, j'en ai apporté quelques-unes du genre voulu dans ma trousse médicale.

— O.K. alors, fit Belmondo, allons-y! »

L'aérodrome de Yelsai ce matin-là paraissait transformé. Les ballons marchands avaient tous disparu et à leur place quatre modules d'atterrissage de taille variée étaient soigneusement rangés devant la surface dallée et les bâtiments. Quelques-uns de nos hommes circulaient dans un V/S — véhicule de surface : ce qui dans ce cas signifiait « char léger ». Ils roulaient avec fracas sur les dalles et arrachaient des touffes d'herbe bleu-vert, comme s'ils accomplissaient vraiment quelque chose. Ils avaient ouvert la coupole pressurisée dans cette atmosphère légère, et un rigolo se tenait raide, le doigt sur la détente du canon laser comme s'il aurait aimé tenter de tirer sur des indigènes hostiles. Deux grandes filles terriennes à peau claire étaient là devant le bâtiment principal. Elles admiraient les types dans le V/S et étaient elles-mêmes admirées par une petite foule de Xumains, principalement constituée d'enfants nus et de jeunes hommes en kilt.

Durant le parcours jusqu'à l'aérodrome, j'appris quels arrangements notre force de débarquement avait pris. Belmondo avait insisté pour que Varan libère l'une des constructions de l'aéroport — la plus importante, le bâtiment central — pour en faire le Q.G. de l'expédition et cela s'appelait maintenant « le Fort ». J'aurais dû le deviner : Belmondo et Mannheim avaient à peu près les mêmes pensées et n'avaient pas confiance en nos alliés. Déjà, un petit morceau de Xuma était territoire conquis.

« Nous devons conserver nos armes et nos équipements en lieu sûr, avait dit Belmondo. Et aussi les filles. Je n'aime pas la manière qu'ont les hommes rouges de les regarder. Aussi longtemps que je commanderai, elles dormiront dans le Fort — nulle part ailleurs. »

Lorsque je montai vers Varan dans mon petit appareil, je me sentis un peu écœuré — et ce n'était pas dû à ma gueule de bois que les pilules de Sally avaient assez bien guéri.

Varan resta tout d'abord silencieux pendant que nous volions le long de la ligne bleu-vert du Canal Ouest. Il était bien sûr fasciné par sa première vision de son propre monde d'une telle hauteur et porté à une telle vitesse (les *golas* voyagent d'habitude à basse altitude, et toujours lentement). Mais après avoir contemplé le paysage, il se tourna vers moi et dit abruptement :

« Tomass...

— Oui?

— Je suis désolé d'avoir été grossier avec vous la nuit dernière. Saimo dit que vous êtes un homme bon.

— Merci. Vous voyez, vous aviez toutes les raisons d'être grossier. J'avais bu et j'étais absolument bon à rien. Je serai plus prudent à l'avenir. A propos, Prince, j'aime votre façon de prendre les choses en main — vous et vos jeunes gardes. Yelsai est une belle ville, mais vous avez raison, quelques changements sont nécessaires. La Libération des Hommes par exemple.

— C'est vrai, dit Varan, mais je pense que cela ne posera pas de gros problème. J'ai à présent un bon nombre de partisans parmi les gardes et les femmes découvriront bientôt que nous sommes indispensables. Mais il y a des choses plus graves auxquelles nous devons faire face. Tomass, avez-vous déjà été envahi — je parle de votre peuple? De votre pays?

— Eh bien, non! Mais je sais ce que l'on ressent. Mon grand-père était anglais — il fut l'un des derniers à s'évader de la Grande-Bretagne avant la Quatrième Guerre mondiale. L'Angleterre était alors une colonie russe. Holà! C'est peut-être quelque chose que je n'aurais pas dû dire. »

Varan sourit, mais sombrement. « Il est trop tard pour cacher de tels sujets, Tomass. La Reine m'a informé de ce que vous lui avez dit au sujet des Russes et des Chinois. Maintenant, je sais très bien que vous, qui venez de l'Orteil du Hamlor, n'êtes pas des dieux et que certains d'entre vous ne sont pas meilleurs que Retumon de Xarth. Mais d'autres *sont* meilleurs. Vous êtes très *semblables* à nous — en moyenne, ni meilleurs ni pires. J'aime certains d'entre vous — les mêmes que Saimo aime. Mais ce Belmondo... est-ce votre ami?

— Non... » Et je lui appris ce que je pensais également de Mannheim et de quelques autres membres de l'équipage.

Varan dit calmement : « Un jour, Tomass, vous devrez vous décider.

— Hein?

— Pour savoir de quel côté vous êtes. Aujourd'hui, il

n'y a pas de grand problème. Nous sommes tous du même côté pour tuer les Xarthiens. Mais je pense que cette guerre ne sera pas très longue et ensuite... ensuite, il y aura peut-être d'autres guerres. J'espère alors que nous deux serons du même bord. »

Je restai silencieux. Quelques instants plus tard, nous atteignîmes notre destination.

Les batailles de cette journée furent aisées à gagner. J'avais déposé Varan dans une prairie du thon 2-4-2, juste derrière le front yelsaien. Il s'était élancé à la recherche de la générale et avait donné les ordres nécessaires pour le repli de ses troupes. Tout au long de ce front de trois milles de champs et de fermes, les Yelsaiens battirent brusquement en retraite et les Xarthiens masqués hurlèrent d'une joie féroce et se ruèrent à leur poursuite. Nous avions minuté cela très précisément. J'avertis les modules et, quelques secondes plus tard, les quatre appareils surgirent de l'est, les lasers en action. Vous parlez d'une attaque de flanc ! Cela ressemblait davantage à l'extermination d'une colonne de fourmis rouges. En deux minutes, il *n'y eut* simplement plus d'armée xarthienne, sur ce front.

Puis les appareils virèrent et se dirigèrent vers le sud-est, en direction de Tlanash.

« Il ne devrait pas y avoir de problème avec nos alliés de Tlanash, dit Varan en grimpant dans mon module. Ils sont déjà en fuite — en véritable déroute. L'Empereur a lancé son attaque contre eux et les a brisés. Sans vous, les « dieux », Tlanash elle-même serait bientôt assiégée et cela aurait ensuite été le tour de Yelsai. Nous vous sommes extrêmement reconnaissants, Tomass. Je crois que vous avez sauvé notre ville — tout au moins des Xarthiens. »

Je saisis l'implication de sa dernière remarque. Alors que nous redécollions, je dis : « Mannheim ne veut pas Yelsai. Il veut ces villes très proches de l'Est.

— Tomass, dit le jeune Prince, je ne suis pas stupide, et vous non plus, je pense. Est-ce important de savoir quelle ville vous occuperez principalement — lorsque vous pouvez prendre n'importe laquelle, simplement en la demandant? »

Je ne sus pas quoi répondre. « Croyez-moi, dis-je, je déteste ce qui arrive. Mais quelle alternative y a-t-il? Pour moi, je veux dire?

— Celle-ci, dit Varan en se penchant vers mon siège, vous pourriez devenir l'un de nous.

— Hein?

— Vous et vos bons amis pouvez devenir citoyens de Yelsai... ou de n'importe quelle autre ville, si vous le préférez. Vos sexes particuliers ne posent pas de problèmes puisque nous détruisons les préjugés contre les manqués. Pas de problème non plus, même si vous croissez et multipliez raisonnablement — vous serez simplement deux groupes sexuels xumains de plus, avec les kurar et les kynthi. La chose principale est de cesser de penser à « vous contre nous » ou « nous contre vous ». Ce que ma mère a dit la nuit dernière est très vrai, Tomass — vous pouvez facilement vivre avec nous sans qu'il soit question d'une domination, de votre part ou de la nôtre. Pourquoi ne pas être simplement amis? »

Cela semblait si simple, vu comme cela. Puis je me souvins de Mannheim et du canon laser sur le *Riverhorse* et j'en eus mal au cœur.

« Varan, cela finirait par un conflit, et je devrai tirer soit sur vous, soit sur mes amis, et de toute façon, le groupe de Mannheim est sûr de vaincre, donc que puis-je faire?

— Je ne vous demande pas de tirer sur vos *amis,* dit-il, pas même sur ceux que vous n'aimez pas. Je le répète, Tomass, je ne suis pas stupide : je n'ai pas l'intention de me battre sans espoir. Mais, quelquefois, il y a de la place pour... disons, de petites manœuvres. » Il s'arrêta et regarda la manière dont j'agissais sur les commandes. Puis il reprit, changeant apparemment de sujet :

« Tomass, pouvez-vous me montrer comment faire cela?

— Quoi?

— Faire voler cette machine. »

J'éclatai de rire. « Eh bien, pourquoi pas? Il y a un correcteur automatique si vous faites une sottise. Seul, l'atterrissage est vraiment délicat.

— Qu'arrive-t-il si l'on fait une grosse erreur?

— Si le correcteur automatique ne fonctionne pas, ou si vous l'avez mis hors circuit, vous êtes éjecté de l'appareil avec un parachute pour vous amener doucement au sol.

— Mais l'appareil lui-même est détruit?

— Oui, fis-je. Mais cela n'arrivera pas; j'ai déjà donné des leçons sur la Vieille Mars. Bon, venez. Voilà ce qu'il faut faire... »

Je lui donnai une brève leçon. Ce garçon était non seulement un tireur né, mais également un pilote né. Avant d'avoir rejoint Yelsai, il savait faire voler le module en ligne droite, tourner, monter ou descendre, faire du rase-mottes, passer de manuel en automatique et revenir en manuel.

Lorsque je repris les commandes pour l'atterrissage, Varan considéra le petit canon laser installé dans le nez de l'appareil.

« Je suppose que cette arme est aussi simple à manier? » dit-il.

Je le regardai inquiet. Si je lui apprenais *cela,* il n'y aurait eu qu'un mot pour me qualifier. Pour le moment, j'avais un moyen d'en sortir.

« On n'a pas le temps, dis-je. Accrochez-vous, nous descendons. »

Chapitre VIII

Les prévisions de Varan avaient été justes — la guerre xarthienne ne dura pas longtemps.

Elle aurait même pu se terminer plus tôt si Mannheim n'avait pas fait brusquement une crise d'hypocrisie, imité en cela par le Conseil du Vaisseau. Notre patron dit qu'il voulait « faire du Secteur Médian un lieu sûr pour la démocratie », et par conséquent il exigeait des Xarthiens une reddition sans condition. Je crois que l'Empereur était sur le point d'être assassiné par ses propres nobles lorsque ces derniers apprirent nos exigences — ils se rallièrent alors autour de l'Empereur et renforcèrent leur résistance.

Incidemment, nos conditions furent transmises avec la plus grande facilité. Kanyo nous dit que les Aînés de la cour de Xarth transmettraient le texte nécessaire. Lorsque Belmondo voulut savoir comment ces Aînés recevraient notre message, Kanyo lui répondit froidement :

« Nous, Aînés, avons des méthodes de communications mentales instantanées. »

Lorsque je traduisis cela, l'Officier en Second fit des yeux en boules de loto.

« Une radio télépathique! Il est sérieux?

— Je crois », dis-je en me souvenant comment Telesin avait eu connaissance de mes faits et gestes à 300 milles de distance, sur le canal, dans les heures qui avaient suivi les événements. « L'Abbé Dlan a tenté de chercher des faux-fuyants en me racontant des histoires d'héliographes et ainsi de suite, mais la Reine elle-même m'a dit que les Aînés sont les principaux responsables des communications sur Xuma — et il est certain qu'ils n'emploient pas de radio sinon nous aurions détecté leurs émissions. Les armées xumaines utilisent des signaux lumineux car les Aînés ne les aident que s'ils estiment la cause vraiment bonne; mais la transmission par héliographe est lente et, de toute façon, le système est quelque peu désorganisé par le chaos qui règne sur les canaux menant à Xarth. Je crois que nous pouvons faire confiance au système des Aînés — cela a parfaitement fonctionné dans mon cas.

— Il faudra examiner cela, dit Belmondo. O.K., essayons les sorciers, mais j'aimerais les voir pendant qu'ils *transmettent*. »

Lorsque je traduisis cela à Kanyo, il s'y opposa fermement.

« Notre transmetteur a besoin d'un isolement total, dit-il. La moindre distraction, comprenez-vous... »

Tout se fit à leur manière, et nous eûmes une réponse immédiate via Kanyo. Il rapporta que les villes sujettes de Nakaan et Hiraxa étaient en pleine révolte, mais que les Xarthiens nous défiaient. Kanyo lut le message qu'un des scribes avait noté sur des feuilles de tula :

« L'Empereur et ses loyaux sujets n'ont pas peur des démons célestes. Les pouvoirs des dieux véritables les détruiront et le ciel sourira de nouveau à Xarth. Plutôt mourir que nous rendre! »

« Maintenant, nous avons une occasion de vérifier que ce truc de sorciers *fonctionne* », dit Belmondo — et il envoya une paire de modules en reconnaissance sur Nakaan et Hiraxa. Ils furent de retour quelques heures plus tard. Oui... les deux villes arboraient leurs propres drapeaux au sommet des toits; elles avaient également hissé des têtes masquées de crânes à la pointe de leurs lances et repoussaient les troupes xarthiennes masquées de leurs portes. Mais Xarth paraissait discipliné et, sur les plus hauts toits de la ville, des guerriers masqués agitaient leurs épées, brandissant leur bannière ornée d'un dragon rouge et hurlaient des défis à l'étrange engin qui passait au-dessus d'eux.

« Parfait, donc, ça *fonctionne*, dit Belmondo. Quand nous aurons mis cette planète en ordre, nous examinerons à fond cette méthode. Weiser pourra peut-être l'éclaircir. Cela pourrait avoir une grande valeur militaire dans le système solaire. Maintenant, quant à cette ordure de Xarth... »

Ce fut horrible, mais nous ne pûmes pas l'arrêter : Belmondo et Mannheim agirent trop rapidement, en vertu des dispositions en *cas d'urgence* prévues dans les règles du vaisseau — quand bien même il n'y avait pas d'urgence — pour nous permettre de protester. Je crois que Mannheim brûlait d'essayer son gros laser sur une cible réelle. Et, brusquement, à peu près un quart de la ville de Xarth cessa d'exister.

Un souffle désinvolte de fournaise venu du ciel ouvrit une trouée de vide sur un demi-kilomètre de large à travers les murs de la ville, les maisons, les marchés, les jardins et les monastères des Aînés, jusqu'à ce qu'elle sorte de l'autre côté de la ville ; trois mille milles plus haut, le servant du laser retira son doigt de la gâchette. C'est alors que les incendies commencèrent. Xarth est un nœud important du système planétaire de canaux, et le bâtiment qui abritait les pompes du canal de la ville avait été balayé et l'ensemble du système du Secteur Médian était en partie désorganisé. La famine s'installerait probablement dans le territoire de nos alliés de Tlanash cet hiver, à cause de ce qui s'était passé à Xarth.

Par une ironie du sort, le palais de l'Empereur Retumon n'avait subi aucun dommage.

« Nous pourrons l'avoir la prochaine fois si nécessaire, dit Belmondo avec un ricanement. Bon sang, cela n'a été qu'une petite indication... »

Jack Willis intervint durement. Le grand ingénieur blond était plutôt en bons rapports avec Belmondo et sa clique — du moins jusqu'à présent. Il fit entrer dans les crânes épais de nos marines de l'espace qu'on ne pouvait pas simplement continuer de foudroyer au laser une ville xumaine ici et là sans de terribles répercussions sur l'écologie générale de la planète.

« Bon sang, c'est comme si l'on faisait sauter une

conduite hydroponique principale à bord du *Horse,* protesta-t-il. La merde vole partout. Ça peut éventuellement effrayer l'ennemi, mais, nom de Dieu, ça peut également mettre la panique chez nos amis, et peut-être désirerons-nous avoir encore quelques amis sur cette planète. »

On décida donc que Xarth ne subirait pas d'autre attaque au laser; dans son état actuel, une modeste attaque aéroportée par surprise suffirait pour s'emparer de la ville. Ce que nous fîmes.

Nous volâmes jusqu'à Xarth avec nos cinq modules de débarquement, les soutes des appareils pleines à craquer des meilleurs gardes de Yelsai. J'étais le commandant de vol, et Varan ainsi que deux jeunes guerriers se trouvaient avec moi. En fait, après avoir décollé, je laissai Varan piloter. Il se débrouillait si bien que lorsque nous atteignîmes la ville ennemie, je le laissai continuer de piloter tandis que je m'occupai du canon laser. Je crois que Belmondo et les autres pilotes pensèrent que je pilotais et tirais à la fois, ce qui est tout juste possible sur les plus petits modules.

Nous tournâmes au-dessus du palais de l'Empereur. De nombreux guerriers masqués étaient sur le toit. On ne pouvait qu'admirer leur bravoure, car tout autour d'eux la ville était à demi en ruine et des incendies flambaient à une douzaine d'endroits. Mais en nous approchant plus près nous vîmes des petites silhouettes rouges qui fuyaient le palais. Belmondo fit descendre son engin très bas sur eux et les extermina.

Puis Varan m'amena au-dessus du toit du palais et j'actionnai le laser. Le toit fut nettoyé des ennemis qui s'y trouvaient.

« C'est tellement simple, dit sombrement Varan en me regardant alors que nous repartions. A vous maintenant, Tomass : c'est la partie difficile — nous devons atterrir ici. »

Belmondo poursuivit sa patrouille meurtrière afin de s'assurer que personne ne puisse s'échapper du palais; mais le reste d'entre nous atterrit sur le toit, utilisant les jets verticaux. Les troupes yelsaiennes débarquèrent et je les suivis. Je pense que les autres pilotes me crurent cinglé — ils restèrent où ils étaient, pour surveiller les modules et préserver leur précieuse vie de colonisateurs. Mais j'entrai dans le bâtiment avec Varan juste devant moi, qui se ruait dans les escaliers.

Le palais impérial xarthien n'était pas très semblable au palais royal de Yelsai. Les pièces étaient plus hautes, plus grandioses et les couloirs plus longs, ornés d'énormes dragons sur les murs blancs, ou quelquefois noirs. Mais nous n'étions pas là pour admirer le décor.

Nous nous trouvâmes presque immédiatement dans un long couloir sombre où s'ouvrait une succession de petites portes fermées de rideaux. A quelques-unes de ces portes, je vis le visage de filles xumaines qui jetaient un coup d'œil au dehors; le couloir lui-même était barré par des guerriers xarthiens, mais ceux-ci étaient repoussés par les hommes de Varan.

« Ecartez-vous! » criai-je, et lorsque les gardes yelsaiens se plaquèrent contre les murs, je balayai le couloir avec mon laser. Les Xarthiens s'effondrèrent et les filles hurlèrent et disparurent. Mais Varan se précipita à la porte la plus proche et revint presque aussitôt en tirant une fille par le poignet. Elle était outrageusement maquillée et portait une quantité de bijoux et de bracelets, pas grand-chose d'autre.

« Où? demanda Varan.

— Juste après ce couloir », dit la fille en indiquant la direction.

Varan lui lâcha le poignet et se tourna vers moi. « Tomass, vous me feriez plaisir en baissant votre dispensateur de mort à présent. Gardez-le pour votre protection. Nous sommes suffisamment nombreux et la salle du trône se trouve au bout de ce passage.

— D'accord, allons-y! » dis-je.

Une troupe fraîche de Xarthiens barrait l'entrée de la salle du trône, mais les hommes de Varan la repoussèrent bientôt à l'intérieur — l'Empereur lui-même était là, protégé seulement par une poignée de généraux féminins. Nos Yelsaiens s'occupèrent des femmes mais Varan se réserva l'Empereur.

Retumon était un kurar puissamment bâti : pour un œil terrien, il semblait avoir la quarantaine, bien

140

conservé et il n'était pas non plus manchot avec une épée. Il attaqua furieusement le jeune Varan — je levai mon laser, mais trop tard, ils étaient si près l'un de l'autre et se déplaçaient si rapidement qu'il m'était impossible de tirer sans mettre le Prince en danger.

Je ne vis pas vraiment ce qui arriva. Une seconde plus tard, Retumon hoquetait et trébuchait en arrière, du sang à la bouche : je crois que Varan lui avait asséné un coup avec la poignée de son épée. Mais il n'était pas sérieusement blessé ; et l'assaut commença réellement.

Une ou deux minutes plus tard, les générales étaient toutes mortes ou s'étaient rendues, mais Varan fit reculer ses hommes afin de le laisser terminer son combat contre l'Empereur. Finalement, il accula Retumon contre le dossier de son trône et le transperça d'une botte impeccable — tout comme dans les films de fiction historique que nous avions l'habitude de voir à bord du *Riverhorse* ou à Lunaris. Ce garçon était un authentique héros, voyez-vous. Il est étrange de constater que ce genre de personnage ne change pas beaucoup, même à vingt années-lumière de distance.

Maintenant, bien entendu, la guerre était finie. Dans l'heure qui suivit, nous reçûmes une délégation nerveuse de nobles et de marchands xarthiens qui nous présentaient leur reddition. Belmondo voulut déclarer que la ville faisait, à présent, partie de l'Empire de Yelsai, mais Varan refusa.

« Ma mère m'a donné des instructions..., dit-il. Elle ne désire pas être Impératrice de Xarth. »

L'un des Xarthiens prit la parole. C'était un kurar, noble de rang élevé, à en juger par son kilt rouge sang et ses somptueux bijoux d'or.

« Notre coutume veut, dit-il sinistrement, que le meurtrier de notre Empereur prenne sa place. Notre Etat est depuis longtemps cosmopolite, et une naissance étrangère n'a jamais empêché l'accès à un haut poste. Par exemple, Retumon était à l'origine une esclave étrangère, née et achetée à Kvaryla. Ce jeune Prince chevaleresque n'est pas un esclave et il possède la qualification exacte ; s'il veut bien accepter le titre... »

L'instant d'après, les marchands reprirent en chœur :

« Varan Empereur ! Varan, Empereur de Xarth ! »

Varan sourit. « Je ne peux pas être Empereur puisqu'il n'y a plus d'Empire. Hiraxa et Nakaan sont à présent des cités indépendantes et il est bon qu'il en soit ainsi. Mais si vous le souhaitez, j'accepterai un titre plus modeste... »

Finalement, ils ressuscitèrent un vieux titre de l'histoire passée xarthienne, et le proclamèrent *Alkityodanyel,* ce qui signifie quelque chose comme « Prince Protecteur ».

« J'espère pouvoir vraiment vous protéger, dit Varan sobrement. Vous comprenez bien que les gens des étoiles seront les véritables dirigeants de cette ville à présent ? Comme en fait de toutes les villes xumaines.

— Que disent-ils ? demanda Belmondo.

— Il dit, traduisis-je, que nous, dieux des étoiles, sommes les réels protecteurs de cette ville puisque c'est nous qui l'avons libérée de la tyrannie de cet horrible Empereur. »

Belmondo sourit et tapota la tête de Varan.

« Voilà un bon garçon, dit-il. C'est bien agréable lorsque les indigènes se montrent sensés et reconnaissants. »

A présent que la Grande Guerre xarthienne était terminée, les nouveaux « dieux » de Xuma éprouvèrent un certain sentiment de détente.

Les modules n'arrêtaient pas de fonctionner, et de plus en plus de *dinoy* descendaient de l'étoile Vepan jusqu'au Fort, devant Yel Karagor, la Porte des Dragons. Oh ! oui, *dinoy* — je ne sais pas qui a forgé ce mot qui ne se trouvait dans aucun vocabulaire xumain tenu par les Aînés, mais il se répandait dans toute la population de Yelsai. Pas *aan,* « dieux » mais *dinoy,* « faces-de-lune » — ou devrais-je dire « visages pâles » ?

Bon, dieux ou visages pâles, il apparut presque

simultanément à beaucoup d'entre nous que le Plan 2/3/A n'était plus urgent — peut-être ne l'avait-il jamais réellement été. Lorsque votre armement surclasse d'une manière si énorme tout ce qu'il existe dans le reste du monde, pourquoi vous ennuyer avec de subtiles stratégies? Pourquoi « diviser pour régner » lorsque, de toute façon, vous pouvez « régner »?

Après la bataille de Xarth, il ne faisait aucun doute qu'il nous suffisait de demander Xuma tout entière pour l'obtenir. Tout ce que nous avions à faire était de descendre sur la planète et d'inspecter nos conquêtes. Et cela, nous pouvions le faire à loisir.

Mais — nous étions vraiment très, très peu. Lamentablement peu. C'était magnifique d'avoir toute une planète à nos ordres — et pourtant, il était rassurant de se grouper, comme pour se protéger. C'est pourquoi Mannheim fit adopter un plan de conduite selon lequel la majeure partie d'entre nous serait à tous moments, soit à bord du *Riverhorse* — qui était la sécurité même — soit à Yelsai où les indigènes étaient amicaux et reconnaissants de notre intervention. Et normalement, les Terriens à Yelsai devaient être dans le Fort — en particulier les femmes, les futures génitrices de notre race sur cette planète.

C'était du moins la théorie première. Au bout de quelques semaines, alors que nous commencions à nous habituer à Xuma et à nous sentir plus à l'aise à Yelsai, de plus en plus des nôtres se mirent à enfreindre ces règles et à en demander des modifications.

D'une part, il était évident que nous devions entretenir une sorte de présence permanente dans le palais de Yelsai. Moi-même particulièrement, en tant qu'expert en langue xumaine, je devais être là souvent, *et,* je suis heureux de le dire, Sally démontra d'une façon impressionnante qu'elle devait également rester aux alentours du Palais — elle déclara qu'elle désirait étudier le développement physique de Saimo. Dave Weiser voulait étudier la nouvelle psychologie de Saimo et faire des recherches sur les pouvoirs télépathiques des Aînés du palais; Rosa déclara promptement qu'elle devait étudier l'écologie du jardin en terrasse du Palais, un environnement unique en son genre...

Mais Belmondo ne voulait pas nous laisser seuls, nous, libéraux et amis des indigènes, donc... donc, finalement, nous eûmes un autre Fort sur le toit du palais. Je crains bien que la Reine Telesin et ses gens n'aient été peu à peu chassés complètement de leur résidence sur la terrasse, et la chambre de la Reine fut réservée pour Mannheim ou Belmondo lors de leurs visites. Une partie du jardin fut détruite (en dépit des protestations de Rosa) pour établir un terrain d'atterrissage pour le plus petit et le plus léger des modules.

Je demandai un jour à Varan ce qu'il pensait de tout cela. Il sourit amèrement et dit :

« C'est inévitable, Tomass. Mon maître Kanyo m'a toujours dit de ne jamais m'affliger sur l'inévitable. Il aurait dit : " Considérons les *golas*, les ballons marchands. Comment un marchand de Yelsai atteint-il les riches terres de l'Est? Les vents réguliers soufflent *de* l'est. Tente-t-il de voler contre le vent? Non — il se laisse porter; le monde est rond. Par conséquent en allant toujours vers l'ouest, il arrivera finalement aux royaumes orientaux les plus désirables. C'est l'image du temps, du changement. " C'est ainsi que Kanyo l'aurait dit. Et c'est ainsi que cela doit être pour nous à présent.

— Cela me paraît mystérieux, dis-je. *Nous,* faces-de-lune, allons bientôt jeter un coup d'œil sur les villes Orientales. Et nous volerons directement vers l'est pour le faire. La puissance de la force brute, voyez-vous. »

Je m'arrêtai. Il y avait quelque chose qui me troublait dans ce que Varan venait de dire, et je m'en rendais seulement compte à présent. Il avait employé une certaine forme de verbe (*vy :* lointain passé) en parlant de Kanyo; et je n'avais pas vu Kanyo depuis — quand était-ce? Oui, depuis le jour où Mannheim avait foudroyé Xarth au laser. Je demandai à Varan ce qui était arrivé au vieux Conseiller.

« L'Ordre l'a rappelé à Khadan, dit-il. Je présume qu'il veut un compte rendu de première main sur vos activités. J'espère qu'il laissera Kanyo revenir, sinon Psyl sera chagrinée — ainsi que moi.

« — Pourquoi ne nous a-t-il pas demandé de le transporter ? m'exclamai-je, nous aurions pu l'y mener beaucoup plus vite, et je sais que, de toute façon, Belmondo et Mannheim veulent examiner Khadan bientôt... »

Varan haussa les épaules. « Le temps n'est peut-être pas si important. Que représentent quelques semaines ou quelques mois dans l'histoire de notre planète ? »

Quoi en effet ? Comme je l'ai dit, nous, faces-de-lune avions les mêmes idées. Nous avions été enfermés dans ce vaisseau spatial pendant trois années de temps vécu, plus huit ans de non-existence en hibernation ; et maintenant... Maintenant nous pouvions nous détendre. Peu d'entre nous désiraient s'envoler pour des missions autour du monde, alors que nous avions cette étrange ville si vivante de Yelsai, avec ses natifs reconnaissants à notre disposition. Nous avançâmes le besoin de faire une recherche en profondeur dans la technologie locale, les sciences et autres avant de nous lancer dans de grandes expéditions.

Jack Willis et sa petite amie Sheila McIntyre s'installèrent dans la résidence sur le toit du palais. Jack était officiellement chargé d'étudier les systèmes hydrauliques des canaux et Sheila, non moins officiellement, assistait Rosa dans son travail sur la plante de tula. Avec Dave, Sally et moi, cela faisait de nous six amis intimes dans six chambres distinctes (officiellement). Laissez-moi vous dire que, durant ces premiers jours, nous ne travaillâmes pas beaucoup. Comme l'a dit un jour un ancien poète, la Béatitude se trouve dans l'aube d'une vie nouvelle. Je ne pense pas qu'*il* ait vécu toute sa vie dans une atmosphère artificielle avec la mort aux aguets derrière la seule épaisseur d'un dôme ou d'une coque, ou passé huit années à l'état de semi-cadavre congelé ; mais, de toute façon, il était suffisamment prophète pour exprimer ce que nous ressentions tous.

La recherche ? Non, ce n'était pas alors notre préoccupation — si ce n'est la recherche de la sensation d'être vivant, véritablement vivant, comme un animal en bonne santé.

Bon, il y avait *une* zone de recherche populaire parmi

quelques faces-de-lune — quoique pour aucun cas de mes proches amis — l'étude pratique de la sexualité xumaine. Beaucoup de nos garçons commencèrent d'examiner cela, particulièrement dans la Maison du Poisson-feu de Printemps. Je dois dire que, depuis, Varan avait acquis puissance et rang, il avait ordonné à sa mère et aux Dames de promulguer une loi libérant toutes les kynthi et tous les kurar de leur ancienne condition d'esclaves de l'Etat. Mais peu de pensionnaires du Poisson-feu avaient choisi l'option d'abandonner leur métier accoutumé. Ainsi il y avait toujours un large choix pour le genre de recherche que j'ai mentionné. Je sais ce que les filles xumaines ont découvert — c'est-à-dire que les « dieux » étaient des amants absolument pas à la hauteur. Mais elles étaient entraînées à flatter leurs clients, si bien que nos gars revenaient très fiers d'eux-mêmes et tout à fait satisfaits. Après tout, les petites gamines rouges valaient presque les humaines pour faire l'amour, et étaient tellement plus gentiment soumises... Quelques-uns essayèrent avec des femmes *kun,* par exemple des danseuses mûres, complaisantes; mais pour une raison ou une autre cela n'allait pas aussi bien. En fait, les femmes à peau rouge étaient enclines à la raillerie, et par la suite nos gars s'en tinrent aux adorables petites kynthi.

En dépit des proclamations de Belmondo, je sais que quelques *filles* tentèrent également l'expérience. En particulier, celles qui étaient censées être abritées dans le Fort de l'aéroport. Sally s'y connaissait suffisamment en biologie pour savoir que c'était sans espoir et les en avait averties, mais un certain nombre ne la crurent pas sur parole. J'ai bien peur que bientôt il y eut quelques jeunes gardes extrêmement frustrés autour du Palais, et deux ou trois Terriennes durent aller voir Sally pour des soins médicaux... Rapidement, la nouvelle se répandit sur le Secteur Médian, comme quoi les « déesses » étaient peut-être ravissantes et très consentantes, mais très impénétrables. En dépit de leur pure et totale féminité, elles ne devaient être adorées que de loin...

Pour beaucoup d'entre nous, cependant, la meilleure manière de faire l'amour, à n'importe quel moment, était de le faire entre *humains*. Résolution que nous prîmes, sans attendre, simplement et unanimement. Dans l'espace, nous pouvions faire l'amour, naturellement, mais avec interdiction de faire des enfants. A présent, cet interdit était levé et dans la semaine qui suivit la fin de la guerre, sur les quatre douzaines de membres féminins de l'équipage, six d'entre elles furent enceintes, et beaucoup d'autres faisaient de leur mieux. Et presque chaque jour, un couple ou deux se mariait.

Sally avait une chambre très agréable dans le Palais, et elle l'avait arrangée presque comme chez elle — c'est-à-dire comme sa cabine à bord du *Riverhorse* — grâce à tout ce qu'elle avait rapporté du vaisseau, y compris un magnétophone, un micro-lecteur et tout un lot de mes micro-livres favoris. Un après-midi — nous venions de faire l'amour et Sally nous avait commandé une tasse de café-*tlaok* à l'enfant xumain qui nous servait — elle prit le plateau à la porte, alors que j'étais couché sur le lit, en train de lire un micro-livre et que je riais.

« Qu'y a-t-il de si drôle? dit-elle en fermant la porte et en posant le plateau.

— La façon de se marier sur Barsoom. Là, ce sont vraiment les liens du mariage! Chacun un collier métallique avec une chaîne entre les deux...

— Cela pourrait avoir des avantages, dit Sally avec un sourire narquois, mais la cérémonie xumaine est très jolie elle aussi. C'était vraiment touchant — oui littéralement, — quand Saimo et Varan ont levé leurs mains, paume contre paume, l'autre jour. Pourquoi les humains ne ferions-nous pas la même chose?

— " Ma femme pour les six jours de la semaine ", citai-je. Mais nous n'avons pas six doigts, le symbolisme serait détruit. Je signerai tout aussi bien un dicto-formulaire avec toi, Sal, la prochaine fois que nous aurons Mannheim sous la main. »

Sally resta immobile et silencieuse un moment. Puis elle dit d'une voix égale : « Cela signifie-t-il, Tom Carson, que vous proposez une union permanente? Sérieusement? Pour nous?

— Bien sûr, dis-je, pourquoi pas? Dave et Rosa, Jack et Sheila, tous vont le faire. Je ne vois pas pourquoi nous ferions exception. Je pense que nous allons bien ensemble, non?

— Oh oui, oh oui, dit-elle en m'entourant de ses bras et en m'embrassant avec enthousiasme.

— Hé! dis-je, et cette tasse de café? »

Désolé si cela ne semble pas romantique. C'est vrai que ce *n'est pas* romantique. Mais voilà — c'est comme cela que c'est arrivé. Je ne me suis pas jeté aux pieds de Sally, ne l'ai pas appelé « ma princesse » et ne l'ai pas tirée des griffes de quelque tyran étranger dépravé grâce à ma prodigieuse habileté d'escrimeur, faisant écrouler des empires, en tuant des millions de gens par la même occasion. De toute façon, je n'avais jamais prétendu être un héros — et Sally n'était pas ce genre d'héroïne. Elle était simplement une fille aussi jolie que gentille, celle que j'aimais vraiment et qui m'aimait elle aussi — bon comme je lui ai dit, nous allions bien ensemble et je suis rudement heureux de m'être marié avec elle — ce que je fis une semaine plus tard lors d'une cérémonie la moins romantique qui soit, par devant Mannheim et son secrétaire.

Je devrais, à présent, dire quelques mots sur les femmes xumaines que j'ai connues — comment elles s'en sortaient à ce moment. Je suppose que Psyl ne devrait pas apparaître ici, mais je l'ai toujours considéré comme une femme. Bien, elle était courtoise avec nous, les *dinoy,* mais elle semblait tendue et je savais que Kanyo lui manquait. Telesin...

Ah! pauvre Telesin. Depuis cette nuit mouvementée, décevante, elle avait toujours paru être un peu triste, calme — on aurait presque pu dire plus vieille. Elle avait repris des amants xumains, soit un garçon normal, parmi ses gardes, soit un capitaine kurar, mais en fin de compte, pas aussi souvent qu'elle en avait l'habitude. Elle semblait le faire, plus pour prouver quelque chose que pour le plaisir lui-même.

De son côté, Saimo s'épanouissait. Elle était à présent la Princesse Saimo de Xarth et n'arrêtait pas de recevoir des visiteurs de son ancien thon 2-3-6 qui venaient l'admirer — y compris bizarrement son ex-beau-père à présent transformé en belle jeune *femme,* qui fut prise comme dame d'honneur par la Princesse, son ex-belle-fille. La biologie xumaine me surprendra toujours! Parlons de Saimo maintenant : elle était vraiment belle et féminine. Ses seins étaient bien développés, avec de mignons bouts roses qui, bien sûr, étaient toujours en vue puisqu'elle porte une simple jupette ou une robe « Crétoise » à haut col. C'était un plaisir de la voir avec Varan — bon sang, c'était un plaisir de la voir, elle, de toute façon. Et ce qui était gentil, c'est qu'elle m'aimait toujours, d'une certaine manière.

Mais je suis heureux de n'avoir jamais rien tenté avec elle. L'amour physique avec une race étrangère est nettement une erreur. Ce n'est pas nécessaire car, à la place, on peut avoir la tendresse, ce qui est mieux.

TROISIÈME PARTIE

Le Feu divin

Chapitre IX

L'un des plaisirs les plus subtils, durant ces premiers
jours sur Ares-Xuma, était de voler en module, en
l'utilisant comme avion. Nous nous envolions de temps
en temps afin d'explorer la planète en inspectant
personnellement certains points clés. Nous râlions un
peu de devoir quitter notre compagne, la maison et
Yelsai pour ces missions; mais il y avait des compensa-
tions certaines. Comme de voir la ligne bleu-vert des
canaux qui serpentait jusqu'à l'horizon en une délicate
courbe, avec des traînées de brouillard qui marquaient
son cours. Le désert rouge au-dessous, avec ses crêtes et
ses ondulations si semblables à celles des déserts rouges
de Mars ou de l'Australie; et en haut, par-dessus tout, le
saphir profond de cet immense ciel éridanien. En raison
de notre altitude de croisière et de notre vitesse élevée,
Xuma était clairement une sphère, une planète ronde,
plus petite que la Terre, mais beaucoup plus grande que
Luna ou même l'Ancienne Mars.

Le Premier jour du Second Mois (style local), je volai
vers Khadan. Puisqu'il n'y a que vingt-quatre jours dans
un mois xumain, cela faisait juste trois semaines
terrestres depuis mon atterrissage initial sur la planète et,
en gros, deux semaines xumaines (douze jours) depuis la
fin de la guerre xarthienne.

Nous volions dans deux modules d'atterrissage —
Dave, Jack Willis et moi dans un appareil de taille
moyenne, Mannheim, Belmondo et quatre marines, tous
armés jusqu'aux dents, dans un modèle plus grand. Ce

n'était que la seconde descente sur la surface pour Mannheim et il était beaucoup moins à l'aise vis-à-vis des Xumains que la plupart d'entre nous : il avait insisté pour venir en force dans le gros module pour « assurer notre couverture » en cas de nécessité.

Ce ne serait certainement pas nécessaire. Khadan, nous avait dit Psyl, était l'un des endroits de Xuma les moins militaires qui fût, un complexe de monastères, de travaux d'art, de canaux, habité par de vénérables Aînés à peau grise. Depuis deux millions d'années, l'endroit était dédié à la paix et à la préservation de la vie; nulle part, on ne trouvait même une épée, un arc ni une flèche dans ce Vatican ou ce Lhasa étrange.

En nous rapprochant, « Lhasa » parut être la meilleure comparaison. Le désert en bas changea du rouge au gris puis au blanc de la neige. Le ciel en haut, alors que nous descendions, était voilé par des nuages hivernaux, et lorsque nous dépassâmes la ligne du Canal Méridien, en volant vraiment très bas, nous observâmes une croûte de glace sur ce canal étroit et rectiligne. En cette saison d'hiver méridional, le canal ne coulait pas : c'était la calotte glaciaire nordique qui fondait et fournissait les eaux dispensatrices de vie aux villes plus proches de l'Equateur. Nous arrivions à Khadan à la morte saison.

« C'est ça, je crois », dit Jack en indiquant par la vitre avant quelques taches noires tranchant sur la blancheur générale. « Bon, plus vite on y sera, plus vite, on en repartira. » Comme Dave et Moi, Jack s'était marié, précisément la veille. Donc, personne ne désirait passer la nuit à Khadan...

L'essentiel de notre mission était, bien sûr, l'espionnage technologique — si l'on peut appeler « espionnage » ce que l'on peut faire ouvertement. C'est ce que nous faisions depuis deux semaines déjà à Yelsai — sans grand succès. Oh! bien sûr, les Aînés locaux nous avaient tout montré — du moins cela en avait l'air — leurs monastères, leurs écoles, leurs boutiques, leurs usines et les stations de pompage pour les canaux. Dans l'ensemble, nous avions pu classer leur technologie comme étant similaire à celle de la fin du XVIIIe siècle sur Terre, mais avec de grosses différences dans un sens ou l'autre. Par exemple...

Enormément de métaux, comme l'on pouvait s'y attendre sur une petite planète, et notamment beaucoup d'or qui était à la base de la monnaie et du crédit. Une chimie théorique très avancée, mais pas de connaissance de la poudre à canon ou autres explosifs. Un savoir théorique des machines à vapeur, mais pas d'application pratique à grande échelle, peut-être due à un manque de combustible convenable — il est possible que la planète n'ait jamais connu d'ère carbonifère — de toute façon, les combustibles fossiles semblaient manquer. Ils avaient l'électricité — ils l'appellent l' « amour atomique », traitant les électrons en *mâles* et les protons en *femelles,* spéculant même sur la « matière anormale », c'est-à-dire l'antimatière, les positrons étant des « particules kynthi ». Mais là encore, ils n'utilisaient pas beaucoup l'électricité, n'ayant pas assez de puissance brute pour faire tourner utilement des dynamos. Leur meilleure énergie semblait être la force hydraulique, lorsque les canaux coulaient le plus rapidement au printemps. Oh! oui, ils avaient également des éoliennes.

Ce qui était drôle, c'était que *toute* la technologie avancée de Yelsai était aux mains des Aînés. Certaines productions — comme l'hélium pour les ballons marchands — étaient vendues aux laïques par les Aînés qui finançaient ainsi leurs monastères. Pourquoi les laïques n'avaient jamais pensé à entrer eux-mêmes dans la production restait un mystère. Peut-être était-ce simplement la tradition — fabriquer l'hélium et caetera était une chose qu'on ne pouvait pas faire lorsqu'on était jeune. Tout le monde serait un jour un Aîné et pourrait alors accéder à la science et au reste, s'il en avait le talent.

« Je ne m'attends pas à trouver quelque chose d'étonnant ici, en dehors de travaux d'art plus importants et plus perfectionnés sur les canaux, dit Jack. Je crois que c'est davantage dans le domaine de Dave. »

Dave Weiser se gratta la tête. « Peut-être... J'aimerais pouvoir avancer un peu dans l'étude de cette prétendue télépathie. Chaque fois que j'ai interrogé Psyl ou un autre de ces vieillards là-dessus, j'ai eu l'impression qu'ils l'enveloppaient dans un mysticisme assez vague. Ils ressemblent à un groupe de post-Jungiens... L'Abbé de ce grand monastère de la Porte des Dragons a simplement souri d'un air sage et a dit " *tulan* ". Cela signifie seulement " communication ", n'est-ce pas, Tom?

— Je crois, dis-je. La racine est *tul-*, la même que dans la plante tula. Je présume que le rapport se trouve dans l'utilisation des feuilles de tula pour fabriquer le papier qui lui-même sert à écrire les messages.

— Quand on parle du loup... » dit Jack en souriant, le doigt tendu.

Nous allions atterrir sur une large bande de terre nue devant le groupe principal des bâtiments sombres du monastère. Tout autour de cette zone s'étendait un énorme complexe de canaux presque totalement couvert de glace : des digues, des barrages, des stations de pompage et le commencement de trois canaux allant vers le nord. l'est et l'ouest. A partir de ce point vital, au printemps méridional, les eaux de la fonte des glaces se mettaient en route vers les trois grands Secteurs de Xuma, le Médian, l'Est et l'Ouest, gardant en vie la planète, et tout au moins en partie, verte, pendant que les eaux polaires nordiques étaient gelées. Et comme nous le voyions, à présent, des rangées de tula venaient de ces canaux, dépassaient les stations de pompage, entouraient notre aire d'atterrissage et disparaissaient dans ou derrière le monastère.

« C'est vraiment une drôle de plante », dit Dave en fronçant les sourcils et en regardant les tula comme si elles recelaient un mystère qui le dépassait. « Très résistantes, dit Rosa. Je suppose qu'elles résistent au froid..

— Bon, dis-je, nous y voilà. » Je posai le vaisseau près du monastère pendant que Belmondo atterrissait une centaine de mètres plus loin.

Nous étions attendus — Psyl nous en avait prévenus. Un petit groupe d'Aînés en robes blanches sortit des bâtiments.

Hors du module, le froid nous frappa aussitôt comme

156

un poing géant, glacé. Nous l'avions prévu et étions bien couverts de fourrures. Les Aînés souriants qui s'inclinaient pour nous saluer me stupéfièrent : ils avaient les bras et les jambees nues et semblaient ne porter que leurs habituelles minces robes blanches. Une fois les présentations faites, j'amenai la conversation sur ce sujet.

Le visage maigre aux yeux verts de celui qui se nommait Aoak s'éclaira d'un bref sourire. « Nous avons nos petits secrets, Tomass Carson ; vous diriez les ficelles de notre métier. Il est vrai que notre race est plus résistante au froid que la vôtre, mais ces robes que nous portons ne sont pas tout à fait du même modèle que celui de Yelsai. Elles sont doublées de moelle de tula. C'est un excellent isolant.

— Isolant, je crois. » Aoak avait employé le mot *la-xi* qui signifie littéralement « non-aller », c'est-à-dire « arrêter » — l'un des Aînés de Yelsai avait utilisé le même mot pour décrire l'enveloppe isolante d'un de ses primitifs conducteurs électriques. Je commençai à avoir une idée.

« Hé ! Tom, si tu traduisais un peu ? » fit Jack.

Je réfléchissais furieusement. Le même problème auquel je faisais face depuis des semaines surgissait de nouveau — de quel côté étais-je ? Et de quel côté se trouvaient Jack et Dave ? Ils étaient mes amis, certes, et ils n'aimaient pas la manière dont la bande à Mannheim traitait les Xumains, oui ; mais nous n'avions pas sérieusement discuté politique, je ne leur avais pas dit mes relations plutôt spéciales avec le Prince Varan et, franchement, je ne savais pas s'ils accepteraient une dissimulation déterminée de la vérité.

Je m'éclaircis la gorge. « Aoak dit que leurs vêtements sont doublés de moelle de tula. C'est très résistant au froid. »

Un moment s'écoula : Jack ne fit aucun commentaire ; puis le groupe de Mannheim nous rejoignit. Presque aussitôt je fus convaincu que la télépathie était une fable. J'avais si fortement essayé de *ne pas* penser à une certaine idée simple, que si la télépathie avait vraiment existé, je suis sûr que Jack aurait capté mes pensées au sujet des *isolants tula*. Evidemment, les Aînés xumains pouvaient être de bien plus grands adeptes que nous ; mais l'histoire entière des expériences humaines dans le domaine des perceptions extra-sensorielles avait montré que ce pouvoir était une chose sacrément hasardeuse. Et la précision, les détails des messages envoyés par les Aînés xumains... Non. J'étais certain de la justesse de mon intuition, mais je le gardai pour moi.

On nous promena dans Khadan toute la journée — ce fut un peu une visite éclair. La plupart du temps, Jack resta en dehors de nous, inspectant les ouvrages des canaux avec deux techniciens à peau grise. Les marines demeurèrent dans les modules, veillant sur notre armement lourd. Dave, moi et l'état-major inspectâmes le monastère principal. L'état-major ne fut pas impressionné.

« Quand on a vu un monastère artien, on les a tous vus », dit Belmondo. Mannheim hocha la tête pour signifier son accord.

Dave et moi étions d'un sentiment différent. Le monastère de Khadan était vaste, froid, nu et massif, mais à sa manière austère, très beau. Il y avait de grandes salles où des moines étaient assis en silence, repliés en une profonde méditation, des petites chapelles réservées aux oraisons et pratiques personnelles, des salles de conseil, des cabinets de travail et d'élégants réfectoires aux murs ornés de fresques (celles-ci étaient toutes abstraites — des lignes, des cercles, des soleils en noir, blanc et or). Une aile entière était réservée à l'accueil des pèlerins novices. Les Aînés nouvellement transformés qui effectuaient le long voyage depuis les villes équatoriales jusqu'à cette retraite polaire, en suivant les canaux — un peu comme les habitants imaginaires de Barsoom recherchant leur Mer Perdue de Korus (mais Xuma n'a pas de mer perdue, ni rien perdu du tout : après plus de deux millions d'années de civilisation et de voyages en ballon, la planète est extrêmement bien cartographiée et il n'y a pas un endroit de la surface qui soit inconnu, fût-il de la taille d'un étang à poissons).

Aoak semblait être le dirigeant du groupe d'Aînés qui

nous recevaient. En fait, il reconnut être membre du conseil interne, la Cour Suprême de Poésie. Il était également le Chroniqueur Officiel.

« Ah, dis-je, cette Chronique! J'en ai entendu parler. Pouvez-vous nous la montrer?

— Suivez-moi », dit Aoak. Bientôt nous fûmes dans l'énorme Salle de rédaction de la Chronique. Cette vaste salle contenait les deux seules copies de la Chronique des Années qui étaient conservées à Khadan — l'une, manuscrite et calligraphiée, l'autre, simple exemplaire de l'édition imprimée. Chacune comprenait tant de tomes que ceux-ci remplissaient presque la totalité des rayonnages de l'immense pièce.

« Dites donc, fit Dave, vous allez bientôt devoir abattre le mur pour les volumes de l'année prochaine. »

Lorsque j'eus traduit cela, Aoak dit : « Peut-être. Si notre histoire se poursuit. »

Déjà, Dave était allé directement au Volume Un. « Qu'est-ce que cela dit? » demanda-t-il en ouvrant la version manuscrite à la première page.

Aoak prit doucement le livre des mains de Dave et se mit à lire de cette étrange et belle voix de ténor commune à tous les Aînés :

« " Commencement du Récit des Années, et Sommaire de l'Année Zéro, par Nyken, Scribe et Aîné. Il est vrai, dit le Sage qu'il ne peut jamais y avoir un premier commencement puisque chaque ligne fait partie du grand cercle qui forme l'éternité. Mais dans ce cercle, existent certains points qu'il est commode et convenable de prendre pour commencements. C'est pourquoi nous, le seul Ordre Uni des Aînés, avons décidé de compter une nouvelle ère à partir de cette année. Nous nous sommes constitués en un groupe unique d'enfants de la même mère, appartenant loyalement, non pas à une reine ou à une ville, mais à Xuma elle-même, notre pauvre mère tourmentée, conscients que par nos efforts et notre amour nous pourrons sauver la vie de notre monde. Puisse-t-il y avoir encore beaucoup d'années à compter. Et même si notre espoir pour cela n'est pas très grand, cela vaut mieux qu'un manque total d'espérance. Au moins, la pire crise estelle maintenant passée puisque les dieux et les démons sont partis : Tant qu'ils ne reviendront pas, tant que leurs chariots ne seront pas revus dans les cieux, la terre (*xu*) ravagée pourra fleurir, la mère (*ma*) pourra mettre au monde des enfants, la vie brisée de Xuma pourra revivre, même si ce n'est que pour un temps... "

— Arrêtez, Aoak! m'écriai-je. Quand ce passage a-t-il réellement été écrit?

— Eh bien, à la fin de l'Année Zéro! C'est la coutume que nous avons toujours conservée depuis — faire le compte rendu de l'année à la fin de chaque année. Ce volume que je tiens dans mes mains n'a pas été physiquement écrit alors — il a été copié et recopié, et son langage a été modernisé. Mais, par essence, ce sont les mots mêmes de notre premier Chroniqueur, l'Aîné Nyken.

— Alors si ce n'est pas une légende, pouvez-vous me dire ce qui *est* arrivé durant votre Année Zéro — ou plus exactement, avant? Qui étaient ces dieux et ces démons qui sont partis, et qu'ont-ils fait à Xuma? »

Aoak dit d'une voix égale : « Je vais vous le dire, Ô Enfants du Hamlor. Les anciens dieux et démons... étaient deux races d'habitants des étoiles. L'une n'était en apparence pas très différente des Xumains ou de votre peuple. Nos ancêtres les appelèrent " dieux " et lorsque vous avez atterri pour la première fois sur Xuma, nous pensions que c'étaient eux, les dieux, qui étaient revenus. A présent, nous ne le pensons plus. L'autre race... » Il s'arrêta et son visage s'assombrit. « Ils n'avaient rien de semblable à nous ni à vous, et les histoires qu'on en raconte, sont terribles. Ils étaient, surtout, les ennemis des dieux. Leurs chariots se posèrent sur Xuma quelques heures avant la venue des dieux, et durant ce peu de temps, les démons détruisirent une douzaine de villes et dévastèrent des terres entières. Je dois vous expliquer qu'en ce temps Xuma n'était pas telle qu'elle est actuellement — des eaux profondes emplissaient les océans et des terres vertes, luxuriantes s'étendaient à l'endroit où il ne reste aujourd'hui qu'un désert rouge.

« Peut-être même les démons n'auraient-ils pas fait

autant de mal sur Xuma s'ils n'avaient été contrecarrés, car, en fait, ils n'étaient pas vraiment intéressés par notre monde. Ils l'utilisaient seulement comme une étape de leur grand voyage. Ils venaient du Souffle du Dragon.

— Les Nuages de Magellan? balbutiai-je. Continuez.

— Et ils allaient attaquer les dieux quelque part dans le cœur de notre univers, le centre de notre galaxie. Mais les dieux ne furent pas pris par surprise : ils surgirent du Grand Cercle et frappèrent les démons. Malheureusement pour nous, cela se déroula autour de Xuma et sur la surface. Durant cette terrible bataille, une de nos lunes — car alors nous en avions deux — une de nos lunes fut projetée hors de son orbite et explosa pour former la ceinture d'Etoiles Tourbillonnantes. De plus, nos océans furent vaporisés et la plus grande partie de notre peuple mourut.

« La seule consolation qui nous resta fut que les dieux gagnèrent cette bataille. Leurs grands vaisseaux — quelques-uns d'entre eux — restèrent près de Xuma quelques temps après, et nous aidèrent à nous sauver d'une destruction totale; sans cela, je ne pense pas qu'un Xumain eût survécu. Alors... alors les dieux partirent et ne revinrent jamais. »

Mes collègues, pendant ce temps, trépignaient d'impatience, c'est pourquoi j'arrêtai Aoak et traduisis toute cette fantastique histoire.

« Sottises, dit Belmondo.

— Abracadabrant, dit Mannheim. Si ces voyageurs spatiaux " divins " étaient par ici voilà deux millions et demi d'années, où diable peuvent-ils bien être maintenant, bon sang? »

Je posai la question à Aoak. Il leva ses mains.

« Nous ne savons pas. Ils sont probablement restés dans leurs planètes natales.

— Quelles planètes?

— Le Grand Centre — le Cœur de l'Univers — le milieu de notre galaxie. Alors qu'ils sauvaient nos ancêtres, les dieux leur apprirent que leurs vaisseaux n'avaient pas l'habitude d'aller si loin dans ces pauvres régions désertiques de l'espace, où les étoiles sont si éloignées les unes des autres. Leur intention était d'exterminer la race des démons et ensuite de se retirer sur leurs propres mondes, beaux et groupés étroitement. Nous pensons que c'est ce qu'ils ont fait. »

Je traduisis puis me tournai vers l'Aîné. « Dites-moi encore, demandai-je. A quoi ressemblaient ces dieux, physiquement?

— Ils étaient très semblables à vous, dit Aoak, mais peut-être étaient-ils plus grands. Les histoires disent deux mètres soixante-dix de haut et les images montrent qu'ils avaient la peau couleur or, des cheveux oranges et des yeux comme du feu. Ils vivaient normalement jusqu'à deux mille ans, et alors ils se plongeaient dans des bains magiques et en émergeaient plus jeunes que jamais. Une légende dit que même leurs enfants avaient des sexes. Donc, peut-être étaient-ils plus semblables à vous qu'à nous. » Il s'arrêta. « Est-ce vraiment la vérité, Tomass Carson, que vous, de la planète Hamlor, ne vivez pas plus longtemps que nous? Seulement une centaine d'années au plus?

— C'est vrai, dis-je.

— Cela m'étonne, dit Aoak. Les dieux dirent à nos ancêtres que *toutes* les races qui voyageaient parmi les étoiles vivaient au moins mille ans et certaines beaucoup plus. Ces démons effrayants, par exemple, n'avaient absolument pas de mort naturelle. Cela devait être ainsi, selon les dieux, car les distances séparant les étoiles étaient si grandes que des êtres à la vie brève ne pouvaient la franchir par aucune méthode supportable. Pourtant vous êtes ici.

— Nos méthodes ne sont peut-être *pas* supportables, murmurai-je.

— C'est également étrange, continua-t-il, d'une autre façon. Selon notre pensée, le Centre doit toujours dominer la périphérie. Donc les dieux, étant du Centre, dominèrent les démons et les écrasèrent. Pourtant, *vous* dominez à présent Xuma alors que vous venez de votre petite étoile des franges de notre univers! Il y a quelque chose dans cette situation qui est très anormal... »

Une fois de plus je traduisis, et, de nouveau, Mannheim et Belmondo ne furent absolument pas impressionnés. Mais moi, en dépit du froid, je commençais à transpirer.

L'histoire d'Aoak se raccordait avec tout ce que je connaissais déjà de Xuma. D'après toutes les indications, les océans *s'étaient* évaporés il y avait seulement deux millions et demi d'années, et, seul, cet espace de temps pouvait avoir permis la formation de l'Anneau de la Ceinture. Il était certain qu'une énorme catastrophe s'était produite — et l'explication d'Aoak était plausible. En y réfléchissant, cela expliquait également un ou deux détails de l'ancienne mythologie terrestre. Les dieux et les démons... *Et il y eut la guerre dans les cieux...*

Et nous les humains, avec notre petite « Opération Evasion »! Que se passerait-il si nous attirions l'attention de ces vrais dieux galactiques de Xuma? Ce serait peut-être alors une énorme Opération Invasion...

Nous déjeunâmes dans le grand réfectoire. Mannheim, bien sûr, mit des échantillons de tous les plats dans un dégustateur avant de les déclarer aptes à notre consommation; mais, de toute façon, c'était le cas. Durant le repas, Dave s'informa une fois de plus sur les pouvoirs extra-sensoriels des Aînés.

« Vous devriez rencontrer Ayun, notre sensitif, notre prophète », dit Aoak.

Ce que nous fîmes après le repas. Ayun était un Aîné petit et frêle qui vivait dans une petite cellule nue. Il parut effrayé lorsqu'il nous vit. Apparemment, il avait prédit notre venue plusieurs mois avant notre entrée en orbite. Ayun ne sut pas expliquer comment il faisait — il prononçait ses prophéties seulement en état de transe (je crois en auto-hypnose), et déclara être inconscient de ce qu'alors il disait.

Les Aînés de Khadan avaient une théorie expliquant le paradoxe de la prophétie. Aoak dit : « Un prophète ne prédit pas : il tire simplement de la mémoire de l'univers. Puisque le temps est cyclique, donc tout ce qui sera, a été... »

Mais ce genre de choses n'était pas de ma compétence. Dave, lui aussi, en avait le souffle coupé.

Il y a deux choses que nous ne vîmes pas à Khadan. Pas de Grand Lama, de Pape ou de simple Chef des Aînés. Les dirigeants étaient ce Conseil des Douze, qu'ils appelaient la Cour Suprême de Poésie. Bon, en considérant que la poésie était *une* de leurs fonctions; je soupçonnai fortement qu'ils avaient également d'autres pouvoirs, mais n'insistai pas sur ce point.

L'autre lacune était simplement... Kanyo. J'interrogeai Aoak à son sujet, mais il parut ne rien savoir. « Il n'est probablement pas encore arrivé, dit-il. De Yelsai à Khadan — cela fait beaucoup de kilomètres pour un pèlerinage à pied, et les chemins sont rudement froids en cette saison. »

Nous en avions terminé et marchions sur cette terre glacée et nue vers nos appareils lorsque Mannheim dit : « Pourquoi n'ont-ils qu'*un* seul canal d'alimentation venant de la calotte glaciaire sud alors que le pôle nord en possède trois ? »

Jack expliqua. « La région du pôle Sud est en majeure partie une dépression — un ancien océan. Elle ne se déverse pas vers le nord. Mais exactement au sud d'ici, il existe un plateau qui domine l'ex-océan et c'est le seul endroit où les eaux fondues peuvent être aisément collectées. Voilà pourquoi Khadan est un point beaucoup plus important que les trois monastères nordiques.

— C'est bon à savoir, dit Mannheim. Si nous menaçions de foudroyer cet endroit, nous tiendrions la planète tout entière en otage.

— Ne le faisons-nous pas déjà ? » dis-je.

Chapitre X

Dès que nous fûmes revenus à Yelsai, Mannheim nous quitta pour aller « en haut », c'est-à-dire rejoindre le *Riverhorse*. Nous ne tenions guère à y aller à présent et il n'y restait qu'un équipage réduit — surtout des servants de canons laser. Les femmes en particulier, dès qu'elles avaient vu la surface de Xuma, ne voulaient plus accepter de retourner à bord. Mais Mannheim était différent — il était tout à fait heureux dans ce vide sonore qui était maintenant sous ses ordres. Il avait également gardé une poignée de femmes, et ne les avait pas encore laissé descendre. Cela pouvait être dû, en partie pour tenir compagnie à ses hommes en orbite, et en partie, avait-il dit, parce qu'il n'aimait pas « mettre tous ses œufs dans le même panier ». (J'adore sa métaphore !) Car les femmes étaient les futures mères de notre race sur Xuma. Par la nature des choses, puisque rien ne peut dépasser la vitesse luminique, tout appel envoyé par nous pour demander des renforts au Système Solaire resterait sans effet, durant plus de quarante-cinq ans.

« Malheureusement, dit Mannheim lors d'un de ses communiqués en provenance du vaisseau, nous ne verrons pas de nouveau visage humain sur Arès de toute notre vie — hormis ceux de nos enfants. C'est pourquoi nous devons *engendrer*. Rapidement et prudemment. Peupler ou périr. Et c'est pourquoi, messieurs, nous devons prendre un très grand soin de nos femmes. Le vaisseau est de loin l'endroit le plus sûr, et j'ai l'intention de toujours y garder *quelques* femmes. Les installations de Yelsai, l'Aéroport et le Palais, sont ensuite les deux meilleures places, et je compte sur vous qui êtes en bas pour vous assurer que les filles ne soient jamais *seules,* quel que soit le moment. Dans le même ordre d'idée, les femmes ne doivent *pas,* je répète, *ne doivent pas* aller en mission pour explorer d'autres villes.

« Oh *ouais?* grogna Sally, Vraiment? »

Le fait est que j'avais prévu de partir très bientôt avec elle un jour pour faire un voyage de découverte autour de la planète. De même, Dave, Jack ou plusieurs autres types. *Leurs* femmes ou petites amies protestèrent également; mais cette fois, la majorité des colonisateurs se rangea du côté de Mannheim. Les expéditions de découverte devraient se faire entre hommes.

Dans l'immédiat, nous allions faire un tour dans le Secteur Est, puis l'Ouest et enfin revenir à Yelsai. Cette fois, le but n'était pas de découvrir une dangereuse technologie — nous étions à présent fermement convaincus (pour la majorité) que les Xumains n'en possédaient pas — mais de rechercher des résidences attrayantes pour nous, les seigneurs de la planète. Yelsai devenait quelque peu fraîche à présent que l'hiver avançait et le Secteur Est luxuriant, et l'Ouest qui l'était à demi, nous attiraient. Tous deux étaient au nord de l'Equateur, placés entre deux dépressions « océaniques » fermées. Le Secteur Est entre l'Océan Nord (Laral Lyl) et l'Océan Est (Laral Ao), le Secteur Ouest entre les Océans Est et Ouest.

Je devais, bien sûr, y aller, car j'étais encore le seul « dieu » qui maîtrisait suffisamment la langue locale. L'autre principale interprète, Saimo, était maintenant à Xarth, avec son mari le Prince Varan, et nous comptions la prendre avec nous à notre première étape — que cela plaise ou non à Varan.

« Bon sang! il peut venir lui aussi, dit Belmondo. Il pourrait être une bonne publicité pour nous, dans l'Est — il pourrait leur dire ce que nous avons fait à Xarth. »

La nuit précédant notre envol, j'eus un entretien privé avec Psyl. Elle me regarda avec des yeux brillants, lorsque je lui appris que je n'avais pas vu Kanyo à Khadan.

« Je n'ai pas vraiment de crainte pour sa sécurité, dit-elle. Kanyo semble très doux, mais au fond il est très résistant. Même lorsque nous étions jeunes, et que j'étais son mari, ma femme n'était pas une timide petite kynthi comme ces créatures perverties de Yelsai. Vous en verrez peut-être d'autres comme cela si vous visitez notre ville, Xulpona, Tomass. »

Je me mis à rire. « Cela me surprend toujours — la manière dont vous vous transformez en passant par les deux sexes. Psyl, je suppose que vous avez tout prévu pour notre réception sur la route — via votre habituel téléphone de brousse ».

J'avais employé le mot anglais. Psyl parut surprise.

« Téléphone de brousse? Tomass, j'ai étudié votre langue — téléphone ne veut-il pas dire transmission des sons à distance?

— A très grande distance, dis-je. Cela signifie aussi un moyen de communication — un peu comme votre tula.

Elle se figea et resta silencieuse.

« Ne vous inquiétez pas, lui dis-je. Quel que soit ce que je soupçonne sur vos compatriotes ou votre organisation secrète, Psyl, je n'en soufflerai mot. Je suis de votre côté. »

Elle me regarda droit dans les yeux. « Oui... je crois que c'est en partie vrai, dit-elle lentement. Mais jusqu'où?

— Jusqu'à ce qu'il se forme une résistance — et mon grand-père faisait partie d'un mouvement de résistance. Je suis avec vous jusqu'au bout, Psyl.

— Impossible, dit-elle, un membre d'un peuple envahisseur ne peut être " jusqu'au bout " avec les natifs. A moins qu'il n'ait un penchant très bizarre pour la traîtrise. »

Je secouai la tête. « Varan ne vous a rien dit à mon sujet?

— Si. Il m'a dit que vous étiez une personne très honnête. Et par conséquent, ce que je viens de dire tient toujours.

— Je ne vous comprend vraiment pas, dis-je.

— J'en suis heureuse », dit Psyl. Elle avança sa main grise, ridée et la posa sur la mienne. « Cher Tomass, peut-être y aura-t-il un jour où nous pourrons être tout à fait francs l'un envers l'autre. Mais ce jour n'est pas encore là. A présent, partez, s'il vous plaît. Si vous voyez Kanyo, transmettez-lui tout mon amour.

— Si je le vois... » Je m'arrêtai brusquement en la regardant.

Elle riait de cette manière saccadée dont je savais qu'il dénotait la tension chez les Xumains.

« Cela m'a échappé, n'est-ce pas? Bon, si vous êtes à *demi* avec nous, s'il vous plaît, ne le mentionnez pas à vos supérieurs, Tomass. Au revoir. »

C'est alors que je compris pour la première fois qu'il y avait véritablement un genre de mouvement organisé contre nous; et d'une manière ou d'une autre, Kanyo y était impliqué.

Non, je n'allais pas mentionner l'inadvertance de Psyl. Mais en fin de compte, ma faible imagination se mit à travailler et je vis où Psyl voulait en venir.

Un libéral parmi les conquistadores peut se permettre de se ranger du côté des indigènes aussi longtemps que ceux-ci *sont manifestement du côté perdant*. J'avais lu pas mal de l'histoire de la Terre; or quel était le parallèle avec la situation actuelle? Nous étions une poignée d'étrangers dans une mer de Xumains. Comme Clive en Inde ou Cortès au Mexique. Allions-nous vers une Mutinerie Indienne, une *noche triste?*

Je rejetai cette pensée. Non, impossible. Même avec une attaque la plus impitoyable qui soit, les Xumains ne pourraient rien faire au *Riverhorse*. Nous avions ce qui avait toujours manqué à Cortès ou à Clive — un cuirassé invincible dans les cieux. Cette étoile, dans sa course combattrait toujours pour nous — donc je pouvais me permettre de continuer d'être libéral et d'aimer les Xumains...

Nous nous envolâmes vers Xarth avec deux modules.

La ville était déjà en reconstruction, car Varan avait

pris sa charge de Prince très au sérieux et, en compagnie de Saimo, s'était lancé dans la reconstruction avec une grande énergie (malgré la chaleur — Xarth est pratiquement sur l'Equateur). Lorsque je les rencontrai dans leur Palais, ils étaient pleins d'enthousiasme.

« Il ne s'agit pas seulement des dommages physiques, dit Varan alors que nous regardions la ville meurtrie du haut du toit. Les Aînés sont capables de diriger le peuple pour ce travail. Mais Saimo et moi, essayons de rebâtir l'âme de Xarth. Depuis des douzaines et des douzaines d'années, cet Etat a été entre les mains de chefs pervertis — des kurar ayant une histoire personnelle malheureuse. Ils étaient trop féroces, trop masculins si vous préférez. D'un autre côté, j'ai clairement dit — nous avons clairement dit — que nous n'allions pas imposer le modèle de Yelsai. Ce serait de la folie — ils se révolteraient si nous le tentions. Certaines choses doivent être abolies — l'esclavage par exemple — mais les Xarthiens sont demeurés un peuple fier et violent. Ce n'est pas nécessairement mauvais — si la violence et la fierté sont convenablement canalisées. Nous le ferons, si nous en avons le temps, Tomass; j'espère conserver le trône de Xarth jusqu'à... jusqu'à ce que nous changions tous les deux, dit-il en regardant tendrement Saimo. Puisque nous avons le même âge, cela devrait survenir à peu près en même temps. Alors, si j'ai établi ici suffisamment de bon vouloir, je pense que les Xarthiens pourront accepter Saimo comme Prince — et puisqu'elle sera alors un kurar, cela devrait satisfaire les nobles. Je suppose, ajouta-t-il, qu'il nous serait utile de voir comment vont les choses dans le Secteur Ouest — Kanyo me disait souvent que ces villes étaient bien gouvernées...

« Vous allez justement en avoir l'occasion », lui dis-je. Et tandis que Belmondo nous regardait, j'expliquai à Varan que nous désirions que Saimo vienne avec nous et lui aussi si c'était possible.

Il accepta aussitôt avec un sourire sardonique. « Il semble que, pour une fois, le vent souffle d'ouest en est. Bon, faisons comme les ballons marchands. »

Le lendemain, nous partîmes de Xarth pour Kvaryla, presque exactement sur la ligne de l'Equateur, à un tiers de la circonférence de la planète. Nous suivîmes d'abord un canal, puis survolâmes un désert rouge desséché; à la fin de l'après-midi, nous vîmes la verdeur luxuriante de Lulam Ao, le « Marais oriental ». Là, beaucoup de canaux s'entrecroisaient et beaucoup de villes étaient proches les unes des autres; cette partie de la planète était très similaire à une région tropicale terrestre. Il y avait même des lacs artificiels d'eau douce et des bandes de jungle soigneusement entretenues.

Dave, Jack et moi étions de nouveau dans le même vaisseau de taille moyenne, avec, en plus, Varan. Saimo voyageait dans le grand module avec Belmondo, quelques marines et des spécialistes économiques. Belmondo avait requis la présence de Saimo car il voulait que ses hommes apprissent un peu de xumain au cours du voyage, et nous dûmes accepter. Varan n'avait pas aimé se séparer de sa compagne, même pour un court instant; mais il ne voyait pas quel danger elle pouvait courir. Et enfin, cet arrangement nous donnait à tous trois une chance de parler à Varan — et vice-versa. Jack et Dave apprenaient lentement le xumain, et nous alternions les leçons de langue et des conversations politiques.

« Je suis résolument contre la situation actuelle, dit Dave, et pas seulement pour le bien de votre peuple, Varan. Etre un envahisseur corrompt physiologiquement. Vous finissez par réprimer non seulement les indigènes, mais également la moitié de vous-même. Car une moitié de vous-même ne peut s'empêcher d'être du côté des natifs.

— Je déteste le comportement de certains des nôtres, dit Jack. A Yelsai, dans les rues, dans ce fameux bordel, ils agissent comme s'ils étaient vraiment des dieux; même certaines de nos filles tirent une fantastique satisfaction d'être servies par des Xumains — bien sûr elles n'ont jamais eu de serviteurs de leur vie...

— Eh oui, elles sont en train de se corrompre, dit Dave, comme je le disais, cela commence. Ce n'est pas encore très profond, mais laissez faire le temps... quelques années devraient suffire.

— Et d'un autre côté, la haine est corruptrice, dit Varan. Nous ne vous haïssons pas encore, mais comme vous le dites, David, nous verrons dans quelques années, si vous prenez beaucoup de villes comme vous l'avez fait de plusieurs quartiers de Yelsai. Et vous avez tant d'armes meurtrières! La haine et les lasers sont une mauvaise combinaison. Mon maître Kanyo avait l'habitude de me dire : " Il y a une loi qui est éternellement vraie pour les armes. Si elles existent et peuvent être utilisées, elles le seront. " Un jour, mes amis, un Xumain volera un laser et apprendra à s'en servir — ce n'est pas très difficile — alors, on s'entre-tuera au laser dans les rues des villes. Voilà le cadeau que vous réservez aux enfants que vos femmes portent à présent.

— Ouais, dit Jack, lorsque j'eus traduit cela. Je vous crois, ami. Je soutiendrai n'importe quelle politique qui mettrait un terme à cette situation — n'importe quelle politique, sauf la violence, bien sûr. »

Varan détourna son regard de Jack pour nous observer Dave et moi; mais ne dit plus rien.

Kvaryla était une ville écrasante. Elle était quatre fois plus grande que Yelsai, dix fois plus riche — et semblait vingt fois plus chaude. J'exagère, bien sûr, mais l'endroit provoquait un choc, même après Xarth. Nous atterrîmes sur une pelouse du palais royal une heure avant le coucher du soleil, et l'atmosphère nous engloutit comme dans un bain turc — il faisait près de 40 °C avec une humidité de 80 pour 100. C'était l'été — bien sûr — et les indigènes dirent qu'il faisait plus frais la nuit, et en hiver.

« Tout le Secteur Est est comme ça? » grogna Belmondo.

Le Roi de Kvaryla sourit d'un air engageant.

« Idaxir est un peu plus chaude, mais un peu plus sèche. Idavaan est plus fraîche en été car elle se trouve plus au nord — mais elle est très froide en hiver, plus encore que Yelsai. Vraiment, nous avons l'un des meilleurs climats dans le monde, ici à Kvaryla — chaud, humide, régulier... »

Belmondo nous jeta un coup d'œil — un regard qui signifiait « faites une croix sur le Secteur Est. » Nous étions tous d'accord — pour des gens comme nous, habitués à vivre depuis des années à une température égale de 23 °C, le Secteur Est ne représentait absolument pas un bon endroit pour notre première grande colonie.

Le soir, le Roi nous montra quelques-unes des attractions de Kvaryla, dans le jardin en terrasse de son palais. Il s'agissait de kynthi nues, couvertes de bijoux — toutes des esclaves royales qui dansèrent pour nous. Belmondo les regardait avec un brin d'intérêt, mais elles n'étaient guère différentes des danseuses dont disposait Yelsai — et il faisait encore sacrément chaud. L'Officier en Second déclara qu'il se sentait trop ramolli pour des exercices violents ce soir-là.

Varan et moi conversâmes avec le Roi. Il semblait que l'esclavage était légal dans la majeure partie du Secteur Est, mais partout il devait être aboli, tout au moins lorsque l'esclave se transformerait en Aîné.

« A Kvaryla, seules des kynthi peuvent être esclaves, dit vertueusement le Roi. Dans notre ville éclairée, elles doivent être libérées dès qu'elles deviennent kurar. Mais nos filles sont renommées pour leur beauté, et, si vous les achetez jeunes, vous pouvez les garder deux douzaines d'années. Aimeriez-vous aller au marché d'esclaves demain? Je vous y emmenerai et m'assurerai que vous fassiez un bon achat. Les enchères commencent à midi...

— A *midi!* grogna Belmondo quand j'eus traduit. Oh non! Et qui a envie d'acheter des putains quand on peut les louer dans ce bon vieux Poisson-feu? A midi — bon sang, demain à l'*aube* nous serons partis... »

Et à l'aube, nous étions partis.

« Et dire, commença Jack, alors que nous décollions, que cet enfer aurait été notre récompense si nous avions persuadé Telesin de nous laisser conquérir le monde pour elle.

— J'ai comme le soupçon, dit Dave, que nous ne trouverons aucune ville vraiment plus agréable que Yelsai. »

A trois degrés à l'est de Kvaryla, nous franchîmes pour la première fois un ancien littoral. Le sol s'abaissa brusquement, mais nous conservâmes notre altitude, et de très haut nous vîmes le lit desséché de Laral Ao. Il était surtout blanc, des dépôts de sel, avec par endroit, des touffes de roseaux ocre et même, une fois ou deux, des bandes de verdure.

« Tula, dit Varan avec un sourire. Ça pousse partout.

— Ça doit être l'une des plantes les plus résistantes de toutes les planètes, dit Dave. Savez-vous que Rosa en a examiné sur le toit du palais à Yelsai? Elle a découvert qu'elle peut résister à la chaleur, au froid et aux chocs électriques — elle a enfoncé un fil dans un tube et a envoyé un fort courant — 300 volts — et la plante n'a rien eu. Pas plus qu'il n'y a eu de perte de courant — ces tiges caoutchouteuses sont de parfaits isolants. Varan, votre peuple devrait vraiment utiliser davantage l'électricité. Vous avez un excellent câble naturel, qui traîne partout et qui est exactement fait pour — eh bien, disons, la *télégraphie*.

— Qu'est-ce que la *télégraphie?* » demanda Varan.

Je lui expliquai.

« Oui, c'est certainement une bonne idée, dit le Prince avec l'ombre d'un sourire. Les Aînés la mettront peut-être en pratique pour se libérer de la tension mentale de la *télépathie*. »

Enfin nous franchîmes le littoral opposé, et à environ vingt degrés de latitude Nord, nous descendîmes sur l'aéroport de la ville de Xiriko, Secteur Ouest. Il était presque midi, en plein printemps, il faisait chaud, mais supportable. Les notables de Xiriko étaient là pour nous recevoir. C'étaient, pour la plupart des femmes, mais le véritable chef d'Etat était un homme — un homme vêtu d'un léger costume de toile bleu. Le haut était une tunique lâche, et le bas ressemblait un peu à un pantalon de pyjama. Les femmes étaient presque toutes vêtues de la même manière quoique quelques-unes portaient des jupes au lieu des pantalons. L'un dans l'autre, le costume du Secteur Ouest était curieusement similaire à nos vêtements terrestres. D'abord, aucune femme n'avait les seins nus.

« Bienvenue dans la République de Xiriko, dit l'homme en costume bleu. Je suis le président Getlin et voici mes ministres. Permettez-moi de vous présenter... »

C'était étrange, très étrange — parce que ce ne l'était pas assez. La cordialité, la simplicité des manières, l'absence de cérémonies ou de titres de politesse recherchés — tout cela formait un grand contraste avec les coutumes du Secteur Est. Le Président Getlin me rappelait un certain administrateur que j'avais connu à Copernic. J'avais l'impression d'avoir traversé vingt années-lumière pour retrouver nos doubles — à peau rouge, aux mains à six doigts — mais nos doubles tout de même. Pour ajouter à cette impression, le Président nous avait installés, non pas dans un palais, mais dans un *hôtel*.

« N'étant pas roi, je n'ai pas de palais — simplement ma petite maison personnelle, expliqua Getlin en nous conduisant à notre appartement. Nous ne croyons pas beaucoup à la royauté dans le Secteur Ouest. Seule la ville d'Elthon a une reine et elle règne simplement, sans gouverner. Toutes les autres villes sont des républiques et nous avons même une vague organisation fédérale avec un secrétariat général à Xulpona... »

Le Secteur Ouest était apparemment moins enthousiaste au sujet des sensations fortes et de l'*histoire* qu'ailleurs sur Xuma. Il n'y avait pas eu de guerre dans ce Secteur depuis trois grosses années.

Le reste de la journée, on nous fit faire le tour officiel de Xiriko. Le Président lui-même nous fit visiter le bâtiment de l'Assemblée, le musée, la bibliothèque. Je fus frappé par plusieurs faits. Tout d'abord, ces gens n'avaient pas de problème avec les « manqués » : le Président était un kurar, et les quatre groupes sexuels avaient les mêmes droits politiques. Ensuite, bien sûr, il n'y avait pas d'esclavage, de quelque sorte que ce soit. Saimo et Varan furent très impressionnés et posèrent de nombreuses questions au Président.

Le troisième fait m'apparut seulement au bout d'un

moment. Ce fut lorsque nous étions dans la grande Bibliothèque de la ville. Bien sûr! La majorité des Xumains présents dans cette bibliothèque, y compris les bibliothécaires, avait la peau rouge et non pas celle des Aînés, grise.

« Nous ne pensons pas que seuls les Aînés peuvent être intellectuels, dit le Président avec un sourire. Quelques *auteurs* même étaient sexués lorsqu'ils ont écrit les ouvrages qui sont sur ces étagères. »

A la fin de la journée, une brève conférence se tint dans notre appartement à l'hôtel. Le sentiment général dans le clan de Belmondo était que le Secteur Ouest n'était *pas* un bon endroit pour établir une colonie. Sans être meilleur, le climat était aussi bon qu'à Yelsai; mais...

Ils eurent du mal à l'exprimer en termes acceptables, mais je compris très bien. Ces gens étaient trop *semblables* à nous. Ils n'accepteraient peut-être pas facilement notre domination. En fait, le Président et ses ministres agissaient comme si cette domination n'existait pas.

« On dirait que nous sommes simplement un groupe de sacrés touristes à peau rouge venu de la sacrée ville peau rouge voisine », dit Belmondo plaintivement.

Après Xiriko, nous fîmes un autre petit saut dans le Secteur Ouest avant de regagner Yelsai. Nous avions décidé de visiter la ville de Xulpona. Cela, en partie à ma requête — j'étais curieux de voir la ville natale de Psyl et Kanyo.

Xulpona se révéla être presque une autre Xiriko, excepté que, là, une femme *kun* normale était la Présidente, une femme nommée Huy. Lorsque nous arrivâmes à l'aéroport dans la fraîcheur du matin, Huy et ses ministres étaient présents pour nous accueillir. Belmondo plastronna quelque peu et tenta même brièvement d'impressionner Huy avec son xumain récemment appris. Malheureusement, au lieu de dire Peral Xúl (Secteur Ouest), il dit Peral Xùl (Secteur de Merde) — ce qui sembla plaire à Huy et ses dames, bien que ce ne fût probablement pas dans le sens voulu par Belmondo. Notre chef réagit aux petits rires des femmes comme s'il avait eu un grand succès : il en devint positivement comique. Dans sa seconde phrase, il continua sur sa lancée, confondant *ula* (trou) et *yla* (cité), et le résultat fut un énorme éclat de rire...

Pourtant, Saimo paraissait nettement énervée à la suite de cette conversation. Je pensai sur le moment qu'elle était déçue des résultats de son enseignement — j'aurais dû mieux la connaître, car Ange avait toujours ri de bon cœur lorsque j'avais fait des fautes similaires, un mois auparavant. Apparemment, Huy remarqua quelque chose ; car pendant que nous nous dirigions vers le bâtiment de l'aéroport, elle dit à Saimo :

« Les voyages finissent par être fatigants, chère Princesse ; mais nous vous avons réservé un bel hôtel tranquille, tout près d'ici, donnant sur le Parc Ouest, juste en face de la Bibliothèque... »

J'interrogeai la Présidente Huy au sujet de Psyl et Kanyo. Elle en avait, bien sûr, entendu parler.

« Des personnes remarquables, dit-elle. Kanyo était un professeur distingué, même avant qu'il ne devienne Aîné, un archéologue et un astronome... Nous possédons quelques-uns de ses livres dans cette Bibliothèque.

— Oh ! dis-je, sur quels sujets ?

— Principalement sur l'archéologie... commença-t-elle ; puis elle s'interrompit brusquement. « Mais je ne crois pas que de tels sujets intéresseraient des visiteurs interstellaires comme vous, et, de toute façon, vous ne sauriez pas lire nos manuscrits, n'est-ce pas ? »

En fait, maintenant que j'avais pris quelques leçons, je *pouvais* déchiffrer en partie l'écriture xumaine ; mais sur une impulsion, je pensai qu'il valait mieux le taire. Je dis à la Présidente que Kanyo était mon ami, et que, sentimentalement, j'aurais simplement aimé voir quelques-unes de ses œuvres.

« Bon, alors, bien sûr, dit Huy, vous pouvez visiter la Bibliothèque... »

Je le fis seul, pendant que les autres furent emmenés pour une visite de la ville. Rapidement, le bibliothécaire à peau rouge me trouva ce que je désirai — un livre manuscrit de Kanyo, intitulé *Quelques Observations sur les Restes du Vaisseau Spatial Divin.*

Je lus et relus ce titre plusieurs fois. Oui, c'était certainement cela qu'il disait. Puis j'ouvris le livre. Je ne pouvais pas le lire couramment, mais suffisamment pour voir qu'il semblait bien décrire un authentique vaisseau en partie ou totalement détruit.

Je lus à la troisième page : « ... la tradition dit que les dieux de bonté l'abandonnèrent lorsqu'ils repartirent pour le Grand Centre; peut-être pour qu'il nous serve, nous petits mortels, en quelque heure de grand besoin... » Puis cela devint plus difficile alors que Kanyo manifestement s'échauffait sur son sujet et consignait ses idées plus rapidement. Je retournai au bureau de la bibliothécaire en chef, mais la femme à peau rouge qui m'avait servi avait disparu. Un Aîné au visage gris la remplaçait.

« Ce livre, dis-je, décrit un vaisseau spatial, n'est-ce pas? Où se trouve ce navire? »

L'Aîné éclata d'un léger rire.

« Monsieur, ce livre est l'unique aventure dans la fiction de notre respecté Kanyo — de la *science-fiction* si je puis forger ce terme. Il n'existe pas de tel vaisseau spatial — le seul qui soit sur notre planète est le vôtre, monsieur, et vous savez mieux que moi où il se trouve. Dans un sens, c'est un ouvrage remarquable, continua-t-il en prenant le volume de mes mains. Durant de longues années, il a enchanté un grand nombre de lecteurs — qui ne se sont jamais rendu compte qu'il était prophétique. Car, permettez-moi de vous dire que Kanyo a imaginé un navire assez proche du vôtre, quoique plus grand. Il l'a même doté d'une arme un peu... euh, similaire à celle que vous avez utilisée sur Xarth. Mais comme il est courant avec des inventions *fictives,* celle-ci est très exagérée. Kanyo parle d'un rayon destructeur d'un diamètre de plusieurs kilomètres! Impossible, évidemment... Heureusement pour nous tous, non? »

Il s'arrêta puis reprit : « Si vous avez terminé avec le livre, monsieur, puis-je le remettre sur son rayon? »

Cette pause, son apparente indifférence — je dis cela

à retardement — étaient parfaitement calculées. Si cet Aîné avait agi différemment — s'il avait trahi une plus grande nervosité — alors l'histoire entière de Xuma aurait pu être extrêmement différente. Je ne sais pas : mais je sais que ma *propre* histoire l'eût été...

Je le laissai reprendre le livre et repartis à pied vers notre hôtel.

Je trouvai Dave et Jack dans la chambre qui avait été réservée pour le Prince et la Princesse de Xarth. Immédiatement, je vis que j'étais entré lors d'une... euh, un genre de *scène*. Saimo était assise sur le lit bas; Varan, à ses côtés, lui entourait les épaules. Dave se balançait d'un pied sur l'autre, près d'eux, comme s'il voulait les aider mais sans savoir comment, et Jack était près de la porte et paraissait ennuyé. Saimo hoquetait de cette manière déchirante qui est l'équivalent xumain des larmes.

Jack se tourna aussitôt vers moi. « Tom, nous ne connaissons pas encore suffisamment la langue — pas lorsqu'ils parlent rapidement et Saimo ne nous parle pas en anglais. Peux-*tu* savoir de quoi il s'agit?

« Mes chers amis, dis-je en xumain et en m'approchant, qu'est-il arrivé? »

Varan leva les yeux vers moi. « Rien... rien de grave », dit-il.

Mais je voyais qu'il tremblait d'une rage contenue. J'eus une idée.

« Se pourrait-il que ces femmes de Xulpona aient insulté Saimo? Elles savent certainement que le Secteur Médian a des traditions différentes pour le costume... » Car Saimo était habillée comme à l'ordinaire dans une élégante robe très décolletée, montrant ses jeunes seins, sa récente et fière féminité — d'une très jolie façon, à mes yeux.

Saimo leva ses yeux sur moi. « Oh! Tomass, je n'aurais pas dû le dire! A présent cela va causer des ennuis. Mais je ne veux pas retourner seule dans ce module demain.

— Ce n'étaient pas les femmes de Xulpona, dit Varan,

mais vos *hommes* visages-de-lune. Durant le dernier vol vers Xiriko, Belmondo... je ne peux le dire. Un de vos soldats pilotait, le vol était tranquille, Belmondo ne pouvait pas rester en place...

— Mais les autres étaient là! balbutiai-je.

— La plupart n'ont rien fait, dit Varan. Seul un de vos experts financiers a un peu protesté. Si ce n'avait été lui, je crois que l'autre aurait violé Saimo. Et en fait, Belmondo s'est comporté avec elle comme s'il était dans la Maison du Poisson-feu et qu'elle était l'une des filles qui y sont employées. Il semble qu'il ait été privé de ces plaisirs depuis beaucoup trop longtemps... » Il s'arrêta. « Saimo a agi intelligemment, puis-je dire. Elle prétend — depuis — qu'elle n'y pense plus, qu'elle a oublié. Mais je ne la laisserai plus voyager avec ces hommes. Je dirai qu'elle est malade et qu'elle doit avoir le moins de compagnie possible, et qu'elle doit être au calme. Je prendrai sa place dans le grand vaisseau. Je connais suffisamment votre langue maintenant pour que *je* puisse leur apprendre le xumain. »

Je m'agenouillai et embrassai Saimo sur le front. Elle s'était à présent arrêtée de hoqueter et me souriait. « Tout va bien, Tomass, dit-elle.

— Non, bon sang, ça ne va pas *du tout* », dis-je en anglais, en me levant et en regardant les autres. Je leur appris ce qui s'était passé.

« L'enfant de salaud! » lâcha Jack.

« Varan, dit Dave, s'il vous plaît, ne croyez pas que nous soyons tous ainsi.

— Je le sais, dit Varan, mais cela ne change rien à la situation. Que feriez-vous, Terriens, si c'était votre cas? Si des étrangers d'un autre monde agissaient ainsi avec vos femmes? »

Un silence tomba. Finalement, Jack déclara : « Je crois que je leur tomberai dessus avec une clef à molette. Ou un laser.

— Je ne vais me laisser entraîner par mes émotions, dit Varan, la situation est trop sérieuse pour cela. Mais, mes amis, ne voyez-vous pas que tôt ou tard il y aura une bagarre — peut-être même un meurtre? Nous, Xumains, ne pouvons pas simplement *persuader* votre capitaine et Belmondo de cesser de nous traiter en esclaves. Cela finira par de la violence. J'espère que cela ne vous poussera pas à prendre parti pour Belmondo.

— Certainement pas, dit Jack. Belmondo ne l'aura pas volé.

— Merci, dit Varan, ne craignez rien pour ceux que vous aimez. Nous savons qui sont nos amis parmi les visages-de-lune. Et par-dessus tout, nous n'avons absolument rien contre vos femmes.

— Heureux de l'entendre », fit Dave les lèvres pincées.

Puis le silence s'établit et nous nous détendîmes. J'avais le sentiment d'avoir franchi une ligne invisible. Je pensais que Varan allait maintenant parler d'*intentions* définitives mais il ne le fit pas, et je lui en sus gré.

« Bon, il y a une bonne chose, dit Jack au bout d'un moment, il ne reste qu'un océan desséché à traverser — et demain nous serons de retour à Yelsai. » Dave acquiesça en hochant la tête.

« J'ai une suggestion à faire, dit calmement Varan, au sujet du vol de demain. Peut-être devriez-vous voir de près l'un de ces océans. Il y a un observatoire astronomique dans l'Océan Ouest, juste sur l'Equateur, et à environ mi-chemin de Yelsai. Il est situé sur une sorte d'île. Peut-être pourriez-vous, Terriens, atterrir à cet endroit et l'inspecter.

— Curieux endroit pour un observatoire! dis-je. Pourquoi est-il là?

— Je crois qu'il y fut placé voilà de très nombreuses années — lorsque les relations entre l'Ordre et les villes-Etats n'étaient pas aussi stables qu'à présent. L'Ordre désirait un observatoire sur l'Equateur principalement pour des observations solaires; ils choisirent donc un site qu'aucune nation ne put revendiquer. Svityol est certainement un endroit déplaisant pour y vivre — très chaud quand le soleil est haut. Mais l'Ordre est très conservateur, et l'endroit est toujours occupé. Si nous partons très tôt demain matin, nous pourrons y atterrir avant que la chaleur ne devienne intolérable pour vous. »

Je regardai Varan et me demandai quelle était son idée. Il sourit d'un air moqueur et ajouta :

« Je vous dis cela, de crainte que le grand Belmondo ne suspecte des choses que nous lui cacherions. L'Observatoire de Svityol est juste sur notre route — il ne peut pas le manquer. C'est pourquoi je vous préviens.

— Je comprends, dis-je en inclinant la tête. D'accord, nous allons en parler au chef et nous verrons ce qu'il dira. »

Nous partîmes de Xulpona bien avant l'aube. Sous nos vaisseaux, la ville apparaissait comme un arrangement bien ordonné de joyaux aux teintes délicates, car les lampadaires phosphorescents des rues étaient peints de diverses couleurs. Nous suivîmes une avenue rose qui sortait de la ville vers le sud-est puis nous accélérâmes au-dessus de la campagne obscure, avec les premières lueurs de l'aurore à notre gauche, et celles des étoiles faiblissantes au-dessus de nous.

Saimo était tranquillement assise sur l'un des sièges arrière, près de Dave. Jack Willis servait de navigateur, et je pilotai l'appareil. Alors que l'aube s'éclaircissait, je vis le bord de l'océan desséché devant nous. Et je remarquai au même moment une étoile qui se déplaçait lentement dans le ciel, descendant vers l'horizon bas.

Tous les colons étaient devenus à présent quelque peu blasés quant aux apparitions et disparitions du *Riverhorse* et nous n'entretenions pas beaucoup de conversation radio entre la planète et le vaisseau, mais dans les modules la radio était, bien entendu, toujours branchée. Je ne faisais pas attention au léger bruit de fond qui grésillait depuis le décollage. Soudain une voix retentit.

« Capitaine Mannheim à toutes les équipes de surface. Je répète, Mannheim à toutes les équipes de surface. Information. Nous venons de capter un message sur l'antenne solaire et l'avons décodé. Je crois qu'il est préférable que vous entendiez l'enregistrement, dès à présent, donc restez à l'écoute. Le voilà. Bien entendu, vous n'oublierez pas qu'en temps terrestre, il est vieux de vingt-neuf ans. »

Puis il y eut une explosion de craquements et enfin une voix calme, presque spectrale. Je mis quelques secondes à me rendre compte que, naturellement, ce n'était pas une véritable voix humaine provenant de la Lune, mais celle de notre robot parlant du *Riverhorse*, réarticulant le signal interstellaire. Le Fantôme, comme nous l'appelions, prononçait des mots en bon anglais, mais sans la moindre inflection émotionnelle.

« Base de Lunaris Hill au *Riverhorse*... Nous vous avisons que les préparatifs pour le *Riverboat II* et le *Riverhorse II* sont suspendus pour la durée de l'état d'urgence actuel et ensuite pour un temps indéfini... La décision a été prise par le Commandement Stratégique d'Euram en raison de la gravité de la situation présente... Le Commandant du *Riverhorse I* devra prendre l'initiative complète de la colonisation pour toute planète habitable du système 82 Eridan, sans compter sur des renforts... »

'« Mais, bon Dieu! hurla Jack presque dans mes oreilles. Qu'est-ce que c'est que cet *état d'urgence*.

Comme s'il lui répondait, le Fantôme conclut : « Pour les détails de la situation d'urgence ici, voyez le message précédent en date du 9/12/2122... Message terminé... »

La voix de Mannheim reprit. « Avant que vous ne vous excitiez, laissez-moi vous dire que nous n'avons pas reçu ce message précédent. Nous avons eu un léger incident ici, hier, avec l'antenne solaire, que nous avons à présent réparée. Je crois que nous devrons utiliser notre imagination jusqu'à ce que nous ayons des nouvelles de Lunaris.

— Si nous en avons jamais, chuchota Dave derrière moi. Oh! mon Dieu, mon Dieu! »

Mannheim fit ensuite un discours destiné à nous ragaillardir, disant que rien de ce qui avait pu se passer sur la Lune ne changeait réellement notre situation. Les colonisateurs des étoiles étaient véritablement livrés à eux-mêmes dès le début. Le *Riverboat II* avait été un projet de soutien pour Epsilon Eridan, le *Riverhorse II*, pour nous : mais même si ces deux projets avaient été exéctés en priorité absolue, ils n'auraient pu venir à notre aide avant vingt-cinq ans.

« A partir de maintenant, nous devons nous en rappeler ; l'avenir de la race humaine sur Arès — peut-être dans l'univers entier — dépend de nous et de nos femmes. Nous ne faillirons pas ; nous triompherons avec l'aide de Dieu. Dieu bénisse notre patrie, Euram-lune ; Dieu vous bénisse tous... »

L'instant d'après, la minuscule étoile qu'était le *Riverhorse,* Seul et Unique, disparut à l'horizon rouge sang.

Saimo demanda calmement : « Tomass, qu'est-ce que le Commandement Stratégique de l'Euram ? »

— Nos généraux, dis-je. Ils sont censés prendre le pouvoir si notre gouvernement civil sur la Lune est mis dans l'impossibilité d'agir. Je crois que c'est ce qui est arrivé. »

Dave continuait de dire : « Oh ! mon Dieu, oh ! mon Dieu. » Pour un psychiatre, je trouvais qu'il prenait cela plutôt mal.

« Trois ans, murmura Jack, trois ans — 2119 à 2122. Nous avons échappé à la Fin du Monde, de trois petites années seulement ! »

L'observatoire était un bouton vert sur la blancheur livide du fond océanique, et lorsque nous descendîmes plus près, il devint une butte, puis un piton. Sur la droite, une longue bande verte de tula partait de Svityol vers le sud — sans doute en direction de la ville la plus proche sur le rivage sud de l'océan, Dlusar, d'où un canal (et toujours les tula) allait directement à Khadan. En bas des deux versants de la colline de Svityol, au nord et au sud, des filets portés par des mâts s'étendaient sur plusieurs kilomètres — le genre de filets utilisés pour attraper les ballons marchands qui se déplaçaient inévitablement d'ouest en est. En fait, il y avait deux *golas* amarrés contre le filet. Svityol était manifestement une entreprise florissante. C'était une petite montagne curieusement escarpée, avec des bâtiments près du sommet et un petit cratère noir, circulaire, à la cime même.

« C'est le grand télescope, dit Saimo. Il est enfoncé

verticalement dans la montagne, et les rayons du soleil y sont reflétés par des miroirs. C'est du moins ce que Varan a appris de Kaino.

— Un télescope? dis-je. Cela me rappelle la cheminée d'un volcan — ou l'énorme canon spatial de Jules Verne pour le tout premier voyage sur la Lune. Hé! ce tube devait être *gigantesque!* Aussi gros que nos superscopes de la Face Cachée — s'ils existent toujours. »

Je me dis qu'il y avait de grandes chances pour que Belmondo ne veuille pas atterrir maintenant à Svityol; mais non : par radio, il dit qu'il était de notre devoir d'être minutieux dans l'étude de la technologie locale, particulièrement après ce que nous venions d'entendre...

Donc, nous descendîmes. Nous nous posâmes sur un petit plateau, juste au-dessous des bâtiments de l'observatoire.

Mon ami, ce que cet endroit était chaud! Quand nous sortîmes des modules, il faisait déjà plus de 30 °C, et la température montait — et le soleil n'était levé que depuis une heure. Jadis, lorsque les océans étaient pleins, la colline de Svityol avait dû être un pic sous-marin, pas une véritable île, car nous étions bien en dessous du niveau de la côte, mais sûrement un très jeune pic sinon les vagues auraient dû l'éroder d'une manière très abrupte... L'air chaud était ici *épais*. S'il n'avait pas été si sec — moins de 25 pour 100 d'humidité — cela aurait été intolérable. Tel qu'il en était, nous haïssions chaque minute passée ici. Pour un séjour à Svityol véritablement long, les humains auraient eu besoin de combinaisons spatiales avec système de refroidissement, et nous n'en avions pas emporté pour ce voyage.

A notre descente des modules, un petit groupe d'Aînés sortit de l'ombre des bâtiments. Au bout d'un instant ou deux, mes yeux s'étant habitués au soleil impitoyable, je reconnus celui qui était en tête. C'était Kanyo.

« Bienvenue à Svityol, dit Kanyo en souriant. Ah! comme il est agréable de voir tant de vieux amis! Mon cher élève Varan — et vous Tomass Carson...

— Psyl m'a demandé de vous transmettre tout son amour, dis-je. Mais je vous croyais parti pour Khadan.

— Il y a eu un changement de programme... tout au moins, je le suppose. La Cour Suprême de Poésie ne nous informe pas toujours des raisons pour lesquelles elle désire que nous allions à certains endroits. Quelques Aînés considèrent que Svityol est une affectation disciplinaire! Mais je me flatte d'avoir été envoyé ici en raison de mes qualifications astronomiques. Un programme d'étude est en cours ici pour l'analyse de la lumière solaire lorsqu'elle est filtrée par les plus petites particules de l'Anneau de la Couronne. Mais entrez pour vous mettre à l'abri de la chaleur, et nous vous montrerons tout cela... »

Nous fîmes un tour dans plusieurs petites salles où nous examinâmes de petits télescopes et spectroscopes, et la matinée s'écoula. A un moment, Varan resta un peu à l'écart avec Kanyo, tandis que les autres Aînés nous montraient des instruments — mais cela parut tout naturel : l'ancien maître et l'élève avaient certainement beaucoup de choses à se dire. Belmondo commençait à transpirer.

« Dites, on ne pourrait pas abréger tout ça? grogna-t-il. Jetons un coup d'œil à la Grosse Bertha ou quoi que ce soit — le superscope — et reprenons ensuite le chemin du retour. Cet endroit est un véritable enfer. »

Je traduisis à Kanyo qui sourit. « Très bien. Mais j'ai peur qu'il ne fasse encore plus chaud qu'ici. Allons-y rapidement! »

Finalement, Belmondo se dégonfla. En fait, il laissa la tâche à Jack et moi. Varan et Saimo restèrent avec les autres visiteurs, et Kanyo nous fit monter au bord du cratère. Un trou noir béant s'ouvrait à nos pieds, un vaste tube avec un rebord de métal qui semblait s'enfoncer dans les entrailles de la planète. Au-dessus de cette gueule immense s'étendait une toile d'araignée de fines tiges métalliques portant des miroirs d'aspect tout à fait inadéquat.

« On dirait une installation toute nouvelle, remarqua Jack en considérant cette construction.

— Oui, dit Kanyo négligemment, nous avons dû le

remettre en état dernièrement. La salle d'observation est sous terre. Par ici s'il vous plaît. »

Nous descendîmes dans un puits tout proche, par des escaliers en spirale, pour arriver dans une semi-obscurité, éclairée par des lampes de vers-étoile. Ce puits n'était pas du tout récent — à un tournant de l'escalier, je vis une courte phrase gravée dans l'une des pierres du mur : *xutan xar*. Les lettres étaient tracées dans une ancienne écriture non cursive et les mots signifiaient : « Fosse Quatre ».

« Vous savez, dis-je alors que nous descendions, c'est un sacré télescope que vous avez là, Kanyo. Quand a-t-il été construit?

— Oh! il y a des millions d'années, dit Kanyo légèrement. En fait, il a été plutôt négligé pendant longtemps. L'une de mes tâches ici est de le restaurer et de le mettre en parfait état de marche. Je suis en train d'appliquer quelques idées récemment développées à son fonctionnement.

« La photographie? demanda Jack. Je sais que vous en connaissez le principe. Vous devriez avoir des clichés magnifiques avec cette ouverture énorme.

— Je pense que cela nous est possible », dit doucement Kanyo.

Puis nous arrivâmes dans la salle de commande. Elle était propre, brillamment éclairée par des globes phosphorescents et était bourrée d'appareils; plusieurs Aînés étaient penchés sur eux. Je connais un peu l'astronomie — comme tout le monde — mais pas plus que Jack je n'étais un expert en grands télescopes. L'endroit entier nous paraissait plutôt mystérieux.

« Qu'est-ce que c'est que ça? » demandait sans cesse Jack, et peut-être ajoutait-il : « bon sang? »

Nous nous rendîmes tout de suite compte que beaucoup de cet appareillage était électrique — et que tous ces instruments étaient neufs. Il y avait une table de commande très bien équipée avec des circuits, des boutons, des cadrans et des choses comme — bon, un peu comme des viseurs de canon. Kanyo nous apprit que ces derniers étaient les chercheurs du grand télescope.

« Et l'énergie? demanda Jack.

— Piles solaires, expliqua Kanyo. Nous *sommes* arrivés jusque-là, vous savez. Et nous avons suffisamment de soleil, ici! Ce n'est pas que nous ayons énormément besoin de puissance pour nos intentions. Les parties mobiles sont parfaitement équilibrées, et il nous suffit pour ainsi dire de les pousser du doigt.

— D'accord, dit Jack. Quand regardons-nous dans ce grand tube?

— Vous ne le ferez *pas,* répliqua Kanyo vivement. La première règle en astronomie solaire est de ne jamais, jamais, regarder le soleil avec ses yeux. Pour nous, le soleil est un symbole de vérité; mais trop de vérité peut rendre aveugle. Mortellement. »

Puis nous en eûmes assez. En remontant, je racontai à Kanyo mon expérience à la Bibliothèque de Xulpona.

« Je ne savais pas que vous écriviez de la science-fiction, dis-je en riant. Nous devrions former un club de fans, tous les deux. Mais vraiment, je n'aurais jamais deviné que vous pouviez écrire de telles histoires, Kanyo. »

Kanyo me regarda attentivement. « Je n'en écris pas. Du moins, plus maintenant. La vie est trop sérieuse pour être traitée par des méthodes de romans, Tomass. »

Chapitre XI

A la fin du Second Mois de l'année '0-8-5 — presque à la fin de l'automne méridional — nous tous, visages-de-lune, avions décidé où devait être notre première colonie sur Xuma.

Yelsai.

La Ville aux Six Portes nous attirait de tant de façons. Intra-muros, elle était trépidante de la vie enjouée des natifs — les cafés, les marchés et ces fameuses maisons de plaisir. Extra-muros, s'étendait sur vingt kilomètres de large une zone de petits canaux et de verdure, avant que les canaux principaux commencent à se frayer un chemin solitaire à travers les déserts rouges, comme une sorte de delta égyptien conduisant à trois Nil. Il devint chose courante pour certains d'entre nous d'aller pique-niquer dans cette *lulenthi* (oasis), et les routes pavées de pierre auparavant tranquilles retentirent du bruit des V/S — particulièrement la route de Ylaxul. Située à vingt kilomètres à l'ouest de Yelsai, Ylaxul avait été un port de l'Océan Ouest lorsque celui-ci contenait de l'eau. Il avait été détruit lors du Grand Désastre, mais les Aînés l'avaient amoureusement restauré au cours de deux millions d'années. A présent, beaucoup de ses palais et de ses tours se dressaient dans leur solitude romantique au bord de cette baie vide — un endroit sacré, auquel les habitants de Yelsai avaient l'habitude de venir en pèlerinage, toujours à pied, pour méditer sur le mystère du temps. Nos compatriotes faisaient le pèlerinage toujours en V/S — les modules auraient été plus rapides, mais les V/S économisaient le carburant, car nous étions déjà confrontés à un problème à ce sujet. Bientôt, nous aurions à restructurer l'industrie locale pour nous approvisionner en tout... et puisque nous en étions là, l'opinion était générale parmi nous que Ylaxul devait être *développée*. Les natifs seraient pressés de construire des cafés, d'installer des élevages de hamlors; un petit canal, ou tout au moins une conduite d'eau pour alimenter des piscines... Bref, l'endroit avait des possibilités certaines; nous pourrions le rendre, en peu de temps, aussi vivant et aussi attrayant que le Lido de Lunaris.

Quelques autres expéditions aériennes furent bien envoyées pour visiter d'autres parties de la planète, mais le verdict fut toujours le même : il n'existait aucune région de Xuma qui fut nettement meilleure que celle-ci; nous aimions bien les Yelsaiens et ils semblaient nous le rendre, et nous traitaient avec suffisamment de respect. Le climat n'était pas mauvais, non plus. Il faisait froid la nuit, mais nous avions des manteaux indigènes de fourrure et des vestes doublées de tula très efficaces; le ciel dans la journée était d'un magnifique bleu profond et la chaleur de midi faisait fondre la glace qui s'était formée la nuit sur les canaux. Nous ne voyions aucune raison de déménager et nous n'allions certainement pas nous éparpiller sur la planète. Il ne pouvait réellement pas exister un danger de la part des natifs, bien sûr — pas avec notre invincible vaisseau armé qui reparaissait toutes les quatre heures — mais certains pressentiments ne pouvaient être écartés par des raisonnements. Sur ce nouveau continent extra-solaire, Yelsai était notre Jamestown, notre Plymouth : notre nouvelle patrie.

Qu'elle ne soit pas nôtre, officiellement, n'était qu'un détail mineur — c'était la capitale de notre alliée, la Reine Telesin, et nous avions seulement le statut d'alliés, d'étrangers dans la ville.

Nous tînmes des réunions à ce sujet. Lors d'une importante conférence dans le Fort de l'aéroport, Dave Weiser et moi recommandâmes fermement de ne rien faire pour briser le statu quo.

« Qu'importe le nom? dit Dave. Nous pouvons

obtenir tout ce que nous désirons, nous pouvons y rester en sécurité et élever nos enfants. La Reine et ses Dames nous ont voté des subsides permanents — deux sulans d'or par jour et par personne en remerciement de notre aide durant la guerre xarthienne, qu'avons-nous donc besoin de plus ? *En fait,* Yelsai est déjà notre colonie ; pourquoi se préoccuper de titres ? »

Nous l'avions presque emporté. Presque, mais pas complètement. Peut-être ai-je gâché la situation en citant un exemple historique — les impérialistes britanniques en Inde. Pendant longtemps, les Britanniques prétendirent n'être que des « alliés » des empereurs locaux, alors qu'ils s'emparaient des richesses du pays. Je crois que la tradition américaine est trop forte chez les Euramiens : nos hommes ne pourraient pas être impérialistes dans le vieux sens cynique — ils aimaient que les choses soient légales, régulières et *démocratiques.*

Ainsi nous allions devenir citoyens de Yelsai. Bon ! — mais nous étions terriblement surpassés en nombre par les citoyens existants, donc il nous faudrait avoir encore plus de citoyenneté que les natifs à peau rouge eux-mêmes. Ce qu'il nous fallait faire, c'était de remanier la constitution en notre faveur. De toute façon, elle avait besoin de modifications ; Varan avait semé le trouble chez les Jeunes Gardes et ceux-ci murmuraient maintenant qu'il était injuste que les Douze Dames détiennent tout le pouvoir après la Reine. Bien, nous donnerions aux hommes le droit d'être nommés au Conseil de la Reine — et nous ferions le ministère avec douze hommes *terriens* et trois femmes terriennes.

J'ai à présent oublié comment ils parvinrent à donner à cette proposition une apparence juste ou démocratique, mais ils y réussirent. Quelque chose dans le genre d'une « représentation provisoire » ou d'une « démocratie orientée ». Nous, avec notre grande expérience des constitutions démocratiques — deux siècles et demi — étions spécialement qualifiés pour conduire ce peuple vieux de deux millions et demi d'années.

Belmondo n'avait toujours pas appris plus de quelques phrases de xumain. Il m'utilisa donc comme interprète lorsqu'il informa la Reine au sujet de ce

Grand Remaniement. Telesin fut magnifique. Elle avait paru presque fragile ces trois dernières semaines, mais à présent, elle se dressa de toute sa hauteur — à peu près celle de mon nez.

« Tomass, déclara-t-elle, dites à votre chef que nous nous soumettrons puisque nous n'avons pas le choix. Mais puis-je demander pourquoi vous *nous* faites cela alors que nous sommes vos amis et que c'est Xarth que vous avez vaincue?

— Il fait trop chaud à Xarth », dis-je.

Le jour suivant, Telesin tomba malade.

Du moins je le pensais. Mais au milieu de la matinée, Sally entra dans notre appartement sur le toit du palais et dit :

« Tom, elle s'éteint.

— Quoi? Tu veux dire qu'elle est en train de *mourir?*

— Non, elle s'*éteint*. Sa peau devient grise. Il y a des mèches jaunes dans ses cheveux. Cela demande quelques semaines, mais après cela — la pauvre Telesin n'aura plus de sexe. Elle ne sera plus une femme, mais un *Aîné,* comme... comme Psyl.

— Oh! mon dieu! dis-je en fixant Sally. Que lui avons-nous fait?

— Rien, répondit-elle, c'est une chose pour laquelle tu ne peux pas nous blâmer. Elle savait que le temps approchait. Tom, pour nous, elle a *cinquante-trois ans.* »

Cinquante-trois! J'aurais dû le savoir, mais je n'y avais jamais songé. Lorsque je l'avais rencontrée pour la première fois, Telesin m'était apparue comme une femme jeune, qui le resterait toujours, jeune de cœur, comme si, de même que pour Cléopâtre, l'âge ne pouvait flétrir sa beauté... mais à présent, l'âge l'avait fait. Je balbutiai :

« Puis-je la voir? Je...

— Non, elle ne le veut pas, dit Sally. Elle m'a dit qu'elle ne voulait particulièrement pas voir ses anciens amants. Pas avant que tout cela ne soit terminé.

— Ses anciens... » commençai-je.

La bouche de Sally se pinça. Puis elle éclata d'un rire — qui n'était pas très joyeux. « Oh, bon sang, Tom, voilà longtemps que je sais tout cela. Telesin et moi avons été amies depuis un certain temps... Tom Carson le grand héros de l'espace, le premier Terrien à coucher avec une femme d'un autre monde et tout ça... »

Bon, nous eûmes une sorte de... disons d'une explication. Un bon moment plus tard alors que nous étions revenus de bonne humeur, Sally dit :

« Je me demande qui sera la nouvelle Reine? A moins que Belmondo et sa bande ne décident que les Reines ne sont pas *démocratiques?* »

Je ne pense pas que Sally ni moi aurions deviné, même en un million d'années, la solution que choisit le nouveau Conseil (fait par nous). Il semble que nos hommes de la Terre étaient plutôt pour l'idée d'une Reine — spécialement d'une Reine choisie pour sa *beauté,* élue par un jury exclusivement masculin. Que firent-ils? Ils décidèrent d'organiser cette élection — ce concours, appelez cela comme vous voudrez — plus ou moins à la manière ancienne; mais cette fois ils firent le jury avec une majorité d'hommes *terriens* et donnèrent aux femmes *terriennes* le droit d'être élues au titre de Reine.

Oh! ils n'ont pas véritablement organisé un concours de beauté avec des filles, à peau blanche ou rouge, paradant en costume de bain. Ç'aurait pu être drôle mais le clan de Belmondo sentit que cela aurait également pu manquer de dignité — il ne voulait pas abaisser la dignité, tout au moins des *Terriennes.* De toute façon, ce n'était pas la coutume locale; les beautés vraiment célèbres de Yelsai étaient bien connues des jeunes hommes (pour la plupart des gardes) du jury, tout comme les stars de cinéma devaient l'être, à l'époque, dans le Système Solaire. Et, comme les stars, je dois ajouter que les Reines n'étaient pas seulement élues pour leur beauté — la personnalité entrait également en ligne de compte.

Oui, je suis certain que ce fut alors le cas. Le jury — deux tiers de colons, un tiers de garçons de peau rouge — se retira pour délibérer puis annonça que la prochaine Reine de Yelsai serait... *Sally Carson.*

J'étais avec Sally dans une sorte de salle commune que nous avions au milieu de notre résidence sur la terrasse du palais lorsque la nouvelle fut annoncée. Dave et Rosa étaient là, ainsi que la femme de Jack, Sheila, et plusieurs autres colons, quand Jack entra en coup de vent et nous en fit part. Je crus, d'abord, comme Sally, qu'il plaisantait.

« Non, les amis, sérieusement, dit-il. Vous savez que je faisais partie du jury — bon, ce sera proclamé officiellement dans une minute maintenant. Le fait est, Sally, que tous les garçons rouges ont voté massivement pour toi, ainsi que quelques blancs, donc c'est gagné. Longue vie à la Reine Sally Première de Yelsai! »

Tout le monde applaudit, puis la proclamation arriva, et c'était vrai. Sally devint presque aussi rouge qu'une Xumaine. Elle sentait qu'elle était en train de se faire avoir d'une façon ou d'une autre et voulut refuser l'honneur — si c'en était un. Mais je lui dis : « Allons en discuter entre nous. » De retour dans notre chambre, je lui expliquai.

« Ecoute Sal, je ne sais pas pourquoi ces rouges ont fait cela — peut-être pensent-ils *vraiment* que tu es jolie, ou peut-être aiment-ils la manière dont tu as fait preuve envers Saimo, Telesin, etc. — mais je pense que nous devrions accepter. Comme dit le proverbe xumain, il faut aller avec le vent. Peut-être, pour ce que vaut cette position, pourras-tu l'utiliser pour contrer le clan de Belmondo.

Les lèvres de Sally tremblèrent, et ses yeux bleus brillèrent. « Il faut que je voie Telesin à ce sujet, dit-elle. Elle a à peu près effectué sa Transformation, et elle *me verra.* »

Le résultat de cette entrevue fut que Telesin convainquit Sally d'accepter la... la couronne de Yelsai.

« Elle croit que les garçons ne se moquent absolument pas de moi, dit gravement Sally. Ils m'aiment bien, sincèrement, et pensent que je peux faire quelque bien; Telesin espère être tout à fait remise à temps pour la Fête du Solstice d'Hiver et elle me couronnera de ses propres mains. C'est la coutume — la Reine sortante couronne la Reine entrante.

— Que vais-je devenir... le Roi? » demandai-je.

193

Sally se mit à rire. « Non, tu n'as pas de statut particulier. Ton titre de courtoisie est *xylir kunaya*...

— *Amant* royal. Le comble!

— Et, ajouta Sally, selon la loi et la coutume locales, j'ai le droit de prendre un *second* mari — sans parler de n'importe quel nombre d'amants *non officiels*. Que dis-tu de cela? »

Le Solstice d'Hiver à Yelsai — c'est une fête plutôt curieuse, même sans un couronnement en plus. Elle tombe la dernière nuit du Troisième Mois, puisque l'année xumaine commence à l'équinoxe du printemps septentrional. Mais les gens de Yelsai ont aussi un calendrier local qui diffère du calendrier planétaire — ils comptent en « saisons solaires » de solstice d'hiver à solstice d'hiver. Donc, le Solstice d'Hiver '0-8-5 était également une Nouvelle Année pour la saison solaire '0-8-5 à '0-8-6 de Yelsai. Les gens portaient leurs plus somptueuses fourrures et leurs plus beaux manteaux doublés de tula — même les *vep* nus arboraient des douillettes contre le froid des réunions nocturnes — et les citoyens s'offraient des cadeaux et se souhaitaient mutuellement un Bon et Heureux Soleil, *suhaiti tlavol*. Et cette année, avec le Couronnement en plus, ce serait une fête particulièrement extraordinaire.

Elle le fut certainement — mais j'y viendrai plus tard.

Au Solstice d'Hiver, Varan et Saimo se trouvaient à Xarth depuis environ un mois, mais lorsqu'ils apprirent la Transformation de Telesin, ils revinrent à Yelsai. Ils arrivèrent en ballon, avec une petite escorte de nobles et de gardes xarthiens, atterrirent sur le canal, au nord de la ville — pacifiquement, cette fois — et marchèrent avec leurs hommes jusqu'à Yel Karagor, la Porte des Dragons. Là, Varan cantonna ses Xarthiens — avec un certain tact, en dehors de la porte, dans un bâtiment près de l'aéroport — puis entra pour nous rendre visite au Palais.

Nous nous rencontrâmes un ou deux jours avant la fête, dans la nouvelle résidence de Telesin. Elle s'était installée dans le bâtiment du monastère, sous la Tour de l'Observatoire, et son appartement était voisin de celui de Psyl. Cette dernière était également présente et tenait la main de Telesin lorsque Sally et moi entrâmes.

J'eus un gros choc en voyant ces deux personnes grises la main dans la main. Telesin avait conservé ses traits fins, mais ils étaient plus accusés. Elle n'avait pas encore coupé ses cheveux, mais la splendeur satinée de sa chevelure noire naguère avait à présent pris une teinte de paille sèche, et sa peau jadis si lisse, si douce, et si rouge, était devenue maintenant fanée, sèche et grise. Elle portait encore la couronne de Yelsai avec ses joyaux en pendentifs, mais elle la portait par-dessus la robe blanche d'un Aîné.

J'essayai de parler, sans réussir. Puis, d'une voix encore musicale, mais très différente à la douceur si féminine dont je me souvenais tellement bien — une voix ténorisante, froide, comme le son d'une cloche métallique carillonnant dans une caverne de glace — elle dit :

« Tomass, ne vous chagrinez pas. On doit aller avec le vent, même le vent du temps. » Elle sourit faiblement, calmement. « Je sais que cela semble pire pour vous, visages-de-lune, parce que vous restez fixes dans votre sexe — et qu'à vos yeux, le perdre, c'est se perdre soi-même. Mais rappelez-vous, j'ai été sans sexe jadis, ensuite je suis devenu un homme, puis une femme. Je *savais* que ce *changement* se produirait dans l'année, même la première fois que je vous ai rencontré, Tomass. » Son sourire devint plus gai, presque malicieux. « En tout cas, je suis heureuse que cela ne soit pas produit trois mois plus tôt! Sally, mon amie, vous n'avez plus besoin d'être jalouse de moi à présent — mais mes souvenirs de ce temps seront très agréables. »

Je rougis presque. « Je... j'étais si stupide... »

Son rire tinta comme un glockenspiel. « Oui, vous l'étiez un peu, mon cher *dieu* — mais c'est moi qui devrais avoir honte de vous avoir séduit avec l'aide de cette Eau de Rêves, pour vous extorquer vos secrets. Néanmoins mes motifs n'étaient pas *seulement* politiques, mais il semble qu'il n'en est pas résulté grand dommage, et Sally m'a pardonné. Maintenant, Tomass, j'espère que nous pourrons être simplement amis.

— Mère, demanda Varan, que ferez-vous... après la fête?

— J'irai à Khadan.

— C'est la coutume, expliqua Psyl, les anciennes Reines de Yelsai font toujours le Pèlerinage. Telesin pourra apprendre beaucoup de choses à Khadan — peut-être des leçons que je n'ai moi-même jamais convenablement apprises.

— Comment pouvez-vous prendre ce... cela... si calmement? explosai-je.

Telesin, je...

— Il n'y a pas d'autre façon de le prendre dignement, dit Psyl. Tomass, on ne perd pas ce que l'on n'a jamais réellement possédé. Homme, Femme, et même simple Individu — ce ne sont que des jeux, des rôles que nous jouons. Il est plus facile de le voir pour nous, que pour vous, parce que vous ne jouez pas autant de rôles.

— La vie n'est *pas* un simple jeu, protestai-je. *Kanyo* ne le pense pas, en tout cas. La dernière fois que je l'ai vu, il m'a dit que la vie était sérieuse.

— C'est exact, dit Varan avec l'ombre d'un sourire sur son visage, mais un jeu peut également être sérieux.

— Tout cela est trop profond pour moi, dit Sally d'un ton léger. Dites, Telesin, j'espère que vous ne resterez pas définitivement à Khadan. Je pourrais avoir besoin de vos conseils quand je serai Reine... Vous reviendrez, n'est-ce pas?

— Peut-être, dit Telesin. Cela dépendra de ce qui arrivera — à Yelsai et aussi à Khadan. » Elle sourit. « Bon, il y a une bonne chose — cela me fera grand plaisir de revoir Aoak.

— Le revoir? murmurai-je.

— Oui, Tomass — je l'ai très bien connu à cette époque...

— Aoak est mon père, dit Varan abruptement. C'est lui qui est à l'origine de mon respect pour les soi-disants " manqués ". »

Je montrai mon étonnement, et Telesin se mit à rire.

« Aoak était vraiment une personne à inspirer le

respect. Il était excellent dans tous les domaines! Y compris pour faire l'amour... comme kynthi, la chérie de l'armée, comme commandant kurar, un remarquable meneur d'hommes, et plus tard un très bon entraîneur pour moi et les filles du Poisson-feu... Et maintenant, j'ai entendu dire qu'il est un excellent professeur, un ascète austère et le plus sage des Juges Suprêmes de Khadan. Là, vous voyez qu'il est possible de très bien jouer le Grand Jeu...

— Je le soupçonne de jouer à présent un petit jeu au-dedans du grand, dis-je, et peut-être Kanyo est-il l'un de ses pions? »

Les Xumains restèrent silencieux. Manifestement, j'avais dit ce qu'il ne fallait — ou trop approché de ce qui était *juste*.

« J'aimerais que vous ayez tous confiance en moi, dis-je irrité. Nous vivons comme cela depuis des mois, et pourtant je pourrais vous aider... »

Sally intervint rapidement : « Telesin, ne ferions-nous pas mieux de revoir les détails de la cérémonie du Couronnement? »

La Soirée du Solstice d'Hiver était froide, mais belle et claire comme à l'accoutumée.

Juste avant le coucher du soleil, Telesin couronna Sally sur la grande place devant le Palais, ôtant ce magnifique diadème d'or avec ses pendentifs de sa tête pour le poser sur celle de Sally. D'une chevelure blonde à une autre... Et toute l'énorme assemblée de gens à peau rouge hurla : *Psu Kunaya Sali,* Longue Vie à la Reine Sally.

« Attendez, Sally, dit Telesin, permettez-moi de tourner légèrement le diadème... » et elle arrangea la couronne de façon que les joyaux bleus fussent sur le front de Sally. « Pour aller avec vos yeux », dit Telesin en souriant.

Les yeux de Sally étaient d'un bleu très sombre dans cette lumière, mais ils avaient un scintillement qui, je crois, devait être dû à des larmes. Elle prononça un bref discours hésitant, en très bon xumain.

« Je me sens confuse, dit-elle. Je crains de ne pas mériter le titre de Reine de Yelsai. Je ne le resterai qu'aussi longtemps que je croirai que tel est le désir du peuple de Yelsai. Je ferai de mon mieux pour vous servir, que je porte cette couronne ou non. Merci à vous tous. »

« Votre femme a bien parlé », dit Varan plus tard.

Nous étions sur la terrasse du Palais, car c'était là qu'avait lieu la fête célébrant le couronnement en dépit du froid. De petits poêles à charbon de bois se dressaient entre les tables du jardin, et des serviteurs à peau rouge apportaient des pichets de vin chaud aux invités de la Reine. Ceux-ci étaient à peu près pour moitié des Xumains et pour moitié des Terriens — ce qui signifiait, bien sûr, que les Xumains étaient lourdement sous-représentés; cependant Sally avait fait tout son possible. Les invités de la Reine paraissaient du moins être contents.

Il était difficile de se rappeler que *la Reine* signifiait maintenant *Sally*.

Elle sortait à présent des Appartements Royaux, et les joyaux de sa couronne étincelaient dans la lumière de Dinu, la petite lune. Dans le groupe qui l'accompagnait se trouvaient les Douze Dames de Yelsai, ainsi que Saimo et Telesin — elle avait maintenant coupé ses cheveux comme n'importe quel Aîné asexué. Sally et ses amis s'assirent pour regarder une danse traditionnelle du Solstice d'Hiver — une danse de fertilité par une troupe de *kurar* de la Maison du Poisson-feu, renforcée par une escouade de beaux jeunes gardes du Palais. Les danseurs devaient être échauffés par leur ardeur — ou autre chose — car ils ne portaient vraiment pas grand-chose — juste un pagne minuscule avec quelques petites attaches de cuir.

Quelques-unes des Terriennes emmitouflées dans leurs fourrures qui regardaient cette danse applaudirent et gémirent en prétendant mourir d'envie d'en faire autant. Je ne suis pas certain que ce ne fut qu'une envie, d'ailleurs. La plupart d'entre elles étaient des femmes

dont les petits amis étaient des marins, « mécaniciens »
de l'espace; et elles savaient que leurs compagnons
allaient voir des filles xumaines (presque chaque nuit,
dans certains cas), et, qu'à cause des réalités de
l'anatomie, ils ne pouvaient pas faire grand-chose en
manière de vengeance.

Je souris et dis à Varan : « Etes-vous au courant pour
la femme de Belmondo? Elle s'est mise dans une telle
fureur l'autre jour qu'elle a pris un genre de colorant et
s'est teint la peau d'une belle couleur rouge brique, puis
elle est partie au Poisson-feu et s'est arrangée avec la
direction. Elle a mis une robe de Yelsai montrant ses
seins — et s'est offerte pour le prix normal à qui
voulait. Les Xumains l'ont immédiatement deviné, bien
que ses cheveux *soient* noirs; et ils l'ont laissée tranquille. Mais une demi-douzaine de nos gars l'ont
trouvée fantastique... Ils étaient trop ivres pour remarquer ses oreilles, le nombre de ses doigts ou le fait
qu'elle ait un nombril. Elle s'en est cependant vantée
après, et elle et Belmondo se sont séparés.

— Où est Belmondo à présent? » demanda Varan
sobrement. Il ne semblait pas d'humeur enjouée.

« Il est parti, dis-je. Il a pris un V/S et s'est dirigé avec
quelques-uns de ses hommes vers l'aéroport. Ils avaient
une réunion là-bas, vous savez, — une *réunion en
garçons*. Uniquement entre hommes. Du moins, c'est ce
qu'ils *disent*. En fait, je crois qu'ils ont loué quelques
filles du Poisson-feu pour les distraire. Les Terriennes
sont toutes ici, je pense.

— Sauf les quatre qui sont à bord du *Riverhorse*, dit
Varan, et ce sont les femmes des canonniers. Oui, j'ai
vérifié ça. Mannheim maintenant : il semble relâcher ses
principes, non?

— Oh! peut-être », dis-je.

Mannheim faisait partie des joyeux convives sur le
toit; il était assis non loin de Sally, attendant un autre
numéro de danse. Il était venu du *Riverhorse* dans un
module de taille moyenne qui était garé un peu plus loin
sur le toit, dans la partie dévastée. Les membres de son
équipage en étaient tous descendu, et la plupart semblaient fortement apprécier le vin. Mais ces machines

n'ont besoin que d'un seul homme pour voler, et le pilote restait sobre.

Je levai les yeux et vis le *Riverhorse* apparaître dans le ciel occidental, parmi les faibles lueurs de l'Anneau. Il ne devait pas rester beaucoup de membres de l'équipage à bord — seulement les indispensables marines pour les canons laser ; et quatre filles. Peut-être avaient-ils, eux aussi, organisé une soirée.

Varan me demanda : « Tomass, que feriez-vous s'il n'y avait plus de *Riverhorse* ?

— Hein ? fis-je, que dites-vous ? C'est une plaisanterie ?

— Appelons cela un jeu d'esprit, répliqua Varan, Kanyo me posait souvent de tels problèmes ; ce sont des exercices mentaux auxquels nous, Xumains, aimons nous livrer — en supposant une chose, quelle est alors la meilleure stratégie à appliquer ? C'est une méthode d'enseignement très instructive. A présent, supposez qu'il n'y ait plus de *Riverhorse*. Qu'arriverait-il aux Terriens sur Xuma ?

— J'aime mieux ne pas y penser, dis-je. Si le *Riverhorse* avait un accident — par exemple, s'il était frappé par un astéroïde ou je ne sais quoi — je crains bien qu'alors nos gars deviendraient violents sous l'effet de la panique. Nous avons une redoutable puissance de feu même sur le sol, vous savez. Tous ces modules et ces V/S avec leurs canons laser, plus les armes portatives... Mais nous ne serions pas en sécurité pour autant. Nous aurions peur d'être attaqués par surprise — on peut toujours attaquer quelqu'un par surprise à un moment ou un autre, par exemple lorsqu'il est ivre, endormi, ou...

— Ou avec une femme, compléta Varan. D'accord, Tomass. Et ensuite ?

— Ensuite, nous aurions la gâchette facile. Ce serait horrible. Je ne voudrais pas que cela puisse arriver. Le problème racial est déjà suffisamment difficile tel qu'il est...

— Ce n'est pas un problème racial, mais simplement une question d'armes, dit le jeune homme. Kanyo a raison... les armes seront toujours utilisées. Le seul moyen de sauver la situation serait de les détruire. Alors il est vrai que vous, Terriens, seriez réduits à l'égalité avec nous, mais ce serait préférable à l'autre alternative. Ce sont *toujours* les armes qui ont posé un problème, Tomass. Je sais ce qui est probablement arrivé à votre peuple sur la Lune — vous n'avez plus eu de leurs nouvelles, n'est-ce pas?

— Non.

— Bon, maintenant, vous avez une chance — pas sur votre Lune, mais ici, sur Xuma. Si vous pouviez détruire *toutes* les armes de destruction de masse que les Terriens ont apportées ici, d'un seul coup, avec très peu de pertes en vies humaines — le feriez-vous? Vous, Tom Carson? *M'aideriez-vous à le faire?* »

Je sentis mon cœur battre à grands coups. Cela ne ressemblait plus à un jeu intellectuel — mais plutôt à une approche. Une incitation à commettre un acte de véritable trahison — ou de véritable héroïsme. Mais... je n'étais pas un héros.

J'émis un petit rire contraint. « Eh bien, présenté ainsi... — si toutes les armes étaient en un seul tas, et que nous puissions les détruire — oui, je le ferais peut-être. Mais tout cela est absurde, Varan, le *Riverhorse est là...* »

Cependant, cela me faisait un effet bizarre — comme si j'avais dit : « Le Père Noël *existe.* » Mais le *Horse* avait une autre réalité que le Père Noël — il était là-haut dans le ciel — avançant lentement vers l'est...

Brusquement, Psyl fut à mes côtés, son visage gris argenté à la clarté lunaire. Elle dit, plus à Varan qu'à moi :

« Si cela arrive jamais. ce sera bientôt.

— La tula a parlé?

— Oui, dit Psyl, le mot était *Grand Centre.* »

Derrière nous, je pouvais entendre les danseurs qui se rassemblaient de nouveau. Cela allait être une danse du sabre exécutée par les jeunes gardes, une chasse symbolique des démons pour la nouvelle saison solaire. Mais Sally, Telesin et Saimo venaient sans bruit nous rejoindre.

« Non, vous devez lui dire maintenant, entendis-je Telesin dire. *Vous* devez savoir si c'est sûr, Sally.

— Bon, alors, d'accord, dit Sally. Tom chéri... je suis aussi certaine qu'il est possible d'attendre un enfant.

— Formidable! m'écriai-je en l'embrassant.

— Ça n'a pas l'air de t'enthousiasmer formidablement, dit Sally.

— Je le suis, vraiment, dis-je. N'est-ce pas ce que nous espérions? Je me demandais simplement quelle serait la vie de notre enfant sur cette planète.

— Oh! fit Sally, les autres couples qui attendent un bébé sont plutôt confiants. Dès que Belmondo et Cie seront guéris de leurs soupçons ridicules, nous vivrons tous comme des seigneurs. Littéralement je veux dire. Nous allons être les aristocrates de Yelsai, avec des maisons de campagne près de ces beaux canaux, et des hôtels particuliers en ville, et plein de serviteurs... Hé!, Tom, tu m'écoutes? »

Non, je n'écoutais plus. Je regardais le ciel et clignais des yeux, essayant de voir quelque chose qui n'était plus là.

Un moment auparavant, le *Riverhorse* se déplaçait très haut vers l'ouest. J'avais regardé ailleurs une seconde et en regardant de nouveau... rien.

« Hé! dis-je, hé! Psyl, est-il passé en éclipse?

— *Regardez l'ombre de la Ceinture!* » dit Psyl dans une sorte de chuchotement étranglé.

Puis je réalisai que le vaisseau ne pouvait pas être en éclipse normale — nous étions encore loin de minuit et l'Anneau scintillant, après avoir dépassé le zénith, descendait à moitié chemin dans le ciel oriental, jusqu'à la ligne où il disparaissait dans l'ombre de la planète. Le *Riverhorse* avait été à mi-hauteur dans le ciel *Occidental,* où l'Anneau était le plus brillant...

Non, il n'y était plus! Montant tout droit à travers l'Anneau, une fine ligne comme un rayon d'obscurité ou une lance qui se déformait alors que je regardais, la partie basse se déplaçant vers l'est, plus vite que la partie haute, la fine barre de noir devenait une courbe. Bien sûr, ses parties basses étaient en orbite plus rapides... les parties basses de *quoi?* De néant, d'une trouée dans les débris tournoyants de l'Anneau — une trouée qui avait avalé le *Riverhorse*...

« Kanyo a réussi un coup au but parfait, je crois, dit Varan. Psyl, voudriez-vous emmener les dames d'ici? A l'intérieur, ce serait le mieux. Tom et moi avons du travail. »

Elles partirent toutes; Sally parut désorientée, mais ne protesta pas. Je me disais et me redisais que ce n'était pas possible. Non, cela ne se pouvait pas. Je mentais — ce n'était que la surface de mon esprit qui radotait. Au-dessous, je voyais une image — une absurde petite montagne escarpée avec un grand trou noir tout rond au sommet. Un télescope. Télescope? Je l'avais déjà mentalement comparé au *canon* spatial de Jules Verne. Peut-être au fond de moi-même l'avais-je toujours su inconsciemment. Tout au fond de moi-même j'étais un traître.

Varan me parlait. « Tomass, comprenez-vous à présent? Maintenant il n'y a plus de *Riverhorse*. Ce que vous venez de voir n'était pas une illusion. Regardez, le sillage du coup est encore là. Il a des kilomètres de large... — une arme des dieux, comprenez-vous, si puissante qu'en comparaison, vos canons laser sont presque insignifiants. Elle fut laissée voilà deux millions et demi d'années dans l'épave à demi détruite d'un vaisseau divin — un vaisseau dressé verticalement, enterré par nos ancêtres il y a deux millions d'années, et redécouverte plus tard. Kanyo avait écrit jadis un traité pour expliquer comment l'arme pouvait être remise en état de fonctionner. Il fut donc envoyé par mon père à Svityol, et depuis des mois il s'efforçait de mettre la théorie en pratique... Mais cela suffit pour le moment. A présent, Tom, il n'y a plus de temps à perdre. Voulez-vous nous aider? Si vous ne le voulez pas, je pense que nous gagnerons quand même, mais peut-être avec des effusions de sang. Et d'abord, je devrai vous... réduire au silence. »

Je ne portais pas de laser, et il n'avait aucune arme — pourtant, il parlait ainsi. Si l'on en venait à cela, je pensais qu'il *pouvait* me faire taire... de ses mains nues.

« Que pensez-vous faire? demandai-je d'une voix rauque.

— Prendre cet appareil, dit-il en désignant le module. Et tout de suite. Ce ne sera pas long avant que quelqu'un dans le Fort apprenne ce qui s'est passé pour le *Riverhorse*.

— Hé! vous ne pouvez pas à la fois piloter *et* tirer...

— Je peux essayer. En volant en pilotage automatique, je pourrais utiliser le canon. Je m'écraserais probablement; cela n'aurait peut-être pas d'importance mais ce serait désespéré. J'ai vraiment besoin de vous, Tomass.

— D'accord, dis-je, dites-moi ce que je dois faire. » Je ne me sentais pas héroïque à ce moment — plutôt pris au piège, désespéré. Mais le sort en était jeté, et je n'avais aucun doute pour savoir de quel côté j'étais, et des deux côtés, il y aurait du danger.

« Appelez le pilote vers les bosquets de ce côté-ci. Dites-lui que vous avez à lui dire quelque chose de secret. Il n'est pas de vos amis, n'est-ce pas? »

— Non, tout à fait le contraire.

— Bon, ce sera plus facile. »

Donc, j'appelai le pilote. Il arriva en jetant un coup d'œil par-dessus son épaule vers Mannhein qui avait un bras passé autour d'une Dame xumaine du Conseil, puis il lança un autre regard vers la porte du module, qui était entrouverte.

« Que voulez-vous, Carson? » dit-il.

Ce fut, pour moi, le moment le plus dur de toute l'opération. La seconde d'après, deux silhouettes rouges jaillirent de derrière un tronc de tula. La première plaqua sa main sur la bouche du pilote, l'autre le transperça de son épée.

« Venez », cria Varan en courant vers le module.

Partout sur le toit, l'action de surprise se déclencha, rapide et soudaine. Les quelques Terriens qui étaient venus à la fête avec leur laser furent saisis par des gardes xumains, ou des Dames calmement efficaces. En fait, personne ne parvint à dégainer un laser, sauf Mannheim qui le tenta, mais, avant qu'il réussisse, un jeune danseur l'abattit de son épée. Les Terriennes hurlaient, mais j'étais persuadé que tout irait bien pour elles. Je vis des jeunes gardes en tenir quelques-unes avec précaution mais fermement par les bras. Puis je sautai dans le module après Varan.

« Vous pilotez, dit Varan en se jetant dans le siège près du canon.

— A l'aéroport? dis-je alors que nous quittions le toit.

— Oui. Si nous avons un peu de chance, tous les V/S et les autres modules d'atterrissage seront garés en dehors du Fort, et les équipages seront à *l'intérieur* du bâtiment. Les filles du Poisson-feu ont reçu des ordres — garder les Terriens dans l'euphorie... J'essaierai de détruire tous les véhicules. Mes Xarthiens sont embusqués à l'arrière du bâtiment. Ils devront peut-être y pénétrer, mais je leur ai demandé de tuer le moins possible... »

Je crois que nous arrivâmes au Fort juste à temps.

Je fis un passage lent et bas, et Varan ouvrit le feu... et réduisit tous les autres modules en miettes. Le carburant explosa en flammes... Le bruit au sol doit avoir été terrifiant. Il dut être suffisant pour briser l'atmosphère joyeuse dans le Fort.

Quand je revins pour un second passage, des silhouettes s'élançaient à travers l'espace entre les bâtiments et les V/S. D'autres silhouettes tournaient autour du bâtiment le plus proche. L'éclairage qui venait des modules en feu était suffisant pour voir que les types près du Fort étaient des Xumains, et ceux qui étaient près des V/S, des Terriens.

Je serrai les dents et continuai de voler calmement. Varan tira avant les hommes de Belmondo — il atteignit tous les V/S, l'un d'eux avec un homme déjà à l'intérieur. Encore d'autres flammes.

« Encore une fois, s'il vous plaît. Nous devons en finir une fois pour toutes.

— Une fois pour toutes, dis-je, bien sûr. »

Deux Terriens se trouvaient encore dehors : ils avaient abattu au laser tous les Xarthiens en vue. Mais à mon troisième passage, ce fut *eux* que Varan abattit au laser.

« Maintenant, atterrissons, Tomass », dit-il.

J'obéis, et il sauta à terre, éclairé par la lumière vacillante. Je m'occupais à présent du canon, couvrant Varan plus ou moins, mais si quelqu'un avait tiré du Fort, il l'aurait certainement descendu. Mais personne ne tira.

Quelques secondes plus tard, une petite silhouette courut hors du bâtiment et vint s'agenouiller aux pieds de Varan. Les filles du Poisson-feu semblaient avoir gagné la bataille à l'intérieur.

« Nous avons encore une petite chose à faire, dit Varan en revenant au module. Les filles vont nous apporter tous les pistolets lasers du Fort — et après nous devrons retourner au Palais. »

Alors que les filles sortirent avec les armes, j'interrogeai Varan sur les pertes.

« Pas trop élevées, vraiment. Belmondo et les trois hommes que j'ai tués là-bas. Un autre que les filles ont dû éliminer et deux que les Xarthiens ont tués. Mes pauvres Xarthiens! Ils ont perdu la moitié de leur effectif; et cinq filles que Belmondo a massacrées avant de sortir.

— Pauvres gosses, dis-je en pensant également aux quatre Terriennes qui avaient été à bord du *Riverhose*. Et au Palais?

— Nous verrons lorsque nous y serons, mais il ne devrait pas y avoir de mal. Mes gardes avaient des ordres stricts de s'emparer de tous les lasers, mais de ne pas les utiliser — ni de faire de mal à une femme. Votre Reine a été d'une grande aide.

— Quoi... Sally?

— Oui... Sally! Elle circule beaucoup dans le Palais. Tom, et elle soupçonnait déjà quelque chose, cet après-midi. Pas au sujet du *Riverhorse,* mais sur ce qui se passerait à terre. Elle nous a dit d'aller de l'avant — si nécessaire, nous pouvions garder les Terriennes en otage au Palais — y compris elle-même, je dois dire — ainsi, les canoniers du *Riverhorse* n'auraient jamais osé nous détruire. Votre femme a la tête froide.

— Pourquoi ne me l'a-t-elle pas dit? demandai-je, maussade, alors que nous quittions le sol.

— Vous aviez toujours le même problème, vous Terriens qui étiez nos amis, dit-il. Aucun d'entre vous ne savait jusqu'où irait l'autre. C'est pourquoi nous ne pouvions pas vous organiser en groupe. Mais espérons que tout ce cauchemar est en train de se terminer. »

C'était bien ce qui se passait. Lorsque nous atteignîmes le toit du Palais, une foule de gens était là pour nous accueillir — à la fois des Terriens et des Xumains. La seule différence était qu'à présent, les gardes xumains détenaient les lasers. Sally, qui portait toujours sa couronne, était à la tête des gardes; et Dave, Rosa, Sheila et Jack parlaient aux Terriens, leur expliquant calmement la situation.

« Combien de morts? hurlai-je.

— Quatre hommes seulement, cria Sally, y compris Mannheim. Pas de blessés. Il y avait six hommes et quatre filles à bord du *Riverhorse*.

— Et sept gars au Fort, ajoutai-je. Vingt et un morts en tout. Pas de blessés.

— Cela aurait pû être pire, dit Sally, bien pire.

— Jetez toutes les armes ici, dit Varan... Très bien... A présent, vous enverrez un attelage de thapals nous prendre près de l'aérodrome. »

Nous nous envolâmes avec tous les lasers à bord. Au-delà de Yel Karagor, la Porte des Dragons, les faubourgs n'étaient faiblement visibles que par la seule lueur des lampes à vers-étoile : les autres modules et les V/S s'étaient consumés. Une fois que nous fûmes au-dessus de l'obscurité des champs cultivés, je pris une grande respiration.

« J'espère que le mécanisme va fonctionner, dis-je.

— S'il ne fonctionne pas, dit Varan, notre mort sera considérée comme une expiation.

— Ha ha! très héroïque, dis-je, très noble. Mais je préfère ne pas être noble et survivre. »

Je réglai le module de façon qu'aucun dispositif de corrections ne fonctionne, le fis piquer vers le sol à pleine puissance puis appuyai sur le bouton d'éjection.

Nous fûmes bien éjectés, et je pus voir le parachute de Varan s'ouvrir dans la clarté lunaire. Puis il y eut une formidable explosion lorsque le module toucha le sol.

Des flammes jaillirent de toutes parts. C'était presque beau tandis que je flottais vers un atterrissage froid et bourbeux.

C'est ainsi que tous deux — Varan le héros et votre serviteur, Tom Carson — nous renvoyâmes les intrépides colons interstellaires à l'Age de Pierre.

Chapitre XII

A présent, je dois avouer qu'il y avait un joker inattendu, caché dans les cartes que je m'étais distribuées. Un joker ou une malice du sort — à mes dépens. Mais j'y viendrai plus tard.

La première chose qui nous frappa durement après la Révolution du Solstice d'Hiver fut le manque de transport moderne. Brusquement, les relais de thapals furent la chose la plus rapide sur Xuma. Au lieu de modules, nous avions les ballons (seulement d'est en ouest) et les coches tirés par des thapals au lieu des V/S. D'un seul coup, la « petite » planète devint énormément grande. Par exemple, Kanyo mit *deux mois* (48 jours) pour revenir à Yelsai alors même qu'il avait quitté Svityol juste après cet historique « coup au but dans l'espace », car il avait dû aller vers l'ouest en *gola* pour atteindre le Secteur Ouest, et de là contourner la rive méridionale de Laral Xúl par des transports de surface. Quant à nous, à Yelsai, il nous fallait nous habituer à voyager en coche, chose que nous avions oubliée — et prendre un tas d'autres habitudes nouvelles.

Comme par exemple — ne pas nous prendre pour les patrons, bon, cela ne me gênait pas du tout; et puisque la Révolution avait tué les pires éléments du clan Mannheim-Belmondo, les gens qui pensaient comme moi étaient à présent en majorité.

Les choses nous furent rendues plus faciles par le comportement très généreux des Xumains. Ils agirent exactement comme Varan l'avait promis — nous traitant en égaux et en concitoyens. Ils gardèrent même Sally comme Reine.

J'avais dormi la plus grande partie du Jour du Nouveau Soleil. Le matin suivant, lorsque je m'éveillai, je m'aperçus que Sally avait quitté la chambre, mais Varan était assis près de mon lit. Nous nous mîmes à discuter de la situation politique.

« Naturellement, Sally est Reine, dit Varan. Elle a été choisie par les garçons *Xumains,* les Sélectionneurs authentiques. » Il sourit. « Il est vrai que je les ai amenés à cela, de Xarth via la tula, mais appelons cela une propagande électorale légitime. Les garçons de Yelsai l'ont élue. Elle doit par conséquent rester leur Reine jusqu'à sa transformation. »

Je glapis : « Mais les femmes humaines ne *changent* pas !

— Sally dit qu'il existe... pouvons-nous dire une analogie ? Vos femmes ne perdent pas leur sexe, mais après un certain temps elles perdent le pouvoir de donner naissance à des enfants. Nous en avons déjà informé le Conseil qui a formulé là-dessus une loi. Puisque le processus est beaucoup moins dramatique chez les humaines, il a semblé que le mieux était de fixer un âge de retraite pour toute future Reine humaine de Yelsai : quatre douzaines et huit années xumaines. Ce qui veut dire que Sally règnera pendant les vingt prochaines années, Tom, à moins qu'elle n'abdique avant. J'espère qu'elle ne le fera pas : elle a dit qu'elle n'abdiquerait pas. »

Bon, c'était comme ça. Naturellement, l'un des premiers actes du règne de la Reine Sally fut d'abolir la constitution truquée. Le Conseil de la Reine fut réorganisé : les quinze humains furent évincés, et remplacés, en addition aux anciennes Douze Dames, par dix garçons xumains — pour la plupart des jeunes gardes — plus un kurar et une kynthi ex-pensionnaires de la Maison du Poisson-feu. Cela dans le but d'avoir une représentation à peu près proportionnelle des citoyens adultes. Plus tard, le Conseil avait l'intention d'ouvrir à tous la possibilité d'en faire partie, sans tenir compte du groupe sexuel, ni même de la race. Bien sûr, même sans un seul humain au Conseil, nous, les envahisseurs, étions encore largement sur-représentés à Yelsai, en la personne de Sally. Mais cela ne semblait pas ennuyer les Xumains; ils avaient confiance en Sally pour qu'elle ne nous favorise pas exagérément.

Elle ne le fit pas. Un de ses premiers décrets en Conseil — elle dut user de persuasion pour y amener les Xumains — fut de fixer une limite de temps aux subventions que nous recevions de la Trésorerie de l'Etat. Les aides seraient terminées après une année xumaine supplémentaire : nous devions trouver du travail tout comme nos concitoyens à peau rouge. La plupart d'entre nous n'étaient pas près d'avoir des palais en ville et des manoirs à la campagne. Ceux qui étaient experts en agriculture ou étaient disposés à acquérir cette expertise — eh bien, ils pouvaient trouver un *thon* voisin et devenir des cultivateurs ordinaires. Les autres pouvaient se mettre à des métiers variés dans la ville.

Et les gens s'y mirent bientôt — bien avant que l'approvisionnement en pièces d'or ne s'assèchât. Quelques-unes des filles furent les plus rapides à prendre le départ.

Dans la situation actuelle, les femmes étaient plus nombreuses que les hommes — quarante-six pour trente-trois pour être précis. Les treize malheureuses femmes en surnombre, je suis heureux de le dire, me surprirent beaucoup en ayant peu de rancune à mon égard pour ma participation dans la mort de leurs amis — peut-être parce qu'elles étaient plutôt fatiguées d'eux lorsque le meurtre est survenu. Le Conseil de Sally a voté une loi spéciale permettant la bigamie parmi les membres de l'espèce *Homo sapiens,* seulement pour la génération actuelle : mais jusqu'ici il n'y a eu aucun double mariage officiel, et plusieurs filles ont paru être heureuses de vivre seules. Ce sont aussi des filles qui travaillent.

L'ex-femme de Belmondo a établi le précédent. Elle avait déjà travaillé une fois à la Maison du Poisson-feu, lors d'une certaine occasion mémorable. Elle s'y fit engager parmi le personnel permanent, comme danseuse, du style xumain. Les natifs l'aimaient beaucoup, et avec l'aide d'instructeurs expérimentés, elle acquit bientôt un véritable talent. Parfois, elle dansait la peau colorée en rouge, d'autres fois non. Elle avait, et a toujours, un grand succès, qu'elle soit maquillée ou non.

D'autres filles vendent des bijoux au Marché des Etoiles Tournoyantes. Les marchands les trouvent bonnes vendeuses parce qu'elles possèdent un certain attrait de nouveauté ; et les touristes des autres villes aiment spécialement s'adresser à elles pour leurs achats. (Des racontars prétendent qu'elles se livreraient également à un autre genre de commerce, après la fermeture du marché. S'il y a quelque chose de vrai là-dedans, je crois que quelques touristes xumains se font avoir — mais pas les filles.)

Nous avons bien eu un problème avec quelques-uns de nos hommes, les scientifiques et les techniciens, particulièrement les spécialistes de certains matériels. A) ils n'aimaient pas du tout l'idée de se salir les mains, et B) ils représentaient une menace potentielle pour le statu quo planétaire. Le Conseil Suprême de Poésie résolut le problème en les faisant Aînés à titre honoraire d'un nouvel Ordre — l'Ordre de la Robe Noire. Eux et leurs femmes furent désormais rayés des listes des citoyens de Yelsai et furent pris en charge, financièrement, par Khadan. Ils allèrent dans des monastères (bien sûr, sans interdit quant à leur vie sexuelle) et s'éparpillèrent sur la planète. Un bon nombre alla à Khadan même. Je crois qu'ils sont confortablement installés, mais peut-être un peu frustrés : ils passent leur temps à presser les peaux-grises de développer des inventions de base comme les automobiles ou la TV et obtiennent toujours la même réponse. « Non, nous avons étudié cela voilà un million d'années (ou peut-être deux millions) et nous avons décidé que ce n'était pas dans les meilleurs intérêts du peuple. » Khadan a même confisqué nos radios, et maintenant, pour les messages à longue distance, nous devons nous rendre au monastère le plus proche, dans la salle retirée du télégraphe, et persuader l'Aîné qui en a la charge que notre usage de la tula est dans l'intérêt planétaire...

Et maintenant reparlons de la malice du sort. Non,

attendez un peu : je ferais mieux d'y venir d'une manière détournée. Il y a d'abord une ou deux autres choses à expliquer.

J'ai tiré la première partie de ce récit de bandes magnétiques qui se trouvaient dans notre résidence sur la terrasse du Palais avant que nous ne perdions nos magnétophones, et aussi de quelques matériaux xumains fournis par Kanyo; j'ai enregistré le reste (sauf ce présent chapitre) sur un dicto avant que les Aînés n'aient confisqué *cela*. Je dois *écrire à la main* ces dernières lignes, un procédé que j'ai dû apprendre depuis peu. (J'écris encore maintenant mieux en xumain qu'en anglais — mais il faut dire que l'alphabet cursif xumain est superbement dessiné.)

J'écris cela le Septième Mois de l'Année '0-8-7, ce qui fait plus de deux années xumaines ou un peu moins de deux années terrestres depuis la Révolution. En y pensant, je crois pouvoir supprimer dorénavant les mesures terrestres puisque vous tous qui me lirez, serez xumains d'un genre ou d'un autre — même nous à peau blanche, sommes à présent xumains. Je me suis moi-même habitué depuis longtemps à penser en *pieds* et en *milles* plutôt qu'en mètres et en kilomètres, et je compte selon le système duodécimal. Je considère tout à fait normal qu'un mois soit composé de deux douzaines de jours, que la taille d'un homme soit d'une brasse, et qu'une femme porte un enfant pendant onze mois et non pas neuf.

En parlant de bébés... La Reine Sali (pour employer l'orthographe xumaine) a donné naissance à un vigoureux prince *dinoy* à la fin de '0-8-6. Il y a même eu un bon nombre de naissances humaines cette saison. Les natifs — je parle des Xumains à peau rouge — ont été fascinés en voyant les petits *veps* blancs; et ils admirent particulièrement l'appareil génital des bébés.

« Il est si *mâle* », dit Saimo lorsqu'elle vit notre enfant. Elle avait également donné naissance à son premier enfant, mais, bien sûr, il était normalement *neutre*. Elle rit et dit : « Il sera certainement un héros, comme son père. »

— Un *héros?* fis-je. Ange, tu te trompes sur moi...

213

— Non, dit-elle, Varan m'a tout raconté... pas seulement ce que tu as fait pendant la Révolution, mais également la manière dont tu progresses maintenant dans ton entraînement. »

Je rougis presque, mais je dois l'avouer — ce à quoi je m'entraînais c'était au *combat à l'épée*. Varan et ses jeunes gardes me l'ont proposé et j'ai fait mes classes et suis devenu Guerrier de Première Classe. Je ne serai jamais le meilleur escrimeur à l'épée de Xuma ni même de Yelsai — pour cela, il faut s'être entraîné depuis l'enfance — mais je peux me défendre suffisamment pour me qualifier dans le travail pour lequel la ville de Yelsai me paye.

Et voilà la malice du sort... pour services rendus et pour quelques prétendus signes d'aptitude stratégique, j'ai maintenant un titre : *Seigneur de la guerre de Yelsai.*

Une perspective à laquelle je n'avais pas du tout songé lorsque je m'étais joint à Varan, la nuit plutôt agitée de la Révolution, et que j'avais fait piquer le dernier module à pleine vitesse dans le sol xumain, c'était que je ramenais l'Age Héroïque sur la planète. La seule arme vraiment moderne de Xuma est un vaisseau spatial impossible à déplacer et à demi détruit, vieux de deux millions et demi d'années, avec son terrible super-canon-laser pointé verticalement vers le ciel équatorial. Celui-ci est à présent entretenu par les Aînés et je soupçonne que tout futur navire spatial, en provenance du Système Solaire, sera désintégré à sa première approche, dès qu'il traversera le zénith de Svityol — mais il ne devrait plus y avoir de vaisseau provenant de ce système. En attendant, notre planète, du moins pour le Secteur Médian et le Secteur Est, est toujours divisée en villes-Etats et les rivalités nationales ne manquent pas. Nakaan semble avoir cessé d'être reconnaissante envers Yelsai pour sa libération du joug de Xarth, et les Neuf Dames de Tlanash sont moins amicales qu'elles l'étaient. Nous devons toujours enrôler nos garçons, garder nos épées aiguisées et être aux aguets de ballons maraudeurs venant de l'Est...

Etre Seigneur de la Guerre de Yelsai n'est pas une

214

sinécure. Je suis heureux que le Prince de Xarth soit mon ami, et l'allié à toute épreuve de notre ville.

Incidemment, Sally et moi avons résisté à la tentation d'appeler notre premier né Carthoris![1] Il s'appelle Danyel — par coïncidence c'est un prénom xumain qui sonne comme un prénom terrien — en fait, c'était le prénom de mon grand-père, le combattant anglais. Danyel sera un guerrier lorsqu'il sera grand — c'est l'usage sur Xuma. Du moins je suis heureux de savoir qu'il n'aura pas à affronter des *fusils au radium* (un vieux terme littéraire pour les lasers) ni des *aéronefs de guerre* (modules) — mais seulement des épées et des *golas*. De même, je suis content qu'il n'ait aucune chance de devenir Seigneur de la Guerre de *Xuma* — c'est-à-dire d'avoir à prendre la tête de la planète contre un ennemi interstellaire. Je suis fermement convaincu qu'il n'y a pas de race de voyageurs spatiaux en ces lointains confins de la galaxie, à part quelques vaisseaux chargés de Terriens prêts à tout et Svityol prendra soin de ceux-là.

Voilà une semaine, à l'occasion de la Fête du Printemps, la Reine Sally a organisé une réception pour nos amis intimes. Par tradition, la Fête du Printemps se déroule à la campagne, c'est pourquoi nous l'avons célébrée dans notre petite demeure sur le Canal Ouest, le thon 1-2, un peu au nord de l'oasis de la ville. Notre maison est bâtie sur une pente au côté est du canal et on y a une belle vue jusqu'aux rives du canal et au-delà vers les premières approches du Désert Occidental. Le thon lui-même n'est pas très éloigné et il y a beaucoup de grandes exploitations agricoles dans les environs. Dave, Rosa, Jack et Sheila se sont tous installés dans ce thon — les Weiser comme cultivateurs, les Willis comme techniciens de canaux. Nous les avions naturellement invités pour la fête, ainsi que beaucoup de nos amis xumains. Varan et Saimo étaient venus nous rendre

---

1. Allusion encore aux romans « martiens » d'Edgar Rice Burroughs (N.d.T.).

visite de Xarth, et de Yelsai nous avions Kanyo et Psyl.
(Hélas! Telesin est toujours à Khadan.)

Dans l'après-midi, la villa semblait fourmiller de gens
de tous les groupes sexuels et des deux races. Nos
serviteurs étaient des enfants-veps du thon et beaucoup
d'invités étaient leurs parents. La Dame-chef et ses deux
maris, l'Abbé local, le Capitaine kurar de la garde du
village... et aussi des étrangers : un envoyé du Secteur
Ouest ami, un couple de fiers nobles Xarthiens de la
suite de Varan, et quelques vendeuses de bijoux de
Yelsai, rouges ou blanches. En les regardant tous, je me
demandai à quoi pourrait ressembler Xuma au temps
des enfants de nos enfants? Alors que la race blanche
commence à croître et multiplier... Un problème fasci-
nant.

Kanyo, se dressa près de moi, regardant la foule.

« Il est heureux, Seigneur Tomass, que la vie et la
paix règnent à présent de nouveau ici. » Il avait paru
plus grave et plus âgé depuis la Révolution, mais à
présent il semblait aller mieux. Je savais ce qu'il lui en
avait coûté d'utiliser cette sinistre arme divine, cette
nuit-là à Svityol. Il continua.

« Tuer et donner la vie — ce sont deux rôles et tous
deux sont nécessaires, mais je sais lequel est le plus
agréable! Bien sûr, dans un certain sens, tous les
mondes vont vers leur mort, mais, à présent, Xuma a un
espoir de renaître. Savez-vous, Tomass, que l'on a
calculé à Khadan que l'humidité de notre planète
augmentait? Dans quelques milliers d'années, les océans
commenceront à s'emplir de nouveau et les rivières
couleront. » Il sourit. « S'il en est ainsi, nos descendants
devront peut-être prendre des contre-mesures — nous
ne pouvons pas permettre que Svityol soit submergée.
Mais en attendant, jouissons de nos beaux canaux.

— Oui, certainement », dis-je.

Nous nous rassemblâmes dans le jardin, alors que la
chaude lumière du soleil couchant donnait aux murs
jaunes de notre maison de riches reflets dorés. C'était la
meilleure heure pour observer le frai des poissons-feu.
Lorsque la clarté du ciel s'évanouit à l'ouest, les
traînées de feu dans le canal devinrent véritablement

fantastiques. La coutume veut aussi que l'on lance de petits bateaux faits de feuilles de tula sur le canal, pour voir de quel côté ils se dirigeront, car c'est l'époque de l'année où les eaux refluent. Si les bateaux dérivent vers le nord, cela signifie que la saison est bien avancée et que la moisson sera bonne.

Nous lançâmes nos petits bateaux, et ils dérivèrent — vers le nord.

Tout le monde était très heureux, non seulement en raison du bon présage, mais également parce que le temps était parfait. Il faisait bon pour cette époque de l'année, mais pas trop chaud — car nous, les anciens envahisseurs, avions tous adopté les vêtements xumains, je porte un kilt, et les femmes, aussi bien blanches que rouges, portent des robes ouvertes devant, à la mode de Yelsai. (Je dois dire que Sally est merveilleuse ainsi.) Tandis que les derniers rayons du coucher de soleil s'éteignaient, les étoiles et l'Anneau apparurent, mais nous ne vîmes pas l'étoile appelée l'Orteil du Hamlor, car, au printemps, elle n'est visible que le matin.

« Ça m'est égal si nous ne la revoyons plus jamais, dit Sally. C'était un monde fou, mauvais, et nous étions vraiment fous et méchants pour en arriver ici comme une bombe !

— Oui, dit Psyl, sobrement, en contemplant le coucher du soleil. Ces régions clairsemées de l'espace ne sont pas faites pour qu'on y voyage, sauf pour de véritables dieux immortels. Les petites créatures à vie brève comme nous — Humains ou Xumains — feraient bien mieux d'entretenir leurs canaux, comme dit le proverbe. Vous, Humains, ne pouvez traverser l'espace-étoile que si vous êtes disposés à abandonner le reste de l'humanité : et ce serait pareil pour nous ; par conséquent, nous n'avons jamais, jamais envisagé de le faire. De plus, si vous vous lancez dans l'immensité de l'espace, vous pouvez réveiller les véritables voyageurs spatiaux — les dieux ou les démons. »

Sally frissonna. « Espérons que les autres vaisseaux ne sont pas allés assez loin pour cela. Aucune expédition n'était prévue pour dépasser une vingtaine d'années-lumière au maximum, n'est-ce pas Tom? Et nous étions allés le plus loin de tous.

— Nous étions certainement fous, dit Dave Weiser, de chercher un endroit où nous accrocher dans le ciel... mais je suis heureux d'une certaine façon que nous ayons trouvé. Pour nous, je veux dire, simplement. Si nous n'avions pas trouvé, nous serions déjà tous morts. Maintenant, il y a une chance pour nous, humains. »

Du moins, je pense qu'il a dit « humains ». Mais en y réfléchissant, il a peut-être dit « xumains » après tout.

Et à présent, je ne pense pas que cela fasse la moindre différence.

Glossaire de la langue de Xuma

(Tons marqués seulement pour éviter quelques ambiguïtés
´ = ton haut ; ` = ton bas.)

aan : *déesse*
aanir : *dieu*
-al : *grand*
alk : *régner*
alkayo : *empereur*
alkityo : *prince*
ao : *est*
aya : *haut*
da : *2*
dakla : *2 douzaines (2-0)*
daklan : *« mois »*
dan : *garde*
danyel : *protecteur*
dav : *2ᵉ*
dinil : *argent*
dinoy : *« face-de-lune »*
dinu : *lune*
dlu : *rêve*

gola : *ballon*

hamlor : *(un petit animal)*
haz : 12^3 *(1-0-0-0)*
hazaz : 12^6
hazyo : *« colonelle »*
her : *main*
heran : *« semaine »*
hila : *sang*

húd : *mourir, mort*
hùd : *tuer*
húdaan : *tombeaux (stèles)*
hùdyo : *guerrier, tueur*

idaz : *mille (mesure)*
iid : *3*
inu : *à moi*
iti : *petit*

kaal : *arbre*
kan : *savoir*
karagor : *dragon*
kau : 12^2 *(1-0-0)*
kau-thaz : 12^5
kavyo : *capitaine*
kela : *beau*
kelnei : *bellement*
khad : *sud*
kola : *douze*
kolaz : 12^4
kun : *femme*
kunal : *dame-chef de village*
kunaya : *Reine*
kunir : *homme, garçon*
kurar : *(garçon) manqué*
kynthi : *(fille) manquée*

219

lá : *zéro*
là : *non*
làral : *océan desséché sec*
lua : *elle*
luir : *lui*
lulam : *marais*
lulenthi : *oasis*
lýl : *nord*
lỳl : *eau*

ma : *mère*
mo : *musique*

nei : *cela*
ni : *ceci*
nu : *moi*

oma : *centre, matrice*
oy : *visage*

pal : *plat*
patu : *prendre*
pe : *part*
pedan : *pouce*
peral : *secteur*
pina : *division*
pona : *place*
psu : *vivre, croître*
psuyo : *cultivateur (trice)*
pui : *ici*

ral : *plaine*
ralaya : *plateau*

sái : *6*
sài : *chalumeau*
su : *briller*
suhil : *or*
suha : *soleil*
sukin : *« souris »*
sulan : *pièce d'or*
sviti : *étoile*
svitior : *« ver étoile »*

thap : *pied*
thapal : *animal de trait et de selle*
thon : *ferme, village*
thul : *servir*
thula : *esclave*
tlaok : *« café »*
tlav : *donner*
tlavol : *bon*
tul : *communiquer*
tula : *plante à tuyaux et slotons*
tyaa : *quoi?*

ula : *trou*
ux : *complet(er)*
uxan : *Aîné*

vep : *jeune*
vepan : *objet jeune*
vy : *passé éloigné*

xar : *4*
xi : *aller*
xima : *temps*
xipui : *venir*
xir : *ligne, canal*
xirux : *cercle*
xiva : *errer*
xivayo : *planète*
xù : *terre*
xúl : *ouest*
xùl : *excréter, excrément*
xùma : *« terre-mère »*
xùt : *excaver*
xyl : *aimer, amour*
xylir : *amant*

yel : *porte*
yevet : *« lapin »*
yla : *cité*

Dans la même collection

La composition, l'impression et le brochage de ce livre
ont été effectués par l'Imprimerie Bussière
pour les Éditions Albin Michel

■ AM

Achevé d'imprimer. Juin 1980
N° d'édition : 6854. N° d'impression : 1798
Dépôt légal : 3ᵉ trimestre 1980